# CUANDO ACABE LA MÚSICA

CORAZONES EN INVIERNO LIBRO 1

SIMONE BEAUDELAIRE

Traducido por
ROMINA PISCIONE

# AGRADECIMIENTOS

*Para Sandra, Reed, Guy, Jill, Cary y Lin.*
*No lo podría haber hecho sin ustedes.*

# PARTE I

# 1

Octubre 2001

"¿Hola?" Sean Murphy llamó al entrar en la centenaria casa colonial blanca en la que había crecido. La puerta oscura se cerró tras él en una ráfaga de viento frío de octubre. Entró en la silenciosa sala de estar. *El hogar se ve igual que siempre; sofá con estampado de rosas, dos sillones granates y una mecedora de madera antigua que flanquea la chimenea de ladrillo y latón. Sin embargo, es demasiado tranquilo. Mamá y papá no deben estar, pensó. Apuesto a que mamá dejó algo delicioso en la nevera. Eso me mantendrá ocupado hasta la cena.*

Un saludo amortiguado interrumpió su plan de piratería en el refrigerador. "Hola, Sean, ¿puedes venir aquí, por favor?"

Sonriendo para sí mismo, subió las escaleras hacia la habitación de Sheridan y abrió la puerta, sin sorprenderse al descubrir que su hermana de diecisiete años no estaba sola. La mejor amiga de Sheridan, Erin James, se tumbaba con ella en la cama con dosel de encaje y rosa. Es interesante verlas juntas, reflexionó Sean. No podrían ser más opuestas. Sheridan, alta y curvilíneo, se parecía a la luz del sol traída a la vida. Tenía la piel clara pero ligeramente dorada, masas de rizos rubios y un comportamiento alegre. Pequeña y pálida, con cabello y ojos oscuros, el rostro serio de Erin reflejaba su intensa personalidad.

Sheridan saltó de la cama y corrió hacia su hermano.

"Hola, hermana, ¿qué necesitabas?" Sean preguntó mientras recibía el exuberante abrazo de su hermana. Por el rabillo del ojo, vio a Erin sentarse, sus mejillas ardiendo al verlo.

"Qué bueno que estás aquí, Sean", dijo Sheridan. "Necesito que lleves a Erin al baile de bienvenida".

"¿Huh?" Sean se volvió de su hermana a Erin y vio que sus bellas mejillas se habían oscurecido aún más.

"Sí", soltó Sheridan, una avalancha de palabras que parecían surgir de ella a la vez. "Este tipo estúpido ha estado jugando con ella, haciéndola pensar que la llevaría, pero realmente solo quería que ella lo ayudara a estudiar. Hoy descubrimos que iba al baile con Lindsey Jones, esa vagabunda. Sabemos lo que quiere, y no hay pérdida allí, pero ahora Erin no tiene una cita y el baile es mañana. ¿La llevarías?"

"Danny, por favor", dijo Erin, interfiriendo suavemente en el rápido chorro de palabras, "No necesito esto. No me importa el baile de bienvenida y sabes que no sé bailar. Me quedaré en casa y practicaré para esa audición".

"De ninguna manera, *tienes que* ir", insistió Sheridan. "No me divertiré ni un poco sin ti. Estoy harta de Jake. Tal vez lo abandone."

La mención del novio de su hermana despertó los instintos protectores de Sean. Ese inadaptado me molesta de solo verlo. "Ya es hora de que abandones a ese imbécil", comentó, haciendo reír a ambas chicas. "No es lo suficientemente bueno para ti, Danny. ¿Por qué no te olvidas de él y tú y Erin van juntas? Eso sería mejor, ¿no?"

"Vamos, Sean". Sheridan rechazó las palabras de su hermano con un gesto descuidado. "No es agradable dejar a alguien justo antes de un baile, especialmente porque está nominado como el rey del baile de bienvenida. Oh, no te preocupes. Romperé con él. Creo que sería más cortés hacerlo después, y después de los SAT la próxima semana, así no se distrae, pero eso todavía deja a Erin. Ella no puede venir con nosotros dos. Es muy patético. Erin merece algo mejor que ser la tercera rueda. Pero piensa, Sean, si ella viene con un hombre en lugar de uno de esos niños pequeños." Ella lo saludó de nuevo, esta vez indicando sus músculos endurecidos por el trabajo, actualmente estirando las mangas de una camisa a cuadros roja y un par de jeans azules.

Sean respiró hondo y se tomó un momento para considerarlo. ¿Una cita ... con Erin? Sus ojos trazaron las delicadas líneas de su rostro. Grandes ojos marrones que siempre parecían teñidos de tristeza. Nariz larga pero elegante. Pálidos labios de capullo de rosa. Pómulos altos. Sus clavículas se asomaban por el escote redondo de una camiseta azul marino de manga larga que abrazaba su esbelta figura. No hay nada malo con su aspecto, sin duda. Es bonita, y como ha sido amiga de Sheridan desde el jardín de infantes, la conozco bien. Sé que ella es agradable. De hecho, si no la hubiera conocido en toda su vida, podría invitar a alguien como ella a salir. Observó el rostro familiar durante largos momentos, observando el calor en sus mejillas desvanecerse, y el labio pálido deslizarse entre dientes que recientemente habían perdido sus frenillos. Sacudió la cabeza. Alguien como ella, pero no ella. "Sí, sé lo que sucederá. Seré arrestado Sheridan, tengo veintitrés. ¿Qué me importa el baile de bienvenida?" exigió, levantando una ceja a su hermana.

"Probablemente nada", admitió, "pero ¿te impora Erin?"

"Por supuesto", respondió Sean. *Ella es prácticamente un miembro de la familia. ¿Cómo podría no importarme?* Nuevamente, consideró la proposición, consideró cómo debía sentirse Erin. *Ya es tímida y no está dispuesta a salir, que jueguen con ella y luego la dejen, incluso un perdedor, debe haber sido un infierno para su confianza en sí misma. Pero imagina qué golpe si ella apareciera con alguien como ... yo. Alguien como yo, pero no yo, ¿verdad?* Pero si no él, no había nadie. Dirigió su atención a Erin, cuyo rostro se iluminó como un fuego artificial del cuatro de julio en el momento en que sus ojos se encontraron. *A ella le gusta la idea, aunque es demasiado tímida para admitirlo.* "Sabes qué, Erin, ven aquí un minuto. Creo que deberíamos hablar de esto sin Danny por un momento."

"Bueno." Ella se levantó de la cama y salió al

pasillo con él, cerca de su lado, pero sin dejar que su cuerpo rozara el de él. La condujo a la habitación que solía ser suya, todavía decorada con todos sus recuerdos de la secundaria. Sean no pudo evitar sonreír. *Mi madre sentimental. Ella nunca convertirá esto en un trastero ni lo alquilaría a estudiantes universitarios.*

Erin se movió para pararse cerca de él, apoyada contra el grueso estribo, mordiéndose una uña corta. "Espero que sepas", dijo con seriedad, "que no le pedí que hiciera eso".

"Por supuesto que no", respondió, dándole palmaditas en el hombro. *Si se sonrojara aún más, su cara estallaría en llamas.* "Puedo oler una trama de Sheridan Murphy a una milla de distancia. Ella es mi hermana, no lo olvides. Sin embargo, ella tiene razón en una cosa. Necesitas una cita; es decir, si realmente quieres ir. Di la verdad, Erin. ¿De verdad quieres quedarte en casa y practicar?"

"No, me gustaría ir", susurró como si admitiera un secreto vergonzoso. "Sin embargo, realmente no sé bailar".

"Vamos", instó, "eres una música. No puedo creer que no tengas ritmo."

Sus ojos oscuros se encontraron con los de él al fin, su incomodidad pellizcando las esquinas. "No es una cuestión de ritmo sino de autoconfianza. Siempre me siento tonta al bailar frente a una habitación llena de gente".

"¿Qué tal si tienes a alguien seguro liderando el camino, como un director?" ofreció, haciendo pantomima de una invitación con la mano extendida.

"Eso podría ayudar". Bajó la mirada y, como si eso fuera poco, pasó las pestañas largas y oscuras sobre los ojos.

*Espero estar haciendo lo correcto. Su enamoramiento por mí es dulce ... de una manera vergonzosa. Ella todavía está en la escuela secundaria, después de todo.* Sean no sabía qué decir a continuación. Su timidez dominó sus intentos de conversación. *Al punto, Murphy.* "Bien entonces, hagámoslo. Al menos podemos mostrarle a ese imbécil lo que se está perdiendo."

"¿Estás seguro? ¿No tienes planes?" Sus ojos le suplicaron.

*Vaya.* "Nah. Solo cosas aburridas, como lavar ropa. Entonces, Erin, ¿me dejarás llevarte al baile de bienvenida?"

Ella le dirigió una mirada intensa, sus ojos oscuros brillaron con entusiasmo cuando dijo: "Sí", con una voz tan pequeña que casi no pudo oírla. Él le dio un abrazo fraternal alrededor de los hombros. Ella chilló y huyó de la habitación.

*Bueno, una cosa que no esperaba era ir a un*

*baile de secundaria. Quizás sea divertido.* Luego recordó sus propios bailes de secundaria; incómodos, ruidosos y con un ligero olor corporal en el ambiente. *Tal vez no, pero al menos habré hecho una buena acción y habré hecho felices a mi hermana y a su amiga.*

## 2

---

La noche siguiente, Sean llegó a la casa de Erin vestido con una camisa verde ajustada y unos pantalones oscuros, tratando de parecer lo más maduro posible.

Condujo a su prestigioso vecindario cerca de la Universidad de Lakes, su instituto local de educación superior. Casas elegantes y estrechas, de más de un siglo de antigüedad, atestadas mejilla por mejilla a lo largo de la calle, la vista de sus colores brillantes y adornos color jengibre oscurecidos por robles y arces, vestidos formalmente con sus coloridas hojas de otoño. Mientras escaneaba los números de las casas, se dio cuenta de que conocía el área, había renovado al menos dos de las estructuras cercanas. "2107", murmuró, tratando de distinguir los números en la penumbra. "2107 Water Street". Pasó 2103 y sabía que debía estar cerca de allí. Dos casas más abajo, frunció el ceño ante la más pequeña de la manzana. Corta y rechoncha, parecía un troll agazapado entre los gigantes de dos y tres pisos a su alrededor. *Huh. Área de Ritzy. Si esto es lo mejor que puede permitirse un banquero de inversión y una artista comercial, vaya.* Sacudió la cabeza. La casa en miniatura de dos habitaciones había sido pintada de color canela con persianas verdes enmarcando una vidriera. Sean estacionó su Mustang a lo largo de la acera, pateó su camino por el cordón cubierto de hojas, tocó el timbre y esperó.

*Me pregunto qué llevará puesto. Esperemos que no se parezca a lo que tenía en su último cumpleaños.* Sean hizo una mueca al recordar los enormes lazos negros, naranjas, rosados y plateados cosidos sobre un vestido hecho con la sudadera de un hombre, combinado con medias de rejilla moradas, una de las creaciones "artísticas" de su madre. *Esto podría no haber sido una buena idea.*

La puerta se abrió para revelar su cita vestida con un elegante vestido de terciopelo negro hasta la rodilla. Contrastaba con su piel y hacía que su cabello oscuro, recogido en un elegante giro, pareciera brillar. Sheridan debe haber ayudado con la sutil aplicación de maquillaje. Erin parecía al menos cinco años mayor, por no mencionar más segura de lo que la había visto antes, encontrando su mirada sin sonrojarse y sonriendo dulcemente. La tristeza en sus grandes ojos marrones tiró de sus instintos protectores y se dio cuenta de que se preocupaba por ella. *Le dije a Danny que sí, pero fue una especie de cuidado intelectual.* Por primera vez, Erin, la persona, parecía real y viva frente a él.

La conciencia le robó el aliento. "Hola", dijo al fin. Luego extendió un ramillete que consistía en un solo capullo de rosa roja. Ella dio un paso adelante y él lo sujetó con cuidado a su vestido, inhalando un perfume de lila. El contraste del vivo escarlata con el negro brillante atrajo sus ojos hacia las esbeltas curvas de su figura. *Ella es muy delgada. Me pregunto si olvida comer. He escuchado que los artistas lo hacen a veces.*

Levantó sus ojos hacia los de ella, observando el brillo satisfecho de aprobación. "Hola, Sean. Vámonos."

"¿Necesitas que entre y salude a tu familia o algo así?" preguntó, mirando por encima de su hombro hacia la oscura sala de estar.

"No, mis padres no están aquí". Salió y cerró la puerta detrás de ella, dejando caer la llave en una pequeña bolsa plateada que colgaba de su muñeca.

"¿Dónde están?" Puso su mano en la parte baja de su espalda y la movió hacia adelante. El calor de su piel irradiaba a través de la tela del vestido, haciendo que sus dedos hormiguearan.

"Te lo diré en el auto", dijo con un toque de tensión en su voz.

"Okay."

Llegaron al lado del pasajero del Mustang y Sean le abrió la puerta a Erin. *Esta podría no ser exactamente la cita que quería, pero todas las chicas merecen sentirse como una princesa de vez en cuando, y apuesto a que a Erin no le pasa muchas veces.* Cerrando la puerta, rodeó el auto y se deslizó en el asiento del conductor, luego disparó el encendido antes de decir: "Está bien, ¿qué pasa?"

"Mis padres se están separando", dijo rotundamente.

Sean hizo una mueca. No es de extrañar que parezca tan tensa. *"Qué mal. ¿Por qué?"*

"Mi papá siempre está en el trabajo, ¿sabes?" El asintió. "Bueno, mamá conoció a alguien. Ella pasará el fin de semana con él y papá volverá a trabajar, así que estoy sola."

Extendió la mano a través de la consola y le acarició la mano. "Eso apesta. Lo siento."

"Está bien. No es que realmente se quisieran ni nada".

*¿Alguna vez escuché un tono tan sombrío de Erin?* No se había dado cuenta, porque nunca lo había dejado ver sus verdaderos sentimientos. *O tal vez nunca me molesté en mirar.* Apoyó su mano sobre la de ella. "Todavía. No me importan, pero lo siento por ti."

"No me compadezcas, Sean", suplicó. "Lo único que no puedo soportar es que me veas patética".

*Lejos de eso.* "No eres patética, Erin", la tranquilizó. "Digamos que lamento tu situación, ¿de acuerdo?"

"Bien, gracias." Se quedó en silencio por un momento, considerando qué decir a continuación y mordisqueándose los nudillos. Por fin, agregó, "Estoy tan contenta de estar en el último año finalmente. Si puedo pasar este año, seré adulta. Iré a la universidad y ya no estaré a merced de sus elecciones".

Queriendo mantener la conversación positiva preguntó, "¿A dónde vas? Sheridan mencionó un conservatorio en Texas".

"No estoy segura", respondió ella. "Tengo una cita con su reclutador en dos semanas para hacer una audición, pero también estoy considerando ir a la Estatal con Sheridan. Eso también sería bueno".

"¿Te puedes especializar en interpretación en una universidad estatal?" preguntó. *¿Los músicos no tienen que ir a Julliard o algo así?*

Él movió los ojos en dirección a ella a tiempo para verla hundir la barbilla. "Por supuesto. No sería tan prestigioso, pero ahorraría un montón de dinero y probablemente también obtendría mejores becas. Con todo lo que ha estado sucediendo, probablemente las necesite. ¿No fuiste a la Estatal, Sean, para obtener tu título en negocios, antes de comenzar a trabajar con la empresa de construcción de tu padre? ¿No es por eso que te hizo asistente de capataz, porque aprendiste mucho sobre el manejo del marketing, la contabilidad y todas esas cosas?"

"Sí, es cierto", admitió, sorprendido de que ella supiera tantos detalles. *Ella y Danny deben hablar mucho de mí.* Sintió sus propias mejillas arder al darse cuenta. "Es una buena escuela. Sin embargo, no te eches a menos. Ahorrar dinero está bien, pero no si te pierdes tus sueños. Sé que quieres tocar tu oboe profesionalmente. Eres lo suficientemente buena como para hacerlo, así que adelante, ¿de acuerdo?"

Otra rápida mirada reveló un cálido brillo alrededor de sus mejillas, no exactamente un sonrojo, sino un indicio de su placer ante su cumplido. "Buen consejo. Gracias."

~

Condujeron en silencio. Erin miró por la ventana las masas de naranjos, dorados y bermellones, intercalados con el verde del pino y el abeto. Una emoción nerviosa le amenazó con convertir su vientre en un nudo. *Realmente no esperaba ir al baile en absoluto. Ahora me voy con mi crush. Asombroso. Olvídate de David Landry. Él puede anotar con Lindsey. Ahora tengo, sin duda, la cita más sexy de todas.*

Una motocicleta rugió, su gruñido interrumpió su tren de pensamiento. *Monstruo ruidoso ¿Por qué la gente disfruta de una cosa tan ruidosa?* Sean frenó abruptamente cuando la motocicleta se desvió hacia su carril. Su movimiento lanzó una ola de colonia picante que provocó su conciencia. *¿Qué se sentiría estar rodeada de esos brazos musculosos, respirando su aroma mientras te tira sobre el colchón?* Su respiración se ralentizó y se profundizó al imaginar la sensación desconocida. Luego, parpadeando, se obligó a reenfocarse en la realidad. *No te engañes a ti misma. No está aquí porque le gustas.* Aunque sabía que era un favor, lo apreciaba. *Acompa-*

*ñando a la amiga tímida y poco interesante de su hermana a un baile al que no quiere ir. Sean es la definición de un verdadero caballero.*

Entró en el estacionamiento de la escuela secundaria y guió su Mustang entre dos líneas blancas cerca de la parte trasera, donde quedaban algunos espacios. Luego escoltó a Erin, su mano sobre su espalda nuevamente, hacia el concurrido y ruidoso gimnasio. Del techo colgaban serpentinas de papel con los colores granate y blanco de la escuela. Un puma pintado a mano rugía desde la pared del fondo. El ruido dentro del gimnasio golpeó los tímpanos de Erin con la fuerza de un mazo. *¿Por qué tantas chicas se ríen tan estridentemente? ¿Realmente piensan que sus citas encontrarán ese sonido atractivo?* Ella sacudió su cabeza. Apenas podía escuchar la música sobre la cacofonía de las voces adolescentes.

Mientras esperaban en la fila para tomarse una foto en un arco de celosía blanco adornado con banderines de fútbol, serpentinas y globos, Erin miró a su alrededor. Tal como esperaba, la gente la miraba y algunas de las chicas tenían expresiones de envidia en sus rostros.

Se volvió para mirar a su cita, admiró su cabello castaño caoba bien cortado, que encontró mucho más nítido que el estilo peludo que usaban la mayoría de los chicos. Su rostro, bronceado por trabajar afuera, hacía que sus dientes frontales ligeramente torcidos parecieran aún más blancos y sus ojos azul oscuro brillaban intensamente. Sus brazos, pecho y hombros estaban abultados de músculos por largas horas en el sitio de construcción, pero su cintura era estrecha, sus caderas delgadas. En resumen, él era el sueño de todas las chicas. *O si no, ciertamente es el mío. ¿Por qué tiene que ser seis años imposibles mayor que yo?*

Por fin, llegaron al comienzo de la línea. Un fotógrafo regordete con una gran cantidad de canas salpicadas en su cabello oscuro y espeso les indicó que se pararan frente a una pantalla gris moteada.

"Está bien, amigo", le dijo a Sean con voz ronca, "abraza a tu chica".

Erin abrió la boca para discutir, para sugerir que posaran lado a lado, pero Sean no le dio la oportunidad. Él envolvió sus brazos alrededor de su cintura y tiró de ella contra su frente. El ruido en la habitación retrocedió cuando la calidez y el maravilloso aroma de Sean la invadieron.

"Ahora tú, cariño, brazos alrededor de su cuello".

Ella obedeció sin protestar.

"Miren a la cámara".

Volvieron la cabeza. El obturador hizo clic.

"Bien, ahora vayan a bailar. ¡El siguiente!"

Manteniendo un brazo alrededor de su cintura, Sean escoltó a Erin más adentro del gimnasio. Podía sentir el ruido golpeándola, pero el sonido se desvaneció bajo los latidos de su propio corazón. *Apreciaré esa foto para siempre.*

"Sabes", dijo Sean en voz alta, con los labios cerca de la oreja para ser escuchado durante el estruendo, "Pensé en una solución a tu dilema con el baile".

"¿Cuál es?" ella gritó de vuelta.

"Solo baila los lentos", respondió. "Esos son los más fáciles. Solo abrázame y balancea."

*Eso suena como un sueño hecho realidad.* "Creo que puedo manejarlo. ¿Qué hay de los rápidos?"

"Das una vuelta. Te mezclas. Consigue un aperitivo o bebida. Es fácil." Él retrocedió un poco para evaluar su reacción.

Ella sonrió. "Eres inteligente, Sean. Gracias."

Su boca se curvó en una hermosa sonrisa de respuesta que hizo latir su corazón. "¿Comenzamos ahora? Esta es una canción lenta". Extendió su mano.

Ella la agarró. "Bueno."

La condujo a un lugar en el gimnasio lejos del centro congestionado y se detuvo, volviéndose para mirarla. Erin colocó sus manos en la parte posterior del cuello de Sean. Sean pasó sus brazos alrededor de la cintura de Erin y le mostró cómo moverse al ritmo de la música. Si bien era un tipo de movimiento diferente al que estaba acostumbrada a hacer, no le resultaba difícil de entender. *Recuerda, esta no es una cita*, se dijo a sí misma, *no importa cómo el calor corporal de Sean se hunda sinuosamente en mí*. Podía escuchar el suave suspiro de la tela cuando su camisa y pantalones se movían con su cuerpo. Se esforzó por no perder el sentido de lo que estaba haciendo. *Esto no es un romance. Es solo un baile. No significa nada para él*. Oh, pero significaba algo para ella. "I Swear" de All-4-One sonaba de fondo, apasionada y romántica, la poesía de sus letras envolviéndola como una acogedora manta de felicidad. Ella tarareó la melodía suavemente para sí misma, guardando el momento perfecto en la memoria.

Sean pudo ver el efecto que estaba teniendo en la amiga de su hermana. Quizás esta no sea una buena idea. ¿Qué pasa si su enamoramiento tímido se convierte en un enamoramiento en toda regla? Eso simplemente no es apropiado. No menos importante porque él no era tan inmune a ella como pretendía. Su encanto desprevenido ocultaba una atracción bastante alarmante. *Erin es muy, muy bonita, se dio cuenta. Apuesto a que bajo su actitud tímida, ella tiene un alma apasionada.*

*De lo contrario, ¿cómo podría tocar su instrumento tan bien? Algún día, tal vez, cuando termine de crecer, la invitaré a salir de verdad.* Por supuesto, si ella se mudara a Texas, él nunca la volvería a ver. Esta noche solo sería una posibilidad recordada, incumplida, pero nunca olvidada, de la que se puede pensar ocasionalmente con cariño y un toque de arrepentimiento.

*Hmmm, no servirá relegar la noche a la memoria antes de que apenas comience.* Sean quería que Erin la pasara bien, así que la abrazó un poco más fuerte. *Seguramente no hay daño en eso. Tengo que tener suficiente autocontrol para bailar con una chica bonita y no excitarme demasiado, ¿verdad?* Sin embargo, no fue fácil. Cada vez que Erin rozaba la parte delantera de su cuerpo contra el suyo, su habilidad para recordar por qué esto no era real recibía un golpe, especialmente ahora que se había vuelto más cómoda con él. Mientras su timidez se desvanecía minuto a minuto, permitiendo que su encantador espíritu brillara, Sean se sintió encantado. *Siempre supe que Erin era agradable, pero solo porque*

*Sheridan no tiene tiempo para gente mala o falsa. Nunca me di cuenta de lo verdaderamente especial que es.* Por más que lo intentó, no pudo ocultar su creciente admiración, y por la brillante esperanza en sus ojos, pudo ver que ella lo sentía y le gustaba. *Estoy en serios problemas*

De esta manera, Erin y Sean pasaron una velada agradable. Bailaron juntos varias veces, y cuando las canciones se volvieron demasiado rápidas, deambularon por la periferia de la sala, mirando, conversando, bebiendo ponche y, en general, simplemente divirtiéndose.

A mitad de camino, apareció otra canción rápida y Erin hizo una mueca. "¿Puedes creer que están pasando esto en la escuela secundaria?" le preguntó a Sean, apuntando al parlante ofensor. "Tan sucio."

Él levantó una ceja. "Sé lo que quieres decir. Me dan ganas de cubrir tus oídos vírgenes."

Ella rió. "Lo he escuchado antes, ya sabes. No vivo en un convento. Sin embargo, es bastante asqueroso. Vamos, salgamos del camino de todos los bailarines sucios."

Se abrieron paso entre la multitud, pasando a una chica que estaba moliendo su trasero en la entrepierna de un niño. Erin se alejó rápidamente, y luego se detuvo cuando la pareja frente a ellos pausaron para besarse. Sean chocó con la espalda de Erin.

"¿Incómoda?" él le preguntó, indicando las escenas de decadencia a su alrededor.

Ella se encogió de hombros. "Es la escuela secundaria. Hay gente besándose en cada esquina. Lo he visto, pero no estoy segura de que este sea el lugar para hacerlo." Ella trató de mantener la calma, pero el cuerpo de Sean contra su espalda, su cálido aliento cerca de su oreja, envió un hormigueo que corrió por su cuerpo.

Enganchó su brazo alrededor de su cintura y se la llevó.

Después de un giro brusco a la izquierda para evitar una pandilla de maestros que se abalanzan sobre los estudiantes que se portan mal, ella y Sean se encontraron con Sheridan. La cara roja y los ojos entrecerrados de su amiga hablaban mucho, al igual que su tono siseante. "Jake, no puedo creer que dijeras eso. ¿No sabes escuchar? ¡No!"

"Pero, Danny", se quejó el niño, frotando el cabello dorado de su mandíbula con el dorso de una mano. "Pero nada, Jake. La conversación terminó antes de comenzar. Sabes mi respuesta, y nada ha cambiado, así que cállate".

Erin se encontró con los ojos de Sean. Sus dientes apretados revelaban su ira. Por mucho que Erin supiera que a Sean no le gustaba Jake, no se necesitaría mucho para ponerlo al límite. Indicó a la pareja con la cabeza, en silencio preguntando si deberían intervenir.

Sean no se molestó en responder a la pregunta de Erin. Entró directamente, con su mirada protectora de hermano mayor en su lugar. "Danny, ¿está todo bien?" Le dirigió una mirada dura al apuesto joven rubio.

Sheridan sacudió su melena de rizos dorados como sorprendida y se volvió hacia su hermano. "No, ya no quiero estar aquí. Quiero ir a casa." Se le quebró la voz.

"Te llevaré", ofreció Sean. "No te importa, ¿verdad, Erin?"

*Maldita sea, todavía no quiero ir a casa. ¿Tengo que dejar que el cuento de hadas termine ya?* Luego tomó de nuevo la expresión infeliz de su amiga y respondió: "Por supuesto que no".

"No, la llevaré", suspiró Jake con cansancio, pasándose una mano por el pelo frondoso.

"Danny, ¿es eso lo que quieres?" Erin preguntó, mirando al novio de su amiga.

Sheridan miró a Erin por un largo momento y luego hizo lo mismo con su hermano. *Me pregunto qué piensa ella que está viendo.* Por fin, suspiró y dijo: "No quiero interrumpir su velada. Jake puede llevarme. Te veré el lunes, ¿de acuerdo?"

"Seguro cariño." Erin abrazó a su amiga y le susurró: "Gracias".

"No te eches a menos, Erin," Sheridan respiró en su oído. "Tú lo vales completamente". Con ese comentario críptico, la pareja se fue.

"Espero que ella rompa con él pronto", dijo Sean, disparando dagas a la salida de Jake con los ojos. "Realmente no me gusta ese tipo".

"A mí tampoco", estuvo de acuerdo Erin, todavía preguntándose qué había estado tratando de decirle su amiga. "Sabes, puedo alentarla a que no espere hasta después de la prueba. Ella lo necesita fuera de su vida ahora. Se está volviendo una plaga."

"¿Qué quieres decir?" Sean se volvió para mirarla. Por un momento, la ira persistente en su rostro pareció dirigirse a ella, y ella retrocedió.

"Es la secundaria, Sean. Él quiere acostarse con ella", espetó ella.

La mandíbula de Sean se apretó.

*Ay caramba. Eso podría haber sido demasiado contundente cuando ya está tan enojado.* Erin se apresuró a explicar. "Ella sigue diciéndole que no, pero él no está escuchando. Estoy un poco preocupada por toda la presión que él está ejerciendo sobre ella". *Y esa es la verdad sin adornos.*

"Sheridan no sucumbirá", replicó, su furia dando paso a la diversión molesta. "Ella es una de las personas más obstinadamente erguidas que he conocido".

Erin le tocó el brazo tranquilizadoramente y él le cubrió los dedos con la mano. Ella cerró los ojos ante el toque, tratando de dominarse para poder hablar de manera coherente. "Sí, pero ella no lo necesita. Es una falta de respeto, ¿sabes?"

"Sí, lo es. Erin, ¿quieres bailar un poco más?"

Cambiar el enfoque de nuevo a sí misma sacudió a Erin, y ella abrió los ojos cuando una ola de calor la envolvió. Compuesto por partes iguales de cientos de adolescentes sudorosos, el radiador y su propia mezcla vertiginosa de ira hacia Jake y deseo por Sean, atraía gotas de sudor a su frente. "Realmente no. En realidad, está un poco cargado aquí. ¿Estaría bien si salimos un minuto?"

"Está bien", Sean estuvo de acuerdo. Esta vez, en lugar de un brazo casual envuelto alrededor de ella, él tomó su mano. Erin se mordió el labio mientras se abrían paso entre la multitud de flores de pared, el lugar habitual de Erin en eventos como este, y más allá de una mesa donde el equipo de baile estaba vendiendo botellas frías de agua a precios ligeramente usurarios. Bordeando la línea, salieron por la puerta.

En el estacionamiento, la frescura de una noche de otoño con aroma a hoja perenne rápidamente borró la sensación sudorosa de la pista de baile abarrotada. El susurro silencioso de la brisa a través de los pinos que rodeaban la parte trasera de la escuela sonaba sensual y dulce, pero el viento contenía un frío invernal. Se abrió camino a través de la delgada tela de su vestido y ella se estremeció. Sean la rodeó con el brazo y le prestó su calor. Ella se apoyó en él, su cabeza contra su hombro. Su aroma, que la había provocado toda la noche, estalló en sus sentidos como una droga; convincente, adictivo e imposible de resistir. Levantando la cabeza otra vez, se encontró con su mirada. Una expresión ilegible convirtió sus ojos en llamas azules.

Ninguno de los dos habló. *Tal vez no deberíamos estar tan cerca, especialmente en un entorno semiprivado*, pensó Erin, dispuesta a alejarse. Su cuerpo se negó a cumplir. *Si nadie dice nada, tal vez no esté realmente mal.* Otra ráfaga de viento helado envió a Erin aún más cerca al refugio del cuerpo de Sean. Su brazo libre se inclinó sobre su espalda para descansar sobre su hombro. Su frente se calentó cuando Sean apoyó su mejilla contra ella. Ella deslizó sus brazos alrededor de su cuello.

Después, ninguno de los dos estaba seguro de quién se movió primero, pero de repente, se encontraron besándose. Comenzó simplemente, un roce ligero de boca en boca. Más duro y más dulce, el segundo beso robó el pensamiento racional. Durante varios latidos, Erin olvidó por completo que la noche no era una cita normal entre dos personas que querían estar juntas. Pasó otro momento, y la boca de Sean se abrió sobre la de Erin, su lengua presionó sus labios. *¿Esto realmente está sucediendo? No me lo puedo creer. Como un sueño hecho realidad, ella se abrió a la presión, aceptó ansiosamente su pasión y le devolvió la suya.*

*La tensión de tanta conmoción y la confrontación con Jake se evaporaron en los brazos de Sean mientras su boca se unía a la suya, provocando su excitación. Una sensación de hormigueo estalló en la parte inferior de su vientre e irradió hacia afuera hasta que Erin se sintió como una terminación nerviosa y en todas partes donde su cuerpo tocaba, el suyo ardía. La humedad se acumuló, preparándola para el siguiente paso. Oh Dios. Si solo. De nuevo, las imágenes de su cuerpo desnudo y sudoroso enredado con el de Sean se apoderaron de Erin. Nunca me arrepentiría de esa oportunidad. Ya le dolía la piel por caricias más íntimas.*

Después de varios largos momentos, Sean soltó la boca de Erin, y ambos se quedaron jadeando, mirándose con expresiones aturdidas.

Sean habló primero. "Lo siento, Erin. No sé lo que me pasó."

*¿Lo siento? ¿El mejor momento de mi vida y lo siente?* Picada por las dolorosas palabras, ella soltó: "Tal vez estabas fascinado por mi belleza deslumbrante". Luego frunció el ceño y escuchó la dura ironía en su voz. *Bueno, eso es todo. Ahora definitivamente no tendrá nada más que ver contigo.*

"No te eches a menos", insistió Sean, sorprendiéndola al deslizar sus dedos por su mejilla. "Eres hermosa, pero no es correcto que te bese".

*Bien, entonces él todavía está aquí. Todavía enganchado a la conversación, todavía tocándome.* El deseo aumentó el coraje de Erin a alturas desconocidas, permitiéndole hacer una pregunta impensable. "¿Por qué? Esto va un poco más allá de intentar hacerle un favor a tu hermana. ¿Me equivoco al decir que me besaste porque quisiste?" Su corazón latía tan fuerte que le dolía mientras esperaba su respuesta.

Una triste sonrisa curvó los labios de Sean hacia arriba. "No, no te equivocas. Yo quería y no vine esta noche como un favor a Danny; fue un favor para ti".

Su estómago revoloteó. *¿Puede él realmente decir eso?*

Sean continuó. "Pero, Erin, eres demasiado joven. No puedo estar contigo ahora, incluso si realmente quisiera hacerlo."

Erin consideró si valía la pena hacer una pregunta más puntiaguda. Finalmente, se armó de valor y dijo: "¿Y lo quieres?"

Sean suspiró. "Sí, lo quiero. Quiero decir, eres una gran chica. Cualquiera tendría suerte de tenerte, pero no quiero que me arresten."

Tengo dieciocho años, sabes. Mi cumpleaños fue hace un par de semanas", le recordó.

*Espera, lo sé, ahora que lo pienso. He estado haciendo planes para permanecer lejos de casa la segunda semana de septiembre desde que tengo memoria.* Ya era bastante malo tener que ayudar a limpiar después de las fiestas de cumpleaños de todos los demás, pero verse obligado a ayudar con una para un no familiar había superado el límite de su motivación adolescente en ese momento. "Eso es correcto, lo recuerdo", le dijo, "pero ya no soy un adolescente".

"No me importa". Sus cálidos ojos marrones le rogaban que no le importara tampoco.

"Me importa" respondió honestamente, odiando el dolor que estalló nuevamente en esas profundidades de chocolate. "Si has terminado de bailar, realmente deberías dejar que te lleve a casa".

Erin se dejó caer. Con las comisuras de la boca hacia abajo, murmuró: "Sí, creo que eso sería bueno. Salgamos de aquí antes de que la multitud se disperse y seamos atrapados en su estela."

Erin se desplomó abatida mientras arrastraba los pies hacia el auto. Parecía perdida en sus pensamientos, como si luchara con algún problema pesado e irresoluble. Él abrió la puerta y Erin entró sin decir una palabra, pero sus ojos, cuando se encontraron con su mirada, hablaron de un profundo dolor y un profundo anhelo. *¿Esto podría ser más que un flechazo? Imposible. ¿Qué tipo de hombre siente algo más profundo que la simple atracción pasajera por la mejor amiga de su hermana pequeña? Incluso uno tan especial como este. Incluso la atracción se sintió mal. ¿O sí lo sentía?* La sensación de sus labios contra los suyos, su cuerpo frágil, debilucho, en sus brazos lo había afectado profundamente, y no podía pensar en el sentimiento como negativo.

Sean luchó con su dilema interno mientras conducía hacia la casa de Erin. A pesar del conocimiento objetivo de que besar a la mejor amiga de su hermana era una idea realmente terrible, no podía arrepentirse. *Ella estaba deliciosa en mis brazos; delicada y apasionada y muy dulce. Quiero otro beso, quiero ... a Erin, todo de ella. ¿Qué me pasa que no puedo evitar querer a esta chica? A pesar de que podría ser legal para mí estar con ella, ella tiene que ir otro año de secundaria, por lo que no sería correcto ...* su piel hormigueó. Una mirada reveló una delicada mano sobre la tela oscura de la tapicería del asiento. Atrajo su toque como un imán. Tuvo que luchar para mantener sus manos en el volante. *Pero ella se sentía tan bien en mis brazos. La quiero allí de nuevo.* La idea de no abrazar o besar a Erin nunca más le causó una punzada mayor de lo que había esperado. *¿Cuándo esta mujer pequeña se volvió tan importante para mí que quiero reclamarla para mí?* Otra rápida mirada reveló que masticaba nerviosamente el costado de su labio. Ella lamió el lugar y él quiso gemir. La fuerza de voluntad se hizo añicos. *No, más que querer, tengo que hacerlo. Realmente no hay otra opción. Al diablo la controversia. A menos que ella diga que no, nuestra noche está lejos de haber terminado.*

Extendió la mano a través de la consola y tomó su mano entre las suyas, llevándola a sus labios. "Erin ..." tragó saliva, "fue un beso realmente increíble".

"Si." Sus dedos se deslizaron sobre su mejilla. "Me encantó."

"Quiero más." Esos dedos que acariciaban se quedaron quietos de repente.

"Yo también", dijo. "¿Sigues teniendo dificultades con que yo esté en la escuela secundaria?"

*Deja que Erin comprenda el problema de inmediato.* "Sí, pero no se puede cambiar durante un año más o menos, ¿verdad?"

Ella se quitó el chiste tonto. "No hasta que me gradúe".

Manejando con una sola mano, él entrelazó sus dedos con los de ella y los puso sobre su rodilla. "No lo suficientemente pronto. Te quiero ahora mismo. Sin embargo, estoy bastante seguro de que todavía te querré después de que te gradúes."

"¿Qué estás diciendo, Sean?" El pulso bajo su pulgar comenzó a latir.

"Que si quieres que te deje y me vaya, dímelo ahora. De lo contrario, será mejor que me planees verme con mucha más frecuencia en el futuro."

Su mano se apretó sobre la de él. "¿De Verdad?"

"Sí."

"Entonces, ¿es este un comienzo para ... nosotros?" preguntó ella, con incredulidad inundando su voz.

"Lo es. Es decir, después de esta noche, habrá un "nosotros" a menos que me digas lo contrario". Él acarició su piel suavemente con la punta de su pulgar.

"No juegues conmigo de esa manera, Sean. No soy nada especial", dijo ella, con la voz temblorosa.

Intentó no tomar su duda personalmente. *Ella es tan tímida que no me sorprende que tenga problemas con esto.*

Se apresuró a tranquilizarla. "Por supuesto que eres especial. No hay razón por la que no quiera estar contigo, y no estoy jugando, lo prometo. Además, solo debes preocuparte por ti misma. Tú decides si me quieres. Ya he decidido que te quiero."

Ella contuvo el aliento ruidoso. "¿Estás bromeando? ¿Con todo el tiempo que estuve flechada por ti?"

"Es lo que pensé."

Erin se sentó en silencio por un momento interminable. Finalmente, dijo: "No puedo creer que esto realmente esté sucediendo, Sean. Es como un sueño."

Él sonrió. *Está tan impresionada, como si yo fuera una especie de celebridad y no solo un aprendiz de constructor.* Su franca admiración se sintía genial. Quería disfrutarlo un poco más, en privado. *No puedo esperar para probar esa dulce boca de nuevo.* "No es un sueño. ¿Estás segura de que tus padres se fueron todo el fin de semana?"

"Sí."

"Bien, porque estamos aquí". Él sonrió ante su reacción cuando se detuvo en la acera y estacionó el Mustang.

De la mano entraron en la casa. Erin llevó a Sean a su habitación. La tomó en sus brazos para otro de esos besos profundos y estupefacientes, y le metió la lengua en la boca. Ella hizo un suave zumbido cuando su mano se deslizó por su cabello, soltando los alfileres y dejando que los mechones de chocolate cayeran alrededor de su espalda. Soltando su boca por un momento, Sean la miró. *Es muy bonita, la chica de al lado es bonita, del tipo con el que te casas.* Sus cálidos ojos marrones se habían vuelto nublados por la pasión y sus suaves labios rosados se abrieron ligeramente. Lo tomó como una invitación, deslizando su lengua hacia adentro para acariciar su boca. Sintió que sus manos aflojaban su camisa de sus pantalones y se deslizaban dentro para tocar su piel. Su agresividad lo sobresaltó. *Whoa, se está moviendo rápido.* "¿Erin?"

"Hmmmm?" ella tarareó contra sus labios. Parecía tan relajada ahora, derritiéndose en sus brazos.

"¿Hasta dónde quieres llegar esta noche?" Su pulgar trazó una línea gruesa en su espalda.

Erin ni siquiera se detuvo a pensar. "Todo el camino. Te quiero, Sean. Yo te quiero mucho." Ella habló con absoluta certeza, su mirada suave y confiada.

Sus ojos recorrieron su cuerpo, percibiendo signos obvios de excitación. Sus pezones erectos presionaban la parte delantera de su vestido hacia adelante. Desde el ombligo hacia abajo, su cuerpo se alineó perfectamente contra el de él. Su sexo respondió al calor y la cercanía del suyo. *Hmmmm Todo el camino suena genial. Ella está muy lista. Eso se sentirá bien. Ha pasado mucho tiempo desde que estuve con una chica ...* Luego, las implicaciones detrás de sus palabras se hundieron con él y él parpadeó, desconcertado. *¿Todo el camino? ¿En nuestra primera cita? ¿Dónde se ha estado escondiendo esta Erin?* "¿Lo has hecho antes?" espetó él. *Por favor di que si. Por favor di que si.*

Ella sacudió su cabeza.

Sean se hundió con decepción. "No sé si puedo sentirme bien tomando tu virginidad. Es como nuestra primera cita ", el caballero en él lo obligó a decir.

"No la estarías tomando. Te la estoy dando. ¿A menos que no la quieras?" Su tono de confianza se volvió más vacilante con cada palabra.

*Esa inseguridad de nuevo. ¿NO quieres tener sexo con esta hermosa chica? ¿Qué piensa ella que soy, un eunuco? Estoy a punto de reventarme la cremallera.* "Lo quiero. No estoy seguro de por qué tu lo quieres". Ajustó su erección incómodamente con una mano. El movimiento hizo que su mano rozara su montículo. Ella gimió. *Muy preparada. Oh Dios. Estrecha, calor virgen. Su autocontrol tomó otro golpe.*

"Porque lo quiero, eso es todo". Ella tocó su rostro. Su lengua salió para humedecer su labio y él quería gemir ante la idea de que ella aplicara esa humedad a las partes sensibles de su cuerpo. "En serio, sabes cuánto me gustas, Sean. A veces solo tienes que aprovechar una oportunidad o te arrepentirás para siempre. ¿Mi primera vez con alguien tan especial, alguien con quien he soñado tanto tiempo? Este es ese tipo de oportunidad. La vida es incierta. Los matrimonios de veinte años pueden terminar de la noche a la mañana. Estoy aquí, esta noche, contigo, y no hay otro lugar donde quiera estar. Es mágico. ¿No podemos hacer que sea aún más mágico?"

Hizo un último intento de actuar como un caballero. "Simplemente no quiero que te arrepientas de esto".

"No lo haré", respondió ella, emocionada, ansiosa y segura de nuevo.

"¿Si fuera alguien más?" él presionó.

"No hubiera ido al baile en absoluto. Ahora estaría sola, practicando con mi oboe. Solo quiero hacerlo contigo."

*Aquí se supone que estoy construyendo su confianza, y ella arroja el mayor cumplido que una chica puede dar.* "¿Estás segura?"

Ella asintió.

No pudo encontrar más motivos para resistirse. Su oferta lo tentó más allá del sentido o la decencia. "Hagamos un tipo diferente de música".

Erin sonrió. Bajando la mano, cogió el dobladillo de su vestido con ambas manos y se lo puso sobre la cabeza, sorprendiéndolo con su audacia. Ella alcanzó el broche de su sostén, y su mano se cerró sobre la de ella.

"Reduce la velocidad, bebé", instó. "Tenemos toda la noche. No hay necesidad de apresurarse."

Pero parecía que Erin se sentía apurada. Ella deslizó sus brazos alrededor del cuello de Sean y le bajó la cabeza, esta vez sacando la lengua para acariciar sus labios y luego hundiéndose profundamente. Él gruñó, presionándola contra él y la dejó sentir cuánto la quería. Ella hizo un sonido suave ante el contacto íntimo. Luego lo abrazó con fuerza, sus labios se aferraron deliciosamente a los de él.

Sean acunó a Erin en sus brazos. Ella es tan dulce. Se sintió un poco culpable por hacer esto con ella, pero no lo suficiente como para detenerse. La besó una y otra vez, sus manos vagando por su cuerpo. *Ella es muy delgada. Puedo sentir cada hueso ... junto con su irresistible suavidad.* El rosa de su ropa interior, un pequeño sujetador que levantaba sus pequeños senos y un trozo de encaje que cubría su montículo, complementaba su piel lechosa. Acunó un seno en su mano, empujando suavemente hacia arriba para que el globo suave se derramara. Luego se inclinó y abrió la boca sobre el delicado y rosado pezón, chupando suavemente.

Las rodillas de Erin cedieron y ella se apoyó contra Sean en busca de soporte. Se rió entre dientes. *¿Así, bebé? Aún no has visto nada.* Luego le quitó el cierre del sujetador y lo dejó caer al suelo. Otro hábil movimiento envió sus bragas a chapotear alrededor de sus tobillos. Ella las pateó lejos. Él la tomó en sus brazos y la llevó a la cama.

Ahora que el momento casi había llegado, Erin comenzó a parecer nerviosa. *Me pregunto si ella cambiará de opinión. Está bien si lo hace. Tiene que ser su decisión.* Si ella se retirara, no sería una sorpresa. Sean esperó el próximo movimiento de Erin. Inclinándose sobre un codo, ella abrió la parte delantera de sus pantalones, para que él pudiera salir de ellos y de su ropa interior. Se unió a ella desnuda en la cama. *Ella todavía parece muy asustada. Tal vez debería parar. Aún mejor, tal vez podría acariciarla hasta el orgasmo, darle un poco de intimidad, pero no tomarla todavía. Darle tiempo para acostumbrarse. Esa sería una muy buena idea.*

La atrajo hacia sí para otro beso devastador, presionando su cuerpo contra el suyo y sintió que los nervios de Erin se derretían. Luego bajó nuevamente la boca hacia sus senos, probando primero un pezón duro y luego el otro hasta que ella jadeaba de deseo. Su espalda se arqueó, ofreciendo sus senos para su estimulación. Ella entrelazó sus dedos en su cabello, manteniéndolo cerca.

Su mano se deslizó por su vientre, pero ella no reaccionó. *Ni cosquillas. Bueno. Hace las cosas más fáciles.* Luego se deslizó más abajo y ella se abrió ansiosamente por él. *Guau, esta chica es asombrosa. Tan ansiosa, tan audaz.* Él acarició los pliegues húmedos y sedosos y ella jadeó de asombro placentero.

*Oh, esto es muy bueno. Ella está lista.* Él deslizó un dedo dentro de ella y frotó suavemente su clítoris con su pulgar. Erin inclinó la espalda, presionándose sobre su dedo invasor, sus caderas retorciéndose. *Eso es, dulce niña. Alcánzalo.* Cada respiro surgió como un suave gemido cuando él la llevó más y más alto.

"¿Sean?" ella gimió, la voz vacilante.

"Casi allí, bebé. Casi ahí."

Empujó profundamente con su dedo y le dio un fuerte masaje. Con un grito, sucumbió a un poderoso clímax, las caderas se sacudieron mientras echaba la cabeza sobre la almohada.

Sean la vio venir, brillando de satisfacción. *Erin es muy receptiva. Esto es mejor de lo que esperaba.* Volviendo a subir sobre su cuerpo, besó su boca con ternura.

"Oh Sean", suspiró, "¿qué fue eso?"

"Puro placer, bebé". Él acarició su mejilla. *¿Hay algo en el mundo más hermoso que una mujer bien complacida?*

Ella se derrumbó, cojeando contra la almohada. "En serio. Nunca imaginé que algo pudiera sentirse tan bien. ¿Vendrás dentro de mí ahora?" Ella tiró suavemente de su brazo, instándolo a acercarse.

"Creo que debería parar", respondió. "No hay necesidad de hacerlo esta noche".

"¿Por favor? Quiero que lo hagas." Ella lo miró profundamente a los ojos, la urgencia torció los labios hacia abajo.

"¿Estás segura, Erin?" él presionó.

"Si. Estoy segura. Tómame. Por favor, Sean. Tómame."

*Ella suena tan ... desesperada. Todavía no sé por qué, pero ¿cómo puedo resistirme a esos bonitos ojos marrones?* "Oh, cariño, no tienes que rogar".

*¿Qué pasará si digo que no? Ella se sentirá rechazada, eso es lo que sucederá.* Su pene rozó la suavidad de su muslo y el debate se derrumbó dentro de él. *Bien. Sin embargo, recuerda lo estrecha que es. ¿Cómo hago para desflorarla sin lastimarla? Relajación. Ella tiene que relajarse.* Él levantó sus caderas y deslizó suavemente una almohada debajo de ella, inclinándola al ángulo correcto y colocando sus muslos bien separados. "Escucha, necesito que hagas algo por mí. Afloja todos los músculos de tu cuerpo. No quiero ninguna tensión en ti. ¿Puedes hacerlo?"

"¿Por qué?" Ella miró la línea media de su

cuerpo hacia su rostro con una expresión perpleja.

"No quiero lastimarte", explicó.

"Probablemente va a doler de todas maneras", señaló.

*Pequeña como ella es adentro, no hay duda al respecto. Pobre Erin.* "Lo sé, pero minimicémoslo, ¿de acuerdo? Relájate Especialmente aquí." Él deslizó un dedo dentro de ella nuevamente, acariciando su himen. Erin respiró lenta y profundamente y lo liberó, obligando a su cuerpo a estar completamente flácido. Sean se arrodilló entre sus muslos y retiró su dedo, alineándose con su entrada sin probar. *Ella es muy pequeña. No estoy seguro de qué tan bien va a funcionar.* Un suave empujón atrajo solo su cabeza dentro ella. Ella chilló, apretando sus muslos alrededor de sus caderas.

"No bebé. Relájate —le recordó, acariciando su piel con ambos pulgares. "Si no puedes relajarte, tengo que parar. Tranquila, Erin."

Erin aflojó deliberadamente sus músculos tensos y entregó dulcemente su virginidad a Sean. Él la tomó despacio, muy despacio, pero no fue suficiente. Su himen resistió la presión antes de finalmente ceder violentamente, desgarrándose con fuerza.

～

Erin se quedó quieta. No llores, no te quedes sin aliento, se ordenó a sí misma. Ella no podía traicionarle cuánto le había dolido. No le gustaría eso y podría detenerse. Ella respiró profundamente un par de veces.

Él permaneció inmóvil, a medio camino dentro de ella, permitiéndole adaptarse. "¿Estás bien?"

*Parece muy preocupado.* Ella extendió una mano y le acarició la mejilla. "Si. Está mejorando El dolor se desvanece".

"Bueno. ¿Puedes soportar un poco más?"

*¿Hay más? Oh Dios.* "Puedes probar."

Sean empujó más profundo. La penetración ardía y se sentía ridículamente estirada, pero no se quejaría. Ella le había rogado que hiciera esto. Ella todavía lo quería. Pulgada por pulgada laboriosa él avanzó, alegando su inocencia. Finalmente, cada parte de él fue enterrada, la punta de su sexo presionando con fuerza contra su cuello uterino.

Ella exhaló, tratando de adaptarse.

"Oh Guau, Erin. Te sientes increíble."

"Increíble", murmuró ella. *Increíble, no estoy llorando. Maldición, eso duele.* Ella se retorció,

45

tratando de disminuir la presión. "¿Demasiado profundo?" él preguntó.

Ella asintió, mordiéndose el labio.

"Lo siento." Se retiró un poco, lo suficiente como para darle un poco de alivio.

"¿Sabes lo que necesitas bebé?" preguntó. Ella arqueó las cejas juntas. "Otro orgasmo", proclamó. "¿Te gustaría eso?"

Ella asintió. *La distracción sería una buena idea.*

La besó y se agachó para acariciarla nuevamente. El ligero toque en su pico hinchado volvió a encender el fuego en su vientre y la hizo retorcerse, pero con Sean aún enterrado hasta la empuñadura dentro de ella, no tenía a dónde ir.

*No estoy exactamente segura de que esto vaya a funcionar, pensó. Su dedo se sentía bien, pero esto es tan enorme y abrumador. Siento que estoy a punto de partir.* Su dedo acariciante encontró un ritmo delicioso en su clítoris. *Maldición, eso es bueno, pero ¿un orgasmo realmente será capaz de construir en una sensación tan incómoda?*

Podria. A diferencia de los placeres anteriores y suaves, esto se sentía salvaje, al borde del exceso. Especialmente cuando él comenzó a moverse, empujándola, gentil pero insistentemente, mientras sus caricias continuaban. Parecía imposible, pero cuando se acercaba a su segundo pico, incluso el dolor se convirtió en placer y volvió a espasarse violentamente, un grito desgarrado de su garganta.

Sean sonrió ante la respuesta desinhibida de Erin. Se había relajado lo suficiente como para dejarlo empujar libremente, pero permaneció maravillosamente estrecha. Su sexo revoloteaba rítmicamente contra él, y él continuó empujando hasta que su propio orgasmo se rompió sobre él en olas devastadoras.

# 3

Más tarde, la pareja seguía acostada desnuda y acurrucada. Erin apoyó la cabeza sobre el hombro de Sean, trazando espirales en el pelo de su pecho con la punta de un dedo. Su mano descansaba sobre su espalda, acariciando lentamente, por lo que las callosidades en sus palmas ásperas del trabajo rascaban agradablemente sobre su piel. *Guau. No puedo creer que esto realmente esté sucediendo, pensó. No puedo creer que haya tenido relaciones sexuales, y no menos que con Sean.* Un resplandor de satisfacción y orgullo la calentó desde el interior incluso cuando el toque de su cuerpo calentaba su piel.

. . .

Entonces, el placer de su tierno resplandor se hizo añicos cuando el teléfono en el bolsillo de los pantalones de Sean comenzó a sonar.

"Qué extraño", dijo, besando sus labios una vez y rodando lejos.

"¿Qué?" ella preguntó.

Él se puso de pie. "Ese teléfono es solo para el trabajo. Nunca se usa por la noche. Debe ser algún tipo de emergencia."

Se inclinó, besó a Erin suavemente otra vez y rebuscó en la ropa del suelo para recuperar el dispositivo.

Erin se apoyó en un codo sobre la sábana turquesa y admiró el físico musculoso de Sean mientras se movía por su habitación. Su tamaño la hacía sentir aún más pequeña, de una manera maravillosa y protegida. *La forma en que su cuerpo se sentía encima de mí ... dentro de mí. No se parecía a nada que pudiera haber imaginado.* El recuerdo hizo que un nuevo calor se enroscara en su vientre. *Me pregunto si hemos terminado por la noche. Creo que podría querer un poco más.* Luego se movió e hizo una mueca. *Quizás ya estuvo bien, más de lo que me pude dar cuenta. Ay. Por supuesto, si quiso decir lo que dijo, si somos una pareja, esperar uno o dos días no importará en absoluto.*

Sean le guiñó un ojo mientras sacaba los pantalones del charco de ropa dispersa y sacaba el teléfono del bolsillo, presionando un botón. "¿Hola?"

Erin no podía saber quién estaba al otro lado, pero podía ver que la persona hablaba mucho y que lo que le decían a Sean lo molestaba.

"¿Ella está donde? ...¿Que pasó? ... ¡Dios mío, no! ... ¡Por supuesto! ... Llegaré allí de inmediato". Colgó y comenzó a ponerse la ropa. Su aire sexy y juguetón se había desvanecido por completo, reemplazado por una expresión de puro pánico. "Erin, lo siento mucho, pero tengo que irme ahora mismo. Era mi mamá. Hay una emergencia. Juro que no planeé separarme así, pero tengo que ir al hospital de inmediato". Él balbuceó las palabras en un torrente casi ininteligible. Su expresión de asombro la alarmó.

Erin saltó de la cama y agarró sus bragas, entrando en ellas. Humedad acumulada en el forro de algodón. No pudo evitar sonrojarse mientras se acercaba a su tocador. *El sexo es más desordenado de lo que pensaba.* "¿Que pasó? ¿Quién está en el hospital?"

"Danny."

Erin se congeló, respirando temblorosa. "Oh no, ¿colisionaron? ¿Se encuentra ella bien?" Sacó unos vaqueros y un suéter del cajón.

"No." Se giró para mirarla, sus rasgos hermosos se transformaron en una máscara de furia, ella realmente retrocedió varios pasos, hasta que sus piernas tocaron el borde de su cama. Su mandíbula se apretó con tanta fuerza que ella pudo escuchar sus dientes rechinar mientras él apretaba las palabras. "Ese bastardo Jake Morris la violó".

La ropa de Erin se deslizó entre sus dedos. "No." Poniéndose la mano sobre la boca, se dejó caer en un asiento sobre el colchón, sus piernas ya no estaban dispuestas a sostenerla en posición vertical.

"Sí."

Sus palabras dejaron sin aliento a su cuerpo. Durante varios segundos, sus pulmones olvidaron tomar aire. Por fin, jadeó y comenzó a parlotear sin control. "¡Oh Dios! Tengo que ir contigo. Por favor llévame contigo, Sean. Danny es mi mejor amiga. Yo también tengo que estar allí." Mientras balbuceaba, usó su posición sentada para ponerse sus jeans. La tarea familiar parecía complicada, como si ni sus manos ni sus pies supieran lo que se suponía que debían hacer. Ella buscó a tientas los botones y se levantó vacilante.

"Sí bien. Vamos, sin embargo," Sean instó, extendiendo una mano.

Erin recuperó su suéter y se lo puso sobre la

cabeza, luego tomó su mano, agradecida por el apoyo ya que su cuerpo aún luchaba contra estar erguido. *Esperando en la puerta*, se recordó a sí misma. Su hogar de la infancia parecía extraño mientras su mente repetía las palabras devastadoras una y otra vez. *Cruza la sala y entra al hall.* Recogió sus zapatillas del estante de zapatos junto a la puerta, pero no intentó ponérselas. *Eso se puede hacer en el auto.* Cerrando la puerta con el piloto automático, se escabulló hacia el Mustang, entró y se abrochó el cinturón de seguridad. Sean se apartó de la acera y arrancó calle abajo.

Mientras se ponía los zapatos, las lágrimas comenzaron a rodar por la cara de Erin. Ella sollozó. "Esto es mi culpa. Sabía que no debería estar sola con él. Solo quería pasar más tiempo contigo. No puedo creer que fuera tan egoísta".

Él extendió la mano y agarró la suya, apretándola. "Es mi culpa también. Pude ver que dejarla con él era una mala idea", dijo, con voz áspera e inestable.

Sean condujo al hospital demasiado rápido, pero afortunadamente no con imprudencia. Manejaba con una mano y con la otra, se aferraba a la de Erin. El conocimiento de que habían estado disfrutando de una velada apasionada en la cama mientras alguien a quien amaban era agredido los lastimó a ambos más allá de su capacidad de soportarlo. Que hubieran tenido la oportunidad de evitarlo y que no lo hubieran aprovechado era aún peor. Erin lloró todo el camino. Sería mentiroso sugerir que Sean no lo hizo.

Al estacionarse al azar entre dos espacios, Sean y Erin se apresuraron hacia el edificio, hasta el escritorio de la recepcionista, todavía aferrados a los dedos del otro. "¿Dónde está Sheridan Murphy?" Sean le preguntó a la recepcionista.

La mujer de mediana edad detrás de la ventana de plástico lo miró con dureza. "¿Quién serías?" ella preguntó sospechosamente.

"Soy su hermano, y esta es su mejor amiga. ¿Donde esta ella?"

"¿Su hermano?" Los ojos entrecerrados no dejaban dudas sobre la opinión de la mujer.

"Sí."

"Lo juro, señora", le dijo Erin con urgencia, inclinándose hacia adelante con una palma apoyada en el mostrador, "él no fue el que hizo esto".

Aparentemente, la apariencia de Erin, con lágrimas aún deslizándose por sus mejillas, fue suficiente para convencer a la recepcionista. "Está bien, está en la habitación 215, arriba".

"¿La internaron?" Sean exigió, horrorizado.

*Esta no es una buena señal. El estómago de Erin se apretó y temió estar enferma.*

"Sus heridas son bastante graves", explicó la mujer con gravedad. "Quieren que se quede a pasar la noche".

La mano de Sean se apretó dolorosamente sobre la de Erin. Ella flexionó sus dedos, recordándole que fuera gentil.

Salieron de la sala de emergencias y corrieron por el hospital, evitando por poco una colisión con un paciente de diálisis de edad avanzada en silla de ruedas, antes de llegar a la unidad de cuidados intensivos.

Fuera de la habitación 215, Ellen Murphy estaba parada en el pasillo, llorando sobre los restos de un pañuelo desgarrado. Sean soltó la mano de Erin y agarró a su madre, abrazándola con fuerza. Ella ocultó su rostro en su hombro. Erin miró por la puerta con ventanas de la habitación. La cortina había sido colocada alrededor de la cama, pero periódicamente se iluminaba.

"¿Que esta pasando?" Sean preguntó.

"La policía está ahí. Están recolectando evidencia." Las palabras tuvieron que ser forzadas entre los sollozos rotos de Ellen.

"¿Está sola?" La incredulidad en su tono reflejaba su expresión.

*Eso no puede estar bien. No cuando ha tenido lugar un evento tan terrible.* Erin pensó, horrorizada.

"Papá está con ella".

*El alivio le quitó un dolor en los hombros. Eso es bueno. Ella es muy cercana a su padre.*

"¿Cuándo podemos entrar?" Sean quería saberlo.

"Cuando terminen. No quieren la evidencia contaminada. Sean, es realmente malo. Tienes que estar preparado."

Él dudó. Erin podía ver que realmente no quería saberlo, pero ... "Dime".

"Está magullada por todas partes. Parece que pudo haberla golpeado, pero ella no lo dijo con seguridad. Realmente, ella no ha dicho mucho. Creo que está en estado de shock."

"¿Cómo supieron que fue una... violación?" *Una palabra tan fea, especialmente cuando se habla de alguien que amas.* La boca de Sean se retorció de asco, como si estuviera a punto de vomitar. *Y no es de extrañar. Quiero amordazarme.*

"Si hubieras visto la sangre corriendo por sus muslos ..." Ellen perdió el control, sollozó y luego se armó de valor para continuar. "Había tanta, debe haber sido brutal. No tengo dudas de lo que pasó.

"Voy a matarlo", gruñó Sean.

Erin lo creyó. Su ira la asustó. *Y por lo grande y poderoso que es Sean, no se necesitaría mucho esfuerzo. Jake podrá ser un jugador de fútbol, pero nunca resistiría contra un hermano mayor enfure-cido con músculos.*

"No, Sean", respondió Ellen con una voz hueca que coincidía con la desolación de su rostro. Ella agarró el brazo de su hijo y lo sacudió un poco para devolverlo a la realidad. "No vamos hacer ojo por ojo. Vamos a hacerlo legalmente. El pagará. Ella va a presentar cargos."

"¿Entiendes lo que significa eso, mamá? Habrá un juicio. Danny tendrá que revivir todo el asunto, una y otra vez, antes de que pueda ser castigado". Sean sacudió la cabeza. Su inhalación sonaba lejos de ser constante.

"Lo sé." Ellen comenzó a llorar aún más fuerte.

Erin se acercó a la señora Murphy y colocó su mano sobre el brazo de la mujer mayor. Ellen levantó la cabeza, sorprendida. "Oh, Erin. Estoy muy contenta de que estés aquí."

"Por supuesto. ¿Dónde más podría estar?"

De un acuerdo, Sean y Ellen abrieron los brazos y atrajeron a Erin, como si fuera un miembro de la familia. Permanecieron así, abrazados, hasta que la oficial de policía, una mujer mayor de aspecto amable, salió de la habitación.

Ella los miró por un largo momento antes de decir: "Pueden entrar ahora. Terminé. Lo siento mucho." Erin pudo ver que lo decía en serio. No importa cuánto tiempo hayas trabajado en la aplicación de la ley, algunas escenas todavía conservan el poder de espantar.

Entraron en la habitación con las piernas débiles. La cortina alrededor de la cama estaba abierta ahora, revelando un cuadro de devastación. Sheridan ya no estaba en shock y se acurrucaba en los brazos de su padre, temblando de sollozos. Él le frotaba la espalda, pero sus propios ojos ardían rojos. Las lágrimas brillaban en sus mejillas desgastadas. Su pelo de sal y pimienta se erizó, como si hubiera estado pasando los dedos por él.

Al escuchar los pasos en el piso de baldosas, Sheridan levantó la cabeza. Un hematoma hinchado, profundamente cortado en el centro, reformó los planos de su rostro. Sean hizo un sonido estrangulado y se detuvo en seco. Erin se arrojó a la cama, trepándose junto a su amiga y abrazándola. "Oh Dios, Danny", lloró.

Sheridan se giró y la abrazó. "Erin." Su voz sonaba débil y áspera por tanto llanto. Las chicas se abrazaron en la miseria. Ahora que el hielo se había roto, Sean y su madre se acercaron a la cama, abrazando a Sheridan.

"Danny, yo ..." Sean se interrumpió pero apretó a su hermana con fuerza. Ella chilló.

"Con cuidado", advirtió su padre. "Ella tiene moretones ..." él indicó su cintura.

Sean se hundió en el borde de la cama cerca de los pies de Sheridan, sus piernas ya no podían sostenerlo. Erin se mordió el labio. *¿Contusiones en el vientre también?* Oh Dios. "Danny ..." Su voz se detuvo, y Erin se alegró porque no tenía idea de qué decir. De hecho, nadie sabía qué decir, por lo que se turnaban para sostener a Sheridan y llorar.

Después de un par de horas, entró una enfermera.

"Amigos", dijo con voz suave y comprensiva, "hemos recibido noticias del médico de que Sheridan pasará la noche aquí".

"¿Pasarla noche?" Sheridan preguntó con una voz que Erin ni siquiera podía reconocer. "¿Cómo creen que voy a dormir?"

La enfermera sonrió, pero era una sonrisa triste y cansada. "El doctor sospechaba que podrías tener problemas. Te recetó un sedante. Sacudió un vaso de plástico transparente dentro del cual una cápsula azul brillante vibró. Sheridan asintió, aceptó ansiosamente el medicamento y lo lavó con un trago de agua de una taza idéntica.

"Y ahora", continuó la enfermera, alisando un mechón de cabello negro canoso que había escapado de su cola de caballo, "hay demasiadas personas en esta habitación. Las horas de visita terminaron hace mucho tiempo."

"No voy a dejar sola a mi hija después de lo que ha pasado", siseó la Sra. Murphy.

"Por supuesto que no, señora", respondió la enfermera. "El sillón se acuesta en una cama. Es más que bienvenida a quedarse."

"Papi", le dijo Sheridan a su padre, tirando de su brazo, "por favor, quédate. Los necesito a los dos", rogó, y Erin notó algo punzante en su voz y expresión.

"Bueno", dijo la enfermera, "normalmente tratamos de mantenernos solo con un huésped durante la noche, pero dadas las circunstancias, creo que puedo pedir prestada una silla extra. Eso es todo, sin embargo."

Erin asintió con la cabeza. "Gracias por dejarme quedar tanto tiempo".

Sean tomó la mano de su hermana. "Siempre estaré aquí para ti, Danny, pase lo que pase".

Sheridan envolvió su mano alrededor del brazo de su hermano y lo arrastró hacia abajo, aplastándolo. Ella le susurró algo al oído que Erin no pudo oír, algo que lo hizo asentir.

"Vamos, Erin", sugirió Sean cuando Sheridan lo soltó. "Será mejor que te lleve a casa".

Antes de irse, Erin le dio un fuerte abrazo a

su amiga y le susurró: "Te amo, Danny. Regresaré mañana".

Sheridan no habló, pero sus brazos se apretaron alrededor de su amiga. Entonces Sean tomó la mano de Erin y se la llevó.

Las lágrimas corrían por sus mejillas mientras atravesaban los corredores de baldosas blancas del hospital silencioso hasta que tropezaron por la puerta corredera hacia el frío de octubre. Afuera, junto al Mustang, Sean la atrajo hacia sí.

"Oh, Sean", gimió, "¿qué vamos a hacer?"

"No lo sé. ¡Pobre Danny! No puedo creerlo." Se acurrucaron juntos, tratando de bloquear el viento frío de octubre y los horribles recuerdos de lo que acababan de ver.

Ella lo apretó con fuerza, su frente cálido contra su cuerpo. El viento nocturno atravesó la parte posterior de su suéter y cortó su piel. Ella se estremeció de frío y asco.

"Vamos a meterte en el auto, bebé", sugirió Sean. "No puede haber más de cuatro grados aquí".

La entró en el auto y apagó el viento detrás de ella.

Mientras conducían, a Erin se le ocurrió un pensamiento mezquino y egoísta. *Me pregunto si esto significa que el comienzo delicioso que Sean y yo compartimos ha terminado, si realmente será una sola noche en lugar de una relación después de todo. No quiero eso, pero esa no es forma de pensar cuando tu amiga yace herida y violada en el hospital.* Ella trató de ignorar el anhelo desesperado por Sean, pero no pudo. Finalmente, las palabras estallaron de ella. "¿Todavía vas a estar conmigo?"

"¿Qué quieres decir?" Claramente perdido en pensamientos oscuros y tristes sobre su hermana, a Sean le costaba comprender la pregunta.

"Quiero decir, dijimos que íbamos a ser una pareja. ¿Sigue siendo el caso? Sé cuán terrible suena preguntar esto ahora, pero tengo que saberlo. ¿Hemos terminado?" Ella agarró sus manos juntas en su regazo, retorciendo sus dedos. *Por favor, no me odies por preguntar, Sean. Me importas tanto.*

"No bebé. No hemos terminado", le aseguró con dulce intensidad. "No sé cómo vamos a hacerlo sin molestar a la gente, pero nunca habría tomado tu virginidad si no tuviera la intención quedarme contigo. No pienses ni por un minuto que lo estoy haciendo por deber tampoco. Todavía te quiero tanto como siempre. Esto es realmente difícil, esta situación con Danny, y ... " Su voz se quebró y tragó un par de veces. "Vamos a necesitar todo el apoyo que podamos obtener. Tú también eres parte de eso. Entonces, por esta noche, vamos a estar cerca, y después, bueno, podemos ver cómo se desarrolla esto. ¿Crees que sería posible mantener nuestra relación ... en privado, al menos por un tiempo? Odio ser astuto, pero realmente no veo otra manera".

"Tienes razón, y está bien. No estaba planeando transmitirlo de todos modos, especialmente bajo estas circunstancias".

Habían llegado a la casa para entonces y habían vuelto a entrar. La boca de Erin tenía un sabor terrible, así que se apresuró al baño del pasillo para cepillarse los dientes. Sean la siguió y ella le encontró un cepillo de dientes sin usar en el gabinete. Mientras él se cepillaba, ella se lavó el último maquillaje de sus labios y ojos antes de llevar a Sean de vuelta al dormitorio y acercarlo nuevamente a ella. Se besaron sin cesar, su creciente pasión se exacerbó por su terrible dolor.

La bajó a la cama y se acurrucaron, sus manos corriendo sobre los cuerpos del otro.

"Estoy un poco preocupado por esto", dijo Sean cuando sus caricias comenzaron a dar un giro más íntimo.

"¿Qué? ¿Por qué?" Erin intentó acercarse aún más a Sean, tirando de la cintura de sus pantalones.

"¿No estás dolorida?" Él arrestó sus dedos ocupados con una mano grande y callosa.

"Un poco", admitió, "pero no importa. Te necesito, Sean. Te necesito lo más cerca posible de mí."

Él asintió, pareciendo sugerir que la necesitaba tanto como ella a él. Sus caricias continuaron, y cuando llegó el momento, él se relajó dentro de ella con tanta suavidad y lentitud, que ella solo sintió una leve punzada. La segunda vez fue tan dulce como la primera, especialmente porque Erin ahora sabía que Sean tenía la intención de estar con ella. Quedarse dormida en sus brazos fue una de las cosas más dulces que había experimentado. *Si tan solo no tuviera que ir acompañado de tal tragedia.*

A última hora de la mañana siguiente, Erin llamó a la casa Murphy ya que Sean todavía dormía en su cama. La hacía sentir extraña, hablar con personas que conocía de alguna manera mejor que su propia familia mientras mantenía un secreto que los afectaba a todos.

Roger Murphy contestó el teléfono.

"Hola, señor Murphy, soy Erin. Solo llamo para ver si están en casa. No voy a preguntar si están bien. ¿Cree que estaría bien si fuera más tarde?"

"Sí, Erin, por favor, ven", dijo Roger. Sonaba tenso. "Sheridan está durmiendo ahora, pero creo que tal vez esta tarde, ¿alrededor de la una? Sería bueno para ella tenerte aquí."

*Sería bueno para mí también. No puedo dejar que se enfrente a esto sin mí. Ningún amigo lo haría.*

"Estaré allí a la una. Que esté bien, señor Murphy."

La voz en el teléfono sonaba cansada pero agradecida. "Igualmente. Adiós."

Los cálidos brazos envolvieron a Erin por detrás y ella se acurrucó contra Sean. Se inclinó y besó su mejilla. "¿Qué dijeron?"

"Están en casa. Voy a ir allí esta tarde. Creo que sería bueno para nosotros conducir por separado. A nadie le agradaría descubrir que pasamos la noche juntos ".

"Correcto. Aunque me alegro. Hubiera sido terrible estar solo." La abrazó un poco más fuerte.

"Lo sé. Me siento un poco culpable por hacer algo tan maravilloso cuando la pobre Danny está ..." Ella sollozó.

"Lo sé, pero es comprensible. Cuando algo te duele, quieres aferrarte a las personas que se preocupan por ti. Danny necesitaba a mamá y papá. Somos afortunados de tenernos el uno al otro para no cargarlos con nuestro dolor, además de con lo que ya están lidiando".

"¿Va a estar bien?" Las palabras lucharon contra ella, emergiendo como un susurro estrangulado.

"Yo espero que sí. Ella es fuerte, pero nadie debería tener que pasar por eso". La manzana de Adán de Sean se balanceó cuando tragó saliva.

"Es tan injusto", se lamentó Erin, abandonando su intento de mantener la compostura. "Ella siempre trata de hacer lo correcto. Danny es el tipo de chica que debería haber sido virgen en su noche de bodas."

"Si." Sean luchó visiblemente para encontrar alguna palabra para ayudar, pero claramente no podía pensar en nada que decir, y permaneció en silencio.

Haciendo señas a Erin, caminó por el pasillo hasta el baño y abrió la ducha.

Erin parpadeó cuando él se quitó los pantalones de chándal y la camiseta que se había puesto para dormir. La condujo al agua humeante.

*Nunca me he duchado con alguien antes, excepto en el vestuario repulsivo, que por supuesto no implicaba nada como esto.* El agua golpeó su cuerpo tenso y sus músculos se relajaron, especialmente los que había dentro de ella, donde el amor de Sean la había dejado adolorida. Ella suspiró aliviada.

"¿Tensa, bebé?" preguntó, chorreando champú en su mano y recogiendo su cabello largo y oscuro. Sus dedos se deslizaron contra su cuero cabelludo, provocando hormigueos que irradiaban por su columna vertebral. "Te vas a lastimar si no te relajas".

"¿Cómo puedo estar tensa contigo tocándome así?" murmuró ella.

Él se rió entre dientes, aunque le faltaba convicción. "Mi objetivo es complacer, señora. Aquí, párese en el agua." Retrocedió para enjuagarse y el calor que se extendía por su espalda la redujo a la consistencia de la plastilina. Sin embargo, Sean no había terminado con ella. Agarrando una botella de gel de baño, se enjabonó los dedos y los pasó sobre su cuerpo, apartando los rincones ocultos de tensión y despertando las zonas erógenas que había descubierto la noche anterior. Erin le quitó la botella y le devolvió el favor.

Cuando ambos estuvieron limpios, sin mencionar terriblemente excitados, Erin llevó a su novio de regreso a su habitación para probar un poco más de amor profundo y dulce. Le sorprendió, antes de que su orgasmo borrase el pensamiento, cuán profunda era la conexión que sentía. *El sexo significa más que Sean entrando y saliendo de mí. Se siente como si estuviera entrando en mi corazón, llenándolo tan seguramente como llena mi cuerpo.* La emoción que eclipsó el placer físico brotó y se desbordó. Ella lo atrajo para un beso, y por ese momento, los problemas se desvanecieron a raíz de la alegría.

～

"¿Realmente tienes que irte?" Preguntó Erin mientras caminaba con Sean hacia la puerta. "No quiero estar sola".

"Yo tampoco, bebé", respondió, dándole un pequeño apretón. "Pero te veré en la casa más tarde, ¿de acuerdo?"

Ella besó su mejilla. Insatisfecho, la abrazó apasionadamente. "Dulce niña", dijo, "estoy tan contento de que seas mía".

Entonces Sean besó a Erin largo y prolongado antes de subir a su Mustang y alejarse. Quedaba media hora antes de que Erin pudiera irse, así que armó su oboe y pasó el tiempo practicando su música para la audición que tocaría para el reclutador de Texas. Había tenido todas las notas bien manejadas desde hace mucho tiempo, por supuesto, pero estaba experimentando con diferentes elementos estilísticos, tratando de encontrar el estado de ánimo adecuado. El Oboe se presta naturalmente a sonar melancólico, lo que se adapta perfectamente a su estado de ánimo. Hoy, la pieza salió de sus dedos con un entusiasmo apasionado y triste, su instrumento llorando con su dolor. *Extraño, elegí una pieza que expresa perfectamente mis emociones.* Nunca había sonado mejor, pero cuando tocó la última cadencia, sus lágrimas oscurecieron por completo el atril.

Se las arregló para reponerse el tiempo suficiente para limpiar su instrumento, guardarlo y hacer el corto viaje a la casa de su amiga con seguridad, pero no dejó de llorar por completo. Pasaría mucho tiempo antes de que la familia Murphy y su amiga realmente comenzaran a recuperarse del trauma.

# 4

Sheridan se tomó una semana libre de la escuela tratando de comprender lo que había sucedido. Erin, sin embargo, regresó el lunes. Mientras se abría camino a través de una manada de estudiantes de primer año que rodeaban la cafetería, pasó por delante del monitor del pasillo y se arrastró hasta la oficina del consejero.

Ignorando el escritorio de la secretaria vacío, se arrastró por el pasillo, con los zapatos moviéndose a lo largo de una alfombra desteñida que alguna vez había tenido un patrón de pequeños cuadrados azules y grises, ahora casi indistinguibles. El sistema de calefacción central de la escuela hizo clic y, con un rugido, expulsó el aire caliente de las rejillas de ventilación en el techo, calentando inmediatamente su piel fría hasta que comenzó a sudar. Se deslizó en el familiar cubículo con frente de vidrio de una oficina.

La Sra. Carroll, la consejera que maneja los apellidos que comienzan con las letras H-O, se quitó la chaqueta y su blazer y abrió la ventana un poco. Una oleada de aire fresco aligeró la atmósfera sofocante.

"Buenos días", dijo Erin con voz suave.

"Erin, ¿qué haces aquí?" La Sra. Carroll exigió con exasperación amistosa.

"Necesito cambiar mi horario", respondió Erin.

La señora Carrol frunció el ceño. "¿Por qué? Es un poco tarde en el semestre, cariño. Te encontrarás con problemas si tomas algo nuevo ".

Erin sacudió la cabeza. "No será un problema. Quiero dejar la química de A.P. y tomar la regular en su lugar ".

El rostro de la mujer mayor se torció aún más en confusión. Levantó un fajo de papeles y se abanicó con ellos. "¿Qué logrará eso? ¿Te cuesta? Hay tutores de A.P., sabes."

Erin apretó los labios. "Tengo una A en esa clase hasta ahora. ¿Ha oído hablar de Sheridan?"

La señora Carroll bajó la mirada. "Esperaba que fuera solo un rumor".

"No. Estuve allí ... justo después. Sé lo que

pasó." Sus ojos ardían de una manera que no
tenía nada que ver con un horrible flujo de gases
de escape que se había filtrado en la ventana,
después de haber sido eructados por la parte trasera de una carpa que llegaba tarde. El auto salió
disparado y luego se instaló con un gemido. "De
todos modos, no quiero que Sheridan tenga más
clases sin mí de lo que es absolutamente necesario. Sé que tiene todas esas clases electivas de inglés y tengo música, pero si llevo química con
ella, tendremos todas nuestras clases básicas juntas. Eso es importante. También me facilitará
que lleve su tarea hasta que pueda regresar ".
Erin soltó su plan rápidamente, esperando evitar
la interrupción, y funcionó. La señora Carroll la
miró con la boca ligeramente abierta, la brisa
desarreglando sus rizos cuidadosamente coloca-
dos. Ella arrugó los mechones color té de nuevo
en su lugar descuidadamente, haciendo que se
pusieran de punta.

"Ya lo tienes todo resuelto, ¿no, Erin? Eres
toda una amiga. ¿Pero qué hay de ti? ¿Qué pasa
con puntos AP?"

"Realmente no me gusta mucho la química",
respondió Erin. "Sería bueno obtener puntos por
ello, pero ¿eso no significaría que tendría que
tomar alguna otra ciencia más difícil?"

La señora Carroll asintió. "De acuerdo entonces." Se acomodó en su silla y encendió la computadora.

"¿El señor Jones estará disponible? No creo que esto vaya a ir bien ". *No hay duda de que Danny va a necesitar a alguien con quien hablar, y como él es el trabajador social, es su trabajo.*

La señora Carroll se mordió el labio. "Odio que esto haya sucedido. El Sr. Jones estará preparado para que ella venga. De hecho, le sugeriré que le permita usar la sala de conferencias si necesita ... alejarse de todos. Eres bienvenida a venir con ella."

Erin sonrió, pero tristemente. "Es una buena idea. Se lo haré saber."

"¿Danny?" Erin llamó, tocando la puerta de la habitación de su mejor amiga. "Danny, ¿puedes ayudar, por favor? Mis manos están llenas."

Sheridan abrió la puerta. Erin hizo una mueca al ver el moretón todavía lívido en su mejilla. El corte se destacaba de color rojo brillante en el centro.

"Ese fue su anillo de clase", dijo Sheridan con voz plana.

"Lo siento. No quise mirar fijamente." Mortificada, Erin podía sentir su rostro arder, pero sus manos estaban tan llenas de libros que no podía hacer nada al respecto.

"Mejor me acostumbro a que la gente mire fijamente. Entra. ¿Qué tienes allí?"

Ella suena como un zombie. Un sollozo intentó salir de la garganta de Erin, pero ella se lo tragó de nuevo. *Sé fuerte. Ya no puedes ser la sensible.* "Tengo tu tarea. Química, inglés de A.P., poesía y trigonometría. Eres afortunada." Su intento de alegría sonaba falso, incluso para sus propios oídos.

"Alegría", suspiró Sheridan. "Bueno, al menos es normal. Casi me había olvidado de cómo era la normalidad."

"¿Qué hiciste hoy?" Preguntó Erin, colocando la pila en la cama de Sheridan.

"Consejería", respondió Sheridan. "Es una mierda. ¿Alguna vez has sacado una uña encarnada o has reventado un grano muy profundo?"

"Sí", Erin asintió con cautela, preguntándose a dónde iba esto.

"La consejería es así. Duele como el infierno mientras lo haces, y duele como el infierno cuando terminas, pero al menos alivia un poco la presión ". Todo esto Sheridan lo había entregado sin el más mínimo cambio en la expresión o entonación.

*Ese monstruo.* Cada día que pasaba, Erin se

daba cuenta de cómo un solo acto podía tener repercusiones que se extendían para siempre.

"No estoy ansiosa por lo que viene después", dijo Sheridan, hundiéndose en el suelo donde estaba sentada, con los brazos alrededor de las rodillas.

"¿Que es eso?" Preguntó Erin, uniéndose a ella e inconscientemente imitando su pose.

"Mañana, en lugar del consejero, consultaremos con un abogado cuya casa papá arregló hace unos años. Él puede ayudarme ... con el juicio".

"Entonces, ¿definitivamente vas a presentar cargos?" Erin preguntó. "Bien."

"Sí", respondió Sheridan. "Por supuesto. Si queda algo bueno en el mundo, es que está tras las rejas y no puede acercarse a mí".

"Tú también ganarás", dijo Erin. "Testificaré si eso ayuda. Nadie debería tener que volver a verlo ni tenerle miedo otra vez."

Sheridan inhaló un aliento jadeante y lo dejó escapar. "Suficiente de eso. ¿Qué pasa con química?"

∿

La medianoche había llegado y se había ido cuando Erin regresó a casa. La luz de la sala de estar, que recordaba claramente haberla apagado antes de irse esa mañana, derramaba luz amarilla sobre la hierba oscura de la noche.

Con cautela, ella abrió la puerta. Su madre, Valerie, se sentaba en el sofá, jugando con un teléfono celular. "Oh, ahí estás", dijo, mirando a su hija por un segundo antes de bajar los ojos a la pantalla. "¿Dónde estabas?"

"¿De repente tengo un toque de queda que no conozco?" Erin arrastró las palabras. "Le llevé a Danny su tarea, y me quedé para ayudarla".

¿Hasta las 12:37 de la noche? ¿De Verdad?" Esta vez, Valerie no hizo ningún intento de contacto visual.

"Sí."

"¿Estaba enferma o algo así?"

*Guau. Nunca pensé en llamarla.* Erin se frotó los ojos. Su cama al final del pasillo parecía llamarla, y todavía podía oler la colonia de Sean en las sábanas. "Ella no está enferma. Sucedió algo terrible."

"¿Que sucedio?"

*¿Puedes fingir que te importa, madre? ¿Puedes mirar hacia arriba o al menos usar un tono de voz que muestre que estás prestando aten-*

*ción?* "El novio de Danny la agredió sexualmente. También le dio una paliza."

"Hmmmm". Claramente, su madre ya había dejado de escuchar.

"Buenas noches mamá." Sacudiendo la cabeza, Erin se fue a la habitación. Una vez más, se molestó por no poder simplemente alejarse de su familia y cuidarse sola. *Lástima que mi trabajo en la sinfonía solo paga lo suficiente para el seguro de gasolina y automóvil. No es suficiente para vivir. Por el momento, supongo que estoy atascada.*

~

Cuando llegó el viernes, la rutina se había reanudado, pero para Sean, todo parecía falso, como una pretensión de realidad, ya que la inocencia de la vida cotidiana se había roto para siempre. Condujo su Mustang a su espacio habitual fuera de su apartamento y se dirigió hacia adentro. Todos los días, parecía que el otoño se aferraba a la ciudad junto al lago. Prácticamente podía oler el aliento del anciano invierno en el aire. Subiendo las escaleras de cemento que conducían a su apartamento del segundo piso, su estómago gruñó. *¿Cocinar macarrones con queso o pedir pizza? No puedo ir a* *casa de mamá y papá. Está demasiado opresivo allí.*

Abrió la puerta y entró. El teléfono estaba sonando cuando entró en su sala de estar, y corrió para agarrarlo, sus botas de trabajo no tan pulidas haciendo huellas de barro en el linóleo. "¿Hola?"

"Hola, Sean", llegó la voz inestable en el otro extremo. "¿Harás algo esta noche?"

"No tengo planes más allá de una ducha", respondió, tratando de ponerle humor. "¿Y tu?"

"Estoy haciendo la cena."

Su estómago gruñó. *Comida. Ojalá tuviera un poco. Creo que las sobras de pizza son demasiado viejas para comerlas.* "¿Está tu mamá allí?"

"No", respondió Erin. "Ella pasará el fin de semana con él". No era necesario preguntar con quién. Erin nunca se refería al amante de su madre por su nombre, aunque lo había mencionado más de una vez durante sus conversaciones telefónicas habituales.

"Entonces, ¿estás sola otra vez?" Sean adivinó.

"Si. ¿Quieres venir?"

*Maldita sea. Una invitación. Comida y Erin. Perfecto.* "Por supuesto", respondió. "Y, um, ¿debería llevar mis cosas? ¿Quieres que me quede?"

"Sí, por favor", respondió ella, su voz ansiosa.

"Estaré allí en media hora".

～

Cuando Sean llegó, encontró a Erin en la cocina, tostando sándwiches de jamón y queso debajo de la parrilla, mientras una olla de sopa burbujeaba en la estufa. Él besó su mejilla y ella se volvió, deslizando sus brazos alrededor de su cuello para darle un fuerte abrazo. Podía ver que ella había estado llorando de nuevo. Sus ojos estaban rojos e hinchados, y un leve rastro de rímel corría por su rostro.

"¿Que ocurre bebé?"

Ella sollozo. "Danny regresará a la escuela el lunes. Desearía que ella no tuviera que hacerlo. Todos saben lo que pasó. Los estúpidos amigos de Jake parlotearon. Lo están haciendo sonar como su culpa. Es horrible. No sé cómo va a manejarlo".

Sean sacudió la cabeza, dolorido al pensar en lo que su hermana tendría que enfrentar. "Es tan injusto. Habría pensado, en un nuevo milenio, que la gente dejaría de culpar a las víctimas de la violación ".

"Supongo que quien sea menos popular tendrá la culpa. Así es como funciona la escuela secundaria. ¡Lo odio!" Su voz sonaba feroz pero inestable, y apoyó la cabeza contra su hombro. "Lo odio tanto".

Sus brazos se apretaron alrededor de ella. "Lo sé. Solo trata de sobresalir y termina lo mejor que puedas. No dejes que esto destruya tus sueños. Tienes que terminar bien, Erin."

"Lo sé. Solo que realmente apesta".

"Así es." Él la apretó reconfortantemente y luego notó un aroma revelador. Cogió un guante rojo y dorado del horno que colgaba de la estufa y rescató los bocadillos de debajo del asador, momentos antes de que se ennegrecieran.

"Lo siento", dijo Erin, frotando sus ojos.

"Hey, están bien. No te preocupes." Puso la bandeja para hornear caliente sobre un salvamanteles en la encimera al lado de la estufa. Al abrir los gabinetes de caoba, buscó hasta que encontró una pequeña tabla de cortar en forma de cerdo. Sacó un cuchillo del bloque y cortó encurtidos y tomates para los sándwiches mientras Erin revolvía la sopa y la vertía en tazas.

Sean la observó mientras trabajaba, sintiéndose gratamente sorprendido de lo bien que estaba resultando todo. *Erin toma en serio nuestra relación sin el empalagoso apego con que las chicas más jóvenes a veces torturan a sus novios.* Por su parte, esperaba, a medida que pasaba el tiempo, encontrar un equilibrio entre el sexo y la conversación para que ella supiera que era deseada tanto por su belleza como por su alma. Esa era la verdad. Cuanto más tiempo pasaba con Erin, más lo atraía. No podía imaginar querer que terminara. Esperaba que pudieran encontrar una manera de mantener su relación después de la graduación mientras ella perseguía sus sueños.

Por ahora, sin embargo, disfrutarían cada momento juntos, comenzando con esta simple comida.

# 5

Erin dejó de pensar en Sean con firmeza hasta más tarde y se concentró en tomar notas sobre *Macbeth*. Miró a su lado a su amiga. Sheridan parecía pálida y tensa, pero se esforzó por prestar atención. El horrible hematoma en su rostro se había desvanecido a un repugnante amarillo, aunque el corte permanecía lívido.

"Recuerde, muchachos", el Sr. Hernández se quejó con una sonrisa amable, "los ensayos deben presentarse el martes. No se aceptarán trabajos atrasados, y traten de ir más allá de identificar el tema, el tono y el estado de ánimo. Necesitan argumentar y defenderlo".

"Sí, señor", corearon con diversos grados de entusiasmo.

"Recuerden el modelo de Toulmin y su Aristóteles. Y recuerden, tengo cinco clases de A.P. de ensayos para leer. No sean aburridos."

La clase se rio. Sonó la campana y comenzaron a empacar sus cuadernos y carpetas. Luego las chicas se levantaron, giraron a la izquierda en la puerta y se dirigieron por el pasillo hacia gobierno.

"Después del inglés, gobierno es una decepción", se quejó Erin, tratando de actuar con normalidad. "Si será aburrido. La mayoría de los días, lo único que recuerdo es el sol que brilla en la calva del señor Milligan."

"Todavía espero aprobar el examen de A.P.", respondió Sheridan. "Al menos podría salir de PoliSci en la universidad. Tomar algunas otras humanidades electivas."

"Si te conozco, tomarás más clases de inglés", bromeó Erin. "Buena suerte. Ni siquiera voy a intentar dar el examen. Tendré suerte de pasar la clase."

"Una B no es desaprobar, tonta", bromeó Sheridan, un fantasma de su antigua sonrisa arrugó los labios al pasar por el campo común, una reunión de los corredores donde residían la cafetería y las oficinas.

"Perra", les susurró una voz femenina, justo fuera del alcance de varios subdirectores y maestros que supervisaban el pasillo y dirigían el tráfico.

Erin fulminó con la mirada a Lindsey Jones. Su suave cola de caballo se agitó mientras se enfocaba en Erin, devolviendo el ceño fruncido, los labios rojos haciendo pucheros. Un escote demasiado pronunciado se asomaba por su vestido.

*Estúpida zorra.* "Cállate."

Sheridan se volvió de Erin a Lindsey, perpleja. "¿Qué?"

"No es nada, Danny. Ignórala", instó Erin, tirando del brazo de Sheridan para que su amiga se siguiera moviendo por el pasillo.

Sheridan plantó sus talones y se volvió para dirigirse directamente a Lindsey. "¿Qué hice?"

"Pusiste a Jake en la cárcel", se burló la chica, como si hablara con un idiota. "Ahora no hay forma de que nuestro equipo de fútbol pueda llegar a los playoffs. Él va a perder su último año por tu culpa." Sheridan entrecerró los ojos en silenciosa confusión, por lo que Lindsey continuó. "Es tu culpa, sabes. Si no fueras tan mojigata, esto no habría sucedido." Acompañó sus palabras con una sacudida mocosa de su cabello perfecto.

Erin se puso entre ellas, obligando a Lindsey a mirarla. "¡Cállate!" ella gruñó. "Es su elección, estúpida. ¿No sabes nada? Si la mujer no quiere, la conversación ha terminado." Ella pensó un momento y agregó: "Además, no es asunto tuyo. Vamos Danny. Lindsey es solo una puta. Nunca ha pensado en decir no y no puede entenderlo." Erin tomó el brazo de su amiga y la llevó hacia el aula de gobierno. Una vez que salieron del centro congestionado, el tráfico de estudiantes fluyó más suavemente.

"¿Todos lo saben?" Sheridan preguntó con una voz pequeña y vacilante.

"Creo que sí", respondió Erin, deseando poder mentir. "Lo siento."

"¿Cuántos están en mi contra?" Se mordió el labio tembloroso.

Erin le apretó un poco el brazo a Sheridan. "Es difícil saberlo. Jake es muy popular, ¿sabes? Pero estoy aquí. Yo te defiendo, cariño."

"Gracias." Sheridan parecía más aturdida que nunca. Como si todo lo que hubiera sucedido no fuera lo suficientemente malo, descubrir que sus compañeros de clase se habían vuelto contra ella fue la gota que colmó el vaso. Erin sabía que lo sería.

A la hora del almuerzo, la frágil compostura de Sheridan estaba hecha jirones. Erin la acompañó a la oficina del consejero donde Sheridan pasó su período libre llorando. Erin se quedó con ella, frotando su espalda y tratando de apoyar a su amiga.

El día pasó tan horrible como Erin había esperado. Varias personas hicieron comentarios feos a Sheridan. A pesar de su bien merecida reputación de timidez, Erin defendió ferozmente a su amiga, pero eso no ralentizó el flujo de abuso. Por fin, sonó la campana final, liberándolas de su clase de química recién compartida. Sheridan lavó un tubo de ensayo mientras Erin empacaba las pipetas. "¿Necesitas que vaya a casa contigo hoy?" ella preguntó.

"Tienes ensayo", respondió Sheridan con firmeza. "Estaré bien. Mamá está ahí."

*Correcto. Eso ayudará.* "Pero el estacionamiento. Al menos tienes que dejar que te ayude a llevarte al coche."

Sheridan rodó los hombros, lo que Erin tomó por asentimiento. Las dos caminaron por el pasillo hasta el casillero que compartían y sacaron un par de chaquetas de letras: Erin para la banda y Sheridan para UIL. Luego se dirigieron a la fría tarde de otoño.

Erin fijó un ceño feroz en su rostro, desafiando a cualquiera a hacer un comentario, y aunque susurros feos se filtraron en su dirección, nadie intentó una confrontación directa. Suspiró aliviada, permitiendo que su expresión se relajara cuando llegaron a la camioneta de los Murphy. "¿Estás segura de que estás bien?"

"Ve al ensayo", ordenó Sheridan. "Puedo conducir a casa, tonta gansa. No estoy rota".

Erin frunció el ceño ante la vacilación en la voz de su amiga, pero asintió. *Ella está rota, pero no quiere estarlo. Espero poder ayudarla a sanar.* Esperó hasta que Sheridan cerró la puerta del conductor y activó el encendido antes de regresar al edificio.

Llegó al salón de la banda un par de minutos tarde. El señor Abrams no dijo una palabra. Debe saber la situación. Erin se dejó caer en su silla, exhausta, y vertió los últimos restos frágiles de su resistencia hacia su música. Cuando el ensayo finalmente terminó, se apresuró a casa para llamar a Sean.

"Suenas terrible, bebé", le dijo sin rodeos.

"No te estoy molestando, ¿verdad?" Ella rodó sobre su espalda en la cama y puso su brazo libre sobre sus ojos doloridos.

"Por supuesto que no. ¿Como fue?"

"Es peor de lo que imaginaba. No sé cómo le voy a hacer frente, y mucho menos a Danny. Odio ser una adolescente, Sean." Luchó por controlarse, las lágrimas luchaban con su orgullo. *Deja de quejarte, imbécil. A nadie le gusta una llorona.*

"No tienes el temperamento para eso", dijo Sean con voz comprensiva. "Te sentirás mejor cuando termines la escuela secundaria. Creo que debes haber nacido adulta."

"Eso es lo que mi madre siempre decía. Ella dice que soy mayor que ella ", comentó Erin, tratando de ser alegre. Su tono sombrío debilitó su intento por completo.

"Eso bien podría ser", dijo Sean con seriedad. "¿Ella está allí ahora?"

"Si. Desearía que no estuviera. Me encantaría que me abrazaras." Su voz se quebró de nuevo. *Vamos, maldita sea. Contrólate.*

"Lo haría si pudiera", dijo, sonando preocupado. "¿Puedes practicar? ¿Eso ayudaría?"

"No me quedan emociones para dar, ni siquiera a mi oboe. Estoy completamente escurrida."

"Pobre Erin. Esto es demasiado para ti, ¿no?"

Ella cerró los ojos, luchando por controlarse otra vez. "No soy yo quien lo está pasando. Solo estoy tratando de ayudar. Es lo que haría cualquier amigo."

"No cualquier amigo. Solo uno realmente especial."

Las amables palabras de Sean tocaron profundamente a Erin, y sus sentimientos surgieron de ella sin querer. "Te amo, Sean.

Deberías saberlo. No tienes que decir nada, pero te amo".

"Lo sé, Erin", respondió con ternura. "Eres una chica increíble, y eso significa mucho para mí".

"Creo que voy a intentar dormir un rato. Tal vez el resto de la noche."

"Sueña conmigo", instó.

"Siempre lo hago."

Erin se saltó la cena, se fue a la cama y lloró hasta quedarse dormida. Su madre nunca notó que algo estaba mal.

# 6

Al día siguiente, en el trabajo, Sean decidió pedirle consejo a su padre. No quería ceder demasiado, pero se sintió un poco fuera de su alcance con esta relación seria y apasionada. Sus sentimientos por Erin se habían vuelto poderosos a una velocidad que nunca había anticipado. *Es agradable, pero un poco desalentador.*

"Papá, ¿puedo preguntarte algo?" dijo mientras los dos descargaban el piso de madera de la parte trasera de una camioneta azul Murphy Construcción y Renovación. Sean siguió a su padre a través de la puerta abierta de la dama victoriana pintada de 125 años que estaban renovando. El aire frío del otoño silbaba a su alrededor mientras atravesaban el patio, pero trabajando tan duro, los hombres apenas lo sintieron. Le entregaron la madera a los chicos que estaban adentro, que estaban reparando el piso dañado por el agua, y se dirigieron de regreso al camión.

"Claro, Sean, ¿qué tienes en mente?"

"¿Crees que está mal que salga con alguien ... más joven?"

Roger lo miró con una ceja arqueada. "Tú tampoco eres muy viejo. ¿Cuánto más joven?"

"Dieciocho", respondió.

"¿Estás seguro de que en realidad tiene dieciocho años y no te miente?"

Sean se encontró con su mirada sin pestañear. "Si. No hay ninguna duda al respecto."

"Bueno, entonces", dijo Roger con su voz lenta y pensativa, frotándose las manos para calentarlas, "depende de la chica. Muchas de dieciocho años son inmaduras y tontas, y realmente no son buenas novias para un adulto. Creo que es posible que haya excepciones a eso".

"Oh, sí", aseguró Sean a su padre. "Ella es mucho más madura de lo que su edad sugeriría".

"Me imagino. De lo contrario, dudo que te interese. ¿Ya están saliendo?"

"Sí."

"¿Te importaría comentarme más?" sugirió su padre.

"En verdad, sí."

Roger dio a su hijo otra mirada inquisitiva, pero Sean se negó a comentar más.

Roger suspiró. "Bien. Solo ten cuidado con ella. Asegúrense de planear tomarse su tiempo y dejar que esto se mueva lentamente. A veces estas jóvenes piensan que están listas para más de lo que están. No dejes que renuncie a su vida en favor de un romance".

*Eso es lo último que quiero.* "Por supuesto que no."

Recogieron otro grupo de tablas y entraron de nuevo.

# 7

Finalmente, llegó el día de la audición del conservatorio de Erin. Agarrando su permiso en una mano, su estuche de oboe en la otra, Erin dejó la clase de gobierno y salió del edificio principal, cruzando un pequeño patio que lo separaba del complejo de artes. Abrió una de las grandes puertas dobles en el pasillo de música y pasó la sala del coro, en silencio durante el período de planificación del profesor; la sala de orquesta, donde las cuerdas de primer año emitían ruidos desagradables y estridentes en sus instrumentos; y la sala de la banda, donde las trompetas sonaban lo suficientemente fuerte como para sacudir las tejas del techo mientras el tímpano golpeaba en el fondo. *Bueno, ciertamente son en-*

*tusiastas. Después de la victoria del equipo de fútbol el fin de semana pasado, no me sorprende.* En la parte trasera del edificio, más allá de los baños, entró en la sala de práctica indicada y encontró al reclutador, el Dr. Louise Chen, esperando. Dentro de la pequeña caja blanqueada de una habitación, apenas lo suficientemente grande como para contener dos sillas de plástico y un atril, Erin miró a la delicada mujer cuya cara había sido moldeada durante años en una caña doble. *Así me veré algún día.*

Erin extendió su mano y las dos se estrecharon. "¿Erin James?" Preguntó el Dr. Chen, de alguna manera sonaba como China y Texas.

"Así es", respondió Erin.

"Toma asiento, por favor", dijo el Dr. Chen. "¿Por qué no juntas tu instrumento mientras hablamos?"

Erin se sentó en la silla y colocó el estuche en su regazo, abriendo los broches para revelar las partes de su amado instrumento, cada una en su lugar como piezas del rompecabezas de un niño. Agarró una caña doble y la metió en la esquina de su boca para humedecerla antes de agarrar la campana y colocar la articulación inferior en ella.

"Tenemos cuatro carreras posibles para músicos", le informó el Dr. Chen. "Performance, pedagogía, teoría / composición y estudios independientes. ¿Tienes alguna idea de cuál te interesaría?"

"Performance", respondió Erin con la boca llena de caña doble, clavando la articulación superior en la articulación inferior.

El reclutador sonrió ante su respuesta decisiva. "Excelente. Para la carrera de performance, aunque todavía tiene requisitos de teoría, así como historia de la música, por supuesto, también organizamos pasantías de verano en varios lugares de música profesional".

"Qué bueno es eso", dijo Erin con una sonrisa. "Suena genial." Por un momento, la imagen de Sean flotó ante sus ojos. *Ir a Texas significaría no verlo todo el año. Las prácticas de verano me quitarían mi última oportunidad de visitarlo.* Firmemente apartó el pensamiento. *Concéntrate, Erin.*

"Y comenzando su último año, ayudamos a todos nuestros alumnos del último año a encontrar puestos en las orquestas sinfónicas rurales más pequeñas. Con algunas lecciones privadas, es suficiente para vivir mientras ganas experiencia. La mayoría de nuestros graduados de performace llegan a tocar en las principales sinfonías de todo el mundo en diez años".

Los ojos de Erin se abrieron. "Esa es una

gran trayectoria. No es de extrañar que las admisiones sean tan exclusivas".

El Dr. Chen asintió. "Mudarte a Texas y trabajar en tu arte durante cuatro años seguidos es exigente, y nuestros profesores esperan lo mejor. Algunos estudiantes no logran completar todo el curso de estudio y terminan cambiando a una especialización en pedagogía o regresando a casa. Tratamos de minimizar eso al evaluar cuidadosamente a nuestros solicitantes".

"Buena idea", dijo Erin. "Me gusta lo que estoy escuchando".

"Y también tenemos seniors de performance que actúan como mentores para los estudiantes de primer año, lo que realmente parece ayudar a las tasas de retención. Si te seleccionan, te emparejarán con un estudiante de último año. Cuando te conviertas en un senior, serás emparejada con un estudiante de primer año. También usamos el sistema de cohortes. Nuestros estudiantes de la carrera de viento de madera toman todos sus cursos juntos, para que puedan apoyarse mutuamente".

*Guau*, pensó Erin, *no tontean. Suena intenso.*

Muy bien, Erin ", dijo el Dr. Chen," ¿tienes una pieza preparada?"

"Sí," respondió Erin.

"Puedes comenzar cuando estés lista".

Tanto estaba sucediendo en la vida de Erin que no tenía ninguna energía extra para dedicarse a sentirse asustada, por lo que sus manos se mantuvieron firmes mientras sacaba la caña de su boca y la encajaba en la abertura en la parte superior de su instrumento. Lo haré lo mejor que pueda. *Ya sea que entre o no, de cualquier manera es una respuesta.*

Experimentó el más leve aleteo cuando se llevó el oboe a los labios, pero cuando las primeras notas de su pieza la cubrieron, dejó de existir. Todo era notas, tempo, crescendo y diminuendo, y emoción, hasta que el pensamiento consciente se volvió no solo innecesario sino imposible. Cada elección, hecha sin reflexión, era la única posible para ese momento. El terrible dolor que sentía por el continuo sufrimiento de su amiga se entrometió en su forma de tocar. El oboe se enfureció y lloró.

Cuando las notas finales se desvanecieron, Erin volvió a la conciencia y miró al reclutador. La mujer mayor parecía absolutamente aturdida. El Dr. Chen permaneció en silencio durante lo que pareció mucho tiempo. A Erin no le importó. Ella tuvo que volver a montar su propia compostura.

Finalmente, el Dr. Chen dijo: "Eso fue muy bueno". Ella tragó saliva, respiró hondo y continuó. "Nos tomará algún tiempo procesar las solicitudes, pero nos comunicaremos contigo de una forma u otra alrededor de Navidad. Gracias."

Erin asintió, volvió a estrecharle la mano a la mujer y salió de la habitación. *Hice lo mejor que pude y fue muy bueno. El resto está fuera de mis manos.*

Un par de semanas después, Erin se arrastró a su salón de clases menos favorito y se sentó en la esquina más cercana al escritorio de la maestra, tratando de hacerse invisible. *Dios, esto es vergonzoso todos los días. ¿Por qué no tomé salud hace años? Aquí estoy, una senior, atrapada con los risueños estudiantes de primer año.*

Del fondo de la sala emanaban susurros.

"¿Fuiste a la fiesta de J.D.?" preguntó una voz femenina inmadura.

"Estabas allí, idiota. Hablamos", siseó otra.

"¿Estuve? No me acuerdo. Estaba borracha," la primera chica se rió.

"Seguro que estabas. Completamente con cara de mierda y colgando de un chico universitario. ¿Anotaste?"

"No me acuerdo."

Erin puso los ojos en blanco. *¿Alguna vez fui*

*tan joven?* Supuso que debía haberlo sido, pero incluso a los quince años, había estado más interesada en la banda que en la cerveza.

"Escuchen, niños", les dijo la señora Heath con seriedad, cortando los susurros con una mirada de ojos estrechos, "realmente no es necesario que tengan relaciones sexuales en la escuela secundaria. Nunca he oído hablar de alguien que lamentara haber esperado. Su salud mental y física será mucho mejor en general si lo hacen". Se detuvo para respirar. Erin luchó contra el impulso de poner los ojos en blanco. "Recuerden, no los estoy alentando a ninguno de ustedes a seguir esta ruta. Sin embargo, sé que algunos de ustedes ignorarán mi consejo. Si sienten que deben tener intimidad con alguien, sean monógamos y use protección. Los condones gratuitos están disponibles en la oficina de la enfermera, y también se pueden comprar a bajo precio en cualquier tienda de conveniencia o supermercado. Además del riesgo de quedar embarazada, circulan varias enfermedades de transmisión sexual, sí, incluso en esta escuela. Algunas son permanentes y otras son mortales. Protéjanse con abstinencia si pueden, pero por favor protéjanse de alguna manera."

Erin podría haber recitado este discurso de memoria. Lo había escuchado en las asambleas durante años. Incluso mamá me ha estado dando la charla sobre el condón últimamente. Supongo que incluso alguien tan obtuso debe haber notado que no estoy hablando con Danny la mitad de la noche. O tal vez las llegadas tarde. Nunca había tenido toque de queda, pero solía volver a casa mucho antes los fines de semana. Erin sonrió, recordando su propio fin de semana anterior. Sin cerveza, pero sin duda había anotado.

*Bueno, Sean y yo somos monógamos, así que al menos tenemos eso cubierto.* Sin embargo, se le ocurrió que su uso real del condón había sido más bien impredecible. En el departamento de Sean, donde residía la cajita, los usaban la mayor parte del tiempo. Pero en la casa de Erin, a menudo no lo hacían. Abrumados por la pasión, no se tomaban el tiempo para considerar las consecuencias.

De repente, la mención de embarazo golpeó a *Erin. Nunca se me había ocurrido antes, pero lo hemos hecho sin protección al menos media docena de veces.* Por primera vez, pensó en lo que eso podría significar para ella. *Hemos sido bastante descuidados, realmente, en el ... oh Señor, en las cinco semanas desde que estuvimos juntos. ¿Cinco? ¿No debería haber llegado su período ... hace tres semanas? Si, tres semanas. Esto no está bien.*

Solo concentrándose en su respiración, introduciendo lentamente aire en sus pulmones y soltándolo lentamente, Erin pudo pasar la clase. En el momento en que sonó el timbre, salió corriendo por la puerta, atravesó el pasillo, recogió a Sheridan y la condujo a la oficina del consejero, donde se hundió en una de las sillas manchadas y gastadas en la enorme mesa de conferencias. Pasaron tiempo allí con tanta frecuencia que nadie se dio cuenta.

"¿Qué pasa, Erin?" Sheridan preguntó, sorprendida por la urgencia de su amiga.

"Oh Dios, Danny, ¿te sientes bien hoy? Tengo un problema", balbuceó Erin en un chorro casi incoherente.

Las cejas de Sheridan se arquearon con preocupación. "Sí, me siento bien. Creo que podría estar un poco mejor, en realidad. ¿Cuál es tu problema?"

"¿Estás segura?" Erin presionó. "No quiero añadir más a tus preocupaciones".

"Sabes, es un poco pesado cómo todos me tratan como si estuviera a punto de romperme", respondió Sheridan con gentil exasperación. "Por favor, Erin, derrámalo. Tengo muchas ganas de pensar en otros problemas que no sean los míos para variar".

Erin intentó responder pero se atragantó. Su

voz luchó contra su intento de usarla, y forzó las palabras rápidamente. "Creo que podría estar embarazada".

Sheridan le dirigió una mirada perpleja. "Erin, tienes que tener relaciones sexuales para quedar embarazada".

"Lo sé", se lamentó. *Querido Dios, no. No esto. Cualquier cosa menos esto.*

La boca de Sheridan se abrió. "¿Qué? ¿Cuando? ¿Quién?"

La verdad, un hábito de larga data entre las chicas, casi se cayó de Erin sin que lo supiera. *No, no digas Ella no puede saberlo. Nadie puede saberlo.* "No puedo decirlo. Oh Dios, tengo miedo".

"Erin, tienes que decirme", insistió Sheridan.

Erin sacudió la cabeza violentamente. "Te enojarás. No puedo ¿Qué debo hacer?"

"Primero, respiras y te calmas". Sheridan envolvió sus brazos alrededor de Erin, tranquilizándola con un abrazo. "El pánico no ayudará. Bien, ¿tienes ensayo hoy?"

Erin obligó a su cerebro acelerado a concentrarse en la simple pregunta. "No." Ella descansó su frente sobre el hombro de Sheridan.

"Bueno. Intenta pasar el resto del día. Después de la escuela, iremos a la tienda y haremos el test. Entonces al menos lo sabrás. Tuviste retrasos antes", le recordó.

"Sí, pero eso fue diferente", murmuró Erin contra el hombro de su amiga. "No había nada de qué preocuparse entonces. Además, nunca se me retrasó tres semanas."

"Está bien, aguanta. Intenta mantener la calma. Nos encargaremos de esto hoy." Sheridan la apretó con fuerza.

~

Después de la escuela, Sheridan las llevó a la tienda de comestibles, donde, por una extraña coincidencia, dos paquetes de pruebas de embarazo en el hogar estaban en liquidación, marcados más baratos que los individuales.

Los nervios hicieron temblar el delgado cuerpo de Erin cuando llegaron a su casa. "¿Mamá?" llamó mientras abría la puerta. Silencio.

*Bien*, pensó Sheridan. *Lo último con lo que Erin necesita lidiar es con su madre, lo cual es una pena. Sé que si fuera yo, me apoyaría en mi madre. Estaría decepcionada, pero sé que estaría allí para mí de todos modos.* No podía imaginar qué haría la escamosa Valerie James en estas circunstancias. *Algo lastimoso y sin sentido, sin duda*.

Sheridan llevó a su amiga al baño del pasillo. "¿Sabes que hacer?" ella preguntó desde la puerta.

"Eso creo," respondió Erin.

Sheridan frunció el ceño. "Cierre la puerta."

Erin sacó las instrucciones de la caja y las escaneó. "Está bien, cuenta lento hasta cinco".

Unos segundos más tarde, escuchó el inodoro y luego el agua corriendo. Erin abrió la puerta. Su rostro normalmente pálido había adquirido un tono fantasmal, y sus ojos llenos de pánico se habían ensanchado tanto que parecía una lechuza.

Sheridan intervino y puso su brazo sobre los hombros de Erin. Observaron sombríamente cómo la pequeña ventana desarrollaba lentamente una línea azul oscura. Erin cerró los ojos cuando Sheridan la abrazó.

"Vamos a deshacernos de esto", dijo Sheridan al fin. "Mirarlo por más tiempo no cambiará nada". Lo envolvió en el papel higiénico y lo tiró a la basura, luego condujo a Erin fuera de la habitación, por el pasillo y la instó a sentarse en su cama.

Erin se dejó caer sin fuerzas sobre el colchón, acostada de lado, con la cara entre las manos y respirando lentamente. Sheridan le frotó la espalda en círculos suaves.

"No me di cuenta de que estabas viendo a alguien", dijo Sheridan, su voz fríamente neutral. "No es David Landry, ¿verdad?" *Y espero que no, porque es un hombre desagradable. Aún así, Erin es tan ... tan tímida. Ella podría ser susceptible a cualquier atención.*

Erin hizo un sonido extraño que podría haber sido una mordaza y miró a Sheridan entre sus dedos. "No."

*Gracias a Dios.* "Bueno, entonces, no puedo imaginar lo que has estado haciendo, niña. Si es tan claro, esto no puede haber sido demasiado reciente".

"Cinco semanas", dijo Erin rotundamente.

La idea produjo una oleada de incomodidad en el vientre de Sheridan, y ella frunció el ceño y preguntó: "¿Alrededor de la época de ... del baile de bienvenida?"

"Si. Pudo haber sido esa noche." Erin presionó su mano sobre su boca, sacudiendo la cabeza de un lado a otro como si dijera palabras que revelaban demasiado.

"¿Esa noche?" Sheridan frunció el ceño, confundida. "No entiendo. Te fuiste con Sean. Y estuviste conmigo ... luego. No veo cómo podrías haber estado ... ocupada en el medio. ¿Te sacusdiste a Sean? ¿Ir con alguien más? No, eso no tiene sentido. Estabas con él en el hospital ... ¡OH! ¡MI! ¡DIOS!"

La humedad sospechosa en las esquinas de los ojos de Erin se derramaron y su inhalación se convirtió en un sollozo tembloroso.

"Erin, esto puede sonar estúpido, pero ... ¿estás durmiendo con mi hermano?"

Erin no respondió.

Sheridan levantó el teléfono y marcó el número de Sean. *Voy a llegar al fondo de esto ahora mismo.* "Hermano mayor, estoy en la casa de Erin. Tienes que venir aquí ahora mismo. Ella te necesita." *Veamos qué tiene para decir a eso, señor.*

"¿Ella esta bien?" Su voz sonaba mucho más preocupada de lo que debería estar cuando hablaba de la amiga de su hermana, alguien que le importaba casualmente pero con la que no estaba particularmente involucrado.

*Te agarré, amigo. Oh, lo que te espera, Sean Murphy.* "No, ella no lo está. Ven ahora."

Colgó y se acostó junto a su amiga, envolviéndola con sus brazos.

El frágil control de Erin sobre el control parcial explotó en un torrente de culpa. "Lo siento mucho, Danny", sollozó. "Lo juro, si lo hubiera sabido, no te habría dejado ir con él. No lo soporto. Debería haberme quedado contigo. Sabía que no era bueno. Es mi culpa."

*¿De donde vino eso?* "No seas estúpida, Erin. Es su culpa, no la tuya. No pierdas otro momento sintiéndote culpable por esto."

Erin gimió. "No puedo evitarlo. Estaba haciendo ... *eso*, pasándolo muy bien mientras que..."

*Suficiente ya.* "No lo sabías", interrumpió, cortando las palabras no deseadas. Sin embargo, no puedo creerlo. Tú y Sean. Sabía que estaban destinados a estar juntos, pero no pensé que irían tan rápido. ¿Qué pasó con salvar tu virginidad?"

Erin se atragantó, respiró hondo varias veces y logró hablar con claridad. "Ese fue tu tema, no el mío. No era una gran prioridad para mí. No cuando estaba con Sean. Nunca lo hice antes porque no me importaba nadie, pero lo amo. ¿Por qué dices que estamos destinados a estar juntos?"

"Solo un presentimiento", explicó Sheridan. "Sé que hace tiempo que lo amas. Por eso arreglé lo de ustedes dos; pensé que serías buena para él. No pensé que él sería ... así sin embargo. ¿Te lastimó?"

Los labios de Erin se volvieron hacia arriba, pero sus ojos oscuros permanecieron tristes. "No, Danny. Es realmente agradable cuando estás con la persona adecuada y lo deseas tanto. Espero que algún día lo conozcas."

"Ese día no está cerca". Sheridan rompió el contacto visual. *Incluso la idea del sexo me aterroriza. No me puedo imaginar elegirlo a propósito.*

"Por supuesto no." Erin le devolvió el abrazo a su amiga, al mismo tiempo que se lo daba, se consolaba del mismo abrazo. Se quedaron en silencio, los ojos de Erin se cerraron. Su respiración se hizo más profunda. *Parece que se está quedando dormida, lo que probablemente sea algo bueno.* Sheridan salió de la habitación para llamar a sus padres y hacerles saber dónde estaba.

Aproximadamente media hora después, llegó Sean. Usando la llave que Erin le había dado, entró en lugar de llamar y se dirigió directamente a su habitación. Estaba acostada en su cama durmiendo, su bonita cara manchada de lágrimas, su cabello despeinado. Sheridan se sentaba al lado de la cama en la silla del escritorio, vigilando a su amiga.

Miró a la niña dormida con una expresión tan poderosa en su rostro que se habría entregado por completo a su hermana, incluso si ella no lo hubiera sabido ya. *Mi bebé hermoso. La mujer que nunca soñé que significaría tanto para mí.*

Sheridan se apartó de la cama y lo invitó a salir de la habitación, cerrando suavemente la puerta.

"¿Qué le pasa?" preguntó. *Parecía tan ... destruida. Debe ser enorme.*

"Ella está embarazada, Sean. Embarazaste a mi mejor amiga..."

Las palabras tardaron varios segundos en asimilarse. *¿Embarazada? ¿Erin? ¿Cómo puede estar embarazada Erin?* "Oh mierda, ¿en serio?"

"Sí, en serio. ¿Por qué estabas durmiendo con ella?" Sheridan preguntó severamente, sus ojos llenos de acusaciones contra las cuales no había discusión. "Hay toneladas de mujeres por ahí. ¿Por qué Erin?"

"Hey, fuiste tú quien arregló lo de nosotros". Su respuesta defensiva no pudo ocultar la culpa que brotó en él.

"Sí, pero no para que puedas seducirla", protestó Sheridan. "Ella era virgen".

"Lo sé." Cerró los ojos. *Tenía mucho sentido en ese momento.* Ahora se sentía como un bastardo. "No es que solo tratara de anotar ni nada. Me conoces."

Sus labios fruncidos llamaron a su afirmación

a serias dudas. "Pero, Sean, ¿no te das cuenta de cuán susceptibles son las chicas cuando sus padres no las aman lo suficiente? Se están divorciando también. Ella está muy vulnerable. Ella habría hecho lo que quisieras. ¿Realmente tuviste que ir hasta el final?"

"No me aproveché, Danny", prometió. "Traté de parar dos veces. Ella me rogó."

Sheridan hizo una mueca de incredulidad.

"Lo digo en serio. Ella lo quería tanto, y es tan linda y dulce. Un hombre puede resistirse hasta cierto punto. Además, todos la pierden tarde o temprano. Los afortunados pueden hacerlo con alguien que se preocupa por ellos".

Sheridan se encogió.

"Oh Dios, Danny. Lo siento. No lo pensé." Abrazó a su hermana como disculpa. "De todos modos, eso no cuenta. Algún día, conocerás a alguien maravilloso, que te amará, y será tan bueno para ti como lo es para nosotros". *Estás poniendo excusas, gruñó su conciencia. Que estúpido.* Como si fuera un niño travieso atrapado con una galleta en cada mano y chocolate manchado en su rostro. *No fue así, y necesito dejar de estar a la defensiva y decir la verdad.* "En cuanto a esta situación, no está sola. Sé lo especial que es. Quiero quedarme con ella para siempre." Tomó un respiro profundo. "La amo."

"¿Ella lo sabe?" Exigió Sheridan, aún mirándolo sospechosamente.

"Ella no estaba lista para escucharlo. Estoy trabajando en ello." *Y esa es la única razón por la que no he dicho nada. No quiero hacer mi declaración, sabiendo que discutirá conmigo y rechazará mis palabras. No es porque no las quiera, sino porque no tiene confianza en sí misma.*

"Bueno, necesitas trabajar más rápido, Sean", insistió Sheridan, sin ceder ni un centímetro. "Ella realmente te va a necesitar ahora".

*Sheridan tiene razón. La seguridad de Erin es más importante que mi orgullo.* "No voy a ninguna parte", le dijo a su hermana.

"Bueno. Será mejor que vayas y se lo digas."

Él asintió y regresó a la habitación. Arrodillándose junto a la cama, acarició la mejilla de Erin hasta que ella abrió los ojos. Ella sonrió con tristeza, sus ojos melancólicos. La besó en la frente.

"Lo siento." Su pesar se desvaneció en su tono suave.

"Yo también." Se incorporó lentamente, como si le doliera el cuerpo.

"Estoy aquí, pase lo que pase", le aseguró.

"Lo sé." Pero la sencillez de su voz no era segura.

La atrajo a sus brazos. Ella puso su mejilla

sobre su hombro. "Te amo, Erin", le susurró al oído.

Levantó la cabeza y lo miró con los ojos muy abiertos y atormentados. "¿Qué? ¿Por qué?"

*Tal incredulidad.* Le dolió, tal como ya lo sabía. Él pasó un pulgar por su mejilla, alisando una lágrima. "Porque eres Erin. Esa es razón suficiente."

A medida que pasaban los segundos, sintió que la tensión se desvanecía de ella hasta que ella yacía inerte en sus brazos. Él le acarició la espalda.

"¿Qué vamos a hacer?" ella susurró, y el miedo en su voz hizo que su corazón se apretara.

"No sé, bebé, pero lo resolveremos juntos". La besó en la mejilla con ternura, queriendo mostrarle el amor en el que no sabía creer.

# 8

---

Un par de días después, el viernes de la semana antes del Día de Acción de Gracias, Erin se dirigió al bungalow de su familia cerca de la Universidad. La fatiga y la preocupación arrastraban cada paso hasta que sintió como si estuviera tratando de atravesar la melaza.

"Erin, ¿eres tú?" llamó su madre desde la sala de estar.

"Sí, estoy en casa", respondió con voz cansada y apagada, sin importarle lo mal que sonara. *O qué tan mal me veo, círculos oscuros debajo de los ojos, cabello todo desordenado por el viento. Ugh Incluso logré derramar comida sobre mis jeans. Todo lo que quiero es una ducha caliente y una siesta.* Entró en la sala de estar. Valerie se sentaba en el sofá de cuero marrón, su cabello rubio recogido en un clip, levantando las cejas.

"¿Qué necesitabas, mamá?"

Valerie levantó la vista por un momento y luego volvió a mirar su pequeño espejo. "Necesitaba decirte que nos vamos a mudar. Como parte del acuerdo de divorcio, la casa se venderá y tu padre y yo dividiremos el dinero".

"¿Dónde vamos a vivir? Sé de algunos apartamentos en el centro." *Sean vive allí. Eso estaría bien.*

"No. Bill vive en Motley. Nos mudaremos con él", le dijo a su hija sin darse cuenta, concentrándose en su reflejo.

Erin miró a su madre con incredulidad. Esto no puede estar pasando. "¿Motley? ¿Estas bromeando? Eso está a horas de distancia. No puedo vivir en Motley." Se le revolvió el vientre y tragó saliva con un toque de náuseas.

"¿Por qué no?" Preguntó Valerie, levantando las cejas, y luego aprovechando el movimiento para atrapar un cabello suelto. "Sé que no es lo ideal, mudarte en tu último año, pero ¿qué diferencia hace realmente? De todos modos, te vas a ir a la universidad en otoño. Tu tiempo aquí es muy corto."

"Pero, mamá, esa es una ciudad súper pequeña", protestó Erin. "¿Tienen siquiera una banda sinfónica allí? Las pruebas de todo el estado están por venir. No me lo puedo perder."

"Erin, ya has hecho las pruebas de todo el estado dos veces". Valerie sacó un fragmento de cabello, hizo una mueca y se frotó el hueso orbital.

Surgieron tantos argumentos que blanquearon la mente de Erin y la dejaron tartamudeando. "Pero ... no ... Uh ... quiero decir, eso no importa". *¿Quién no querría intentar en las pruebas de todo el estado nuevamente? Y becas. Y ... último año. Y Sean ...* Pero Valerie nunca había tenido mucho interés en los hábitos de citas de Erin, lo sabía, ni tampoco en su oboe. Su boca continuó hablando sin su conciencia. "Además, tengo que estar aquí por Danny. Ella está pasando por un momento realmente difícil ahora".

"Ella tiene una familia. No te necesita." En un intento por cortar la discusión, la madre de Erin arrojó la cosa más dolorosa y cruel que podría haberle dicho a su hija con frialdad, como si no importara en lo más mínimo.

Erin palideció. "¡Si me necesita!" insistió, su voz cada vez más aguda al ritmo de su creciente pánico. "Yo también la necesito. Mi vida esta aquí. Mi novio esta aquí. Todas mis oportunidades están aquí. Ni siquiera conozco a Bill. ¿Por qué querría vivir con él? ¿No puedes esperar para vender la casa hasta que me gradúe, por favor?"

"Establécete." Por fin, Valerie dejó a un lado sus artículos de tocador y se encontró con los ojos de su hija. "No, la venta no puede esperar. Nos mudaremos durante las vacaciones de Acción de Gracias".

"No iré contigo", insistió Erin, sacudiendo la cabeza de un lado a otro rápidamente. El movimiento no hizo nada para calmar sus nauseas. "Tengo dieciocho años. Ya no necesito vivir con mi madre".

"¿Cómo vas a mantenerte, Erin? No ganas mucho tocando en la sinfonía". El tono tranquilo y razonable de Valerie molestó aún más a su hija.

"Se me ocurrirá algo", Erin espetó. "No te preocupes por mí. Nunca lo has hecho de todos modos. Yo misma me encargaré."

"No seas así. Por favor solo considéralo." Valerie se levantó y puso su mano sobre el brazo de Erin.

"No lo haré. Dios mío, eres egoísta. No voy a ninguna parte." Erin se apartó de su madre y huyó de la casa. No cerró la puerta de golpe, aunque la parte de ella que todavía era una adolescente quería.

Saltando a su auto, condujo hasta Sheridan en busca del consejo de su amiga. *No puedo irme*, recitó para sí misma mientras conducía. *Banda. Todo el estado. Becas. Danny ... y Sean. Especialmente Sean. Lo necesito más de lo que necesito a la madre que nunca me quiso.* La presión en sus pulmones la hizo darse cuenta de que había estado conteniendo la respiración. Soltó el aire en un suspiro lento que ayudó a calmar su barriga.

*Hora de enfrentar los hechos, se dijo. Estas embarazada. También eres senior en la escuela secundaria. Sí, es vergonzoso, pero al menos podrás graduarte antes ... antes de que nazca el bebé.* Bebé. Por primera vez desde que comenzó esta crisis, ella imaginó en su mente lo que la línea azul en un estúpido palo blanco realmente le dijo. *Yo podría tener un niño. Un niño pequeño con cabello oscuro y los hermosos ojos azules de Sean. Y será mío para siempre.* No sabía cuáles serían todas las ramificaciones, pero de repente se sintió segura de que nunca se arrepentiría de tener el bebé de Sean. Puso su mano sobre su vientre plano y dejó que la lenta alegría se extendiera sobre ella. *No se puede cambiar. No queda nada más que hacer que celebrarlo.*

En la casa de Murphy, Erin tocó el timbre y esperó ansiosamente en el escalón. Hoy, agitada cuando sentía la posibilidad de alejarse, las ventanas perfectamente simétricas del segundo piso la miraban con maliciosa intención, y las cuatro columnas blancas estriadas en el porche parecían rejas en una celda de la cárcel, cerrándola. El tiempo se extendía sin cesar antes de que se abriera la puerta. El Sr. Murphy, su expresión gruñona, la fulminó con la mirada. De repente se dio cuenta de cómo él se alzaba sobre ella, mucho más alto que su propio padre. Con su cabello color sal y pimienta y su cara rugosa y bronceada, su frente pesada y sus cejas oscuras, cuando Roger Murphy frunció el ceño, parecía nada menos que peligroso.

Ella retrocedió con una fuerte respiración. Siempre se había llevado bien con los padres Murphy. *¿Qué hice?*

Luego la reconoció y su expresión se iluminó. "Oh, eres tú, Erin. Adelante. Perdón por hacerte esperar. Alguien ha estado jugando con el timbre, tocando y huyendo. No sabía si había alguien aquí."

"Ah, vale. Lo siento. ¿Danny está aquí?" Ella deseó que su corazón frenara sus nerviosos latidos. *No estaba enojado contigo. Cálmate. Respira.*

"Sí, ella está en su habitación. Entra." Indicó el interior con una mano, y ella lo pasó por encima del umbral y entró en la acogedora calidez de la sala formal de la familia Murphy. El interior de la casa proporcionaba toda la bienvenida que le faltaba al exterior, como si estar en este lugar de alguna manera lo cambiara todo.

Erin subió las escaleras, con las piernas inestables. *Realmente espero que Sheridan pueda ayudarme a pensar en este desastre, para poder encontrar una manera de quedarme. Mudarse al estúpido Motley simplemente no es una opción.*

Sheridan tenía un montón de tareas repartidas por todo el piso. Estaba tumbada boca abajo sobre una alfombra peluda de lavanda, luchando a través de una página de ecuaciones químicas equilibradas. Su libro de historia y una copia *de El sueño de una noche de verano* yacía cerca. *Parece que ella tiene una gran noche. Por supuesto, ella podría estar leyendo Shakespeare por diversión también.* "¿Danny?"

Sheridan levantó la cabeza y una amplia y brillante sonrisa se extendió por su rostro. "Hola Erin. No sabía que vendrías. ¿Como te sientes?"

"Me siento bien", mintió. "Puedo ver que estás ocupada, pero necesito algunos consejos".

"Erin, nunca estoy demasiado ocupada para ti, cariño", dijo, girándose y sentándose. "¿Qué pasa?"

"Mamá se va a mudar", soltó Erin, hundiéndose para sentarse con las piernas cruzadas en la alfombra junto a su amiga. Tiró de la exuberante pila con los dedos.

Sheridan tomó las noticias con calma, sin mostrar sorpresa. "¿Dónde?"

"A Motley, a vivir con él. Ella quiere que vaya con ella." Pensamientos desagradables invadieron la mente de Erin, pero ella los apartó. *Estar enojada con mamá no es importante y solo me distraerá de encontrar una solución.*

El pronunciamiento generó una reacción. Las esquinas de los ojos de Sheridan se tensaron. Ella se sentó más alta. "¿Cuando?"

"La semana que viene."

La mandíbula de Sheridan se hundió, y luego su labio se escabulló entre sus dientes, donde le preocupaba nerviosamente. "¡No te puedes mudar ahora! ¿Qué hay de ... todo?"

*Tanto, ni siquiera sé por dónde empezar.* "Lo sé. No quiero ir, pero ¿qué voy a hacer? No puedo pagar un apartamento con mi salario de la sinfonía, y no quiero obtener un trabajo mejor remunerado. No tengo tiempo para llamar a casas de comida o atender mesas. Tengo tanta práctica y tarea que hacer ... " Erin derramó, sonrojada pero incapaz de dejar de balbucear.

"Y estás embarazada", agregó Sheridan suavemente, "así que lo último que necesitas es este tipo de estrés".

"Correcto. ¿Me puedes ayudar a pensar? Estoy en pánico". Erin presionó ambas manos contra su vientre como para proteger la pequeña vida interior de sus furiosas emociones.

Sheridan lo consideró, y luego su consternación se disolvió en otra sonrisa. "En realidad, la solución es fácil. Ven conmigo."

Sheridan condujo a Erin de regreso a través de la casa a la habitación familiar, donde sus padres veían las noticias en un conjunto de sillones reclinables color bronceado.

"¿Mamá, papá?" Sheridan dijo para llamar su atención.

"¿Si cariño?" La Sra. Murphy respondió, presionando el botón de silencio en el control remoto. Ambos padres se volvieron para mirar a las chicas.

"Necesito pedirles un favor", dijo Sheridan, hablando despacio y con confianza. "La madre de Erin se va a mudar y quiere llevársela. No puedo aceptar eso. Necesito demasiado a Erin, y además, tiene un montón de cosas aquí que tiene que hacer para prepararse para la universidad. No puede costear los gastos para vivir sola, así que pensé, ¿podría quedarse con nosotros hasta el otoño? Como Sean y Jason se mudaron, hay mucho espacio, y sería realmente agradable tenerla cerca todo el tiempo".

A diferencia del histérico balbuceo de Erin, Sheridan utilizó el tono tranquilo y racional que cabría esperar de un abogado que se dirige al tribunal.

"Hmmm", murmuró la señora Murphy, considerando. "No me importa tener a Erin aquí. Eso estaría bien. Pero, querida, ¿estaría de acuerdo tu madre?"

Tengo dieciocho años", respondió Erin con rigidez. "No es su decisión".

"Ya veo. Hay cierta tensión entre ustedes, ¿no es así? La señora Murphy extendió la mano, agarró la mano de Erin y la palmeó.

"No es tensión exactamente", dijo Erin con cautela, no queriendo sonar irrespetuosa, "Simplemente no pienso mucho en sus elecciones en estos días".

"Odio decir esto, pero estoy de acuerdo contigo". Ellen soltó la mano de Erin y se volvió para mirar a su esposo.

"Roger, ¿qué opinas sobre que Erin se mude con nosotros?"

"No lo veo como un problema", respondió. A Erin le pareció interesante notar que cuando se relajaba, el rostro escarpado de Roger Murphy solo le recordaba seguridad y protección, sin ninguna amenaza. *Mis nervios deben haber sido culpa mía. Hormonas, tal vez.* Él continuó hablando. "¿Te gustaría eso, Erin? Sheridan ha dicho la mayor parte".

"Me gustaría. Los dos son muy amables." Erin luchó para no derrumbarse. *¿Seguirán siendo tan acogedores cuando se enteren de Sean y yo ... y el bebé? No es un secreto que se puede guardar por mucho tiempo, pero necesito un poco más. Todavía lo estoy aceptando. No estoy lista para compartirlo. Aún no.*

"Muy bien, ¿por qué no empacas y te mudas de inmediato?" Sugirió la Sra. Murphy, colocando un mechón de cabello rizado plateado y dorado detrás de la oreja y sonriendo para que sus ojos color avellana se arrugaran en las esquinas.

Erin sonrió aliviada. "Maravilloso. Lo haré. Dios los bendiga a los dos."

Cuando las chicas se alejaron, Sheridan sonrió enormemente. *He echado de menos esa sonrisa estas últimas semanas, pero ha sonreído más en la última media hora que en el mes anterior.*

"Estoy tan emocionada", dijo Sheridan, su comportamiento razonable disolviéndose en entusiasmo adolescente. "No puedo esperar a que llegues aquí. ¿Donde quieres dormir? Apuesto a que la antigua habitación de Sean sería atractiva."

"No tienes idea", respondió Erin. "Pero no sé si me atrevería. ¿No hay una habitación de invitados?"

"Es demasiado pequeño para más de unas pocas noches", le recordó Sheridan al pasar por la pequeña puerta. *Oh, es cierto. Recuerdo ese lugar de las escondidas. Es como un gran armario con una cama adentro.* Sheridan continuó: "Además, creo que le gustaría saber que estás allí".

*Que lindo pensamiento.* "Puede que tengas razón. Bien, volveré a mi ... la casa de mi madre para comenzar a empacar. Termina tu tarea. Te veré mañana, ¿de acuerdo?"

"Seguro cariño. Me alegra mucho que no te vayas. No sé qué haría sin ti." Sheridan abrazó a Erin.

Erin solo tardó un poco en guardar todas sus posesiones. Mientras metía las dos cajas de libros y partituras, dos bolsas de basura con ropa y su preciosa caja de oboe en la cajuela de su auto, su madre se acercó. "Erin, por favor, reconsidéralo", instó Valerie.

"Las palabras son correctas", observó Erin, tranquila ahora que la crisis se había resuelto, "pero el tono sugiere lo contrario. No mientas, madre. Te alegra que me quede. Ahora tú y Bill pueden disfrutar de su tiempo juntos y no preocuparse por mí".

Miró y vio el alivio destellar en los ojos de Valerie. *Nunca me quisiste, ¿verdad? ¿Por qué me trajiste al mundo?* Cada pensamiento en estos días la condujo a su propio embarazo, y este pensamiento más que la mayoría. *Lo prometo, pequeña, pase lo que pase, siempre serás querida.* Más centrada en sus propios problemas que las continuas tuberías de su madre, Erin regresó a su habitación.

Valerie se arrastraba por detrás. "¿Qué vas a hacer?"

"Mudarme con los Murphy", respondió Erin. "Me necesitan y me quieren allí".

"No seas una molestia para ellos, Erin", rogó Valerie.

Eso captó su atención. *¿Qué piensa ella que soy? ¿Un niño de dos años propenso a los berrinches?* "No soy una molestia, madre, a menos que simplemente no me quieras cerca. Tampoco soy un bebé, aunque dudo que lo hayas entendido alguna vez."

Una rápida mirada a su habitación reveló que no quería nada más, así que agarró su bolso y empujó a su madre para pasar.

"Erin..."

Lo que Valerie planeaba decir, Erin no se quedó para escucharlo. Saltó a su auto, condujo hasta el departamento de Sean, subió las escaleras y entró. Sonrió al ver a su novio encorvado en el sofá gris de segunda mano que había rescatado de la acera, con la atención puesta en una subasta de autos.

Ella se metió en la habitación y se unió a él.

"¿Adivina qué, Sean?" dijo ella, acurrucada contra él.

"¿Qué bebe?" preguntó, acunando su rostro en su mano.

"Me mudaré con tus padres", respondió ella, cubriendo sus dedos con los de ella.

Sus palabras detuvieron sus dedos acariciantes. "¿Con mis padres? ¿Por qué?" preguntó.

"Mi madre se muda, pero no puedo alejarme ahora", explicó.

Sus mejillas se calentaron. ¿Pero no sería bueno estar con Sean todo el tiempo? "¿No crees que eso podría verse mal?"

Medio frunció el ceño. "Erin, en este momento verse mal es la menor de nuestras preocupaciones".

Ella soltó una bocanada de aire y respondió cojeando: "Tienes razón. Pero aún."

"¿Has pensado en lo que quieres hacer?" Algo sobre la forma en que formuló la pregunta sugirió que significaba más que esta reubicación inmediata.

Ella lo consideró. "No he llegado a ninguna conclusión. Creo que el lunes, después de la escuela, pasaré por la universidad local y, ya sabes, revisaré su programa de música".

Sean bajó las cejas. "¿Lakes? Nunca quisiste ir allí.

"Lo sé", respondió ella, torciendo los labios, "pero ahora todo es diferente. Como voy a tener un bebé este verano, no puedo irme a Texas o al Estado en otoño. Tengo que quedarme aquí." Ella guió sus manos unidas hacia su vientre.

"Odio esto", dijo Sean, su boca hundiéndose hacia abajo hasta que los surcos lo encerraron. "Mi descuido está teniendo un impacto tan terrible en tus sueños".

"Fui tan descuidada como tú", le recordó. "Los sueños se pueden modificar, Sean. Además, estar cerca de ti no me suena tan mal." Ella se acurrucó más cerca, y él la apretó suavemente.

"Necesitaremos casarnos, sabes. Soy católico. No puedo dejarte tener a mi bebé cuando no estamos casados." Su mano dejó caer la de ella y acarició la planitud de su vientre.

Ella le dedicó una sonrisa torcida. "Lo sé. Soy un poco católica también, ¿recuerdas? ¿Te molesta la idea del matrimonio?"

"Solo en la medida en que no limite tus opciones. El matrimonio es lo que quería de ti, pero no así. Me refería a algún día, cuando estuvieras lista." Sean suspiró. "Pobre Erin. Estar conmigo no ha sido tan bueno para ti, ¿verdad?"

"¿Estás bromeando? No me gustaría estar en ningún otro lado. Te amo, Sean." Ella le echó los brazos al cuello.

"Yo también te amo. Y odio que estés tan estresada." Estudió su rostro, y luego una pizca de sonrisa se extendió por su propio rostro. "¿Sabes algo? Pareces una chica a la que hay que hacerle el amor."

"Sí, por favor", rogó Erin, frotando su cuerpo contra el suyo.

Sean la besó profundamente y la llevó a la habitación donde procedió a borrar el recuerdo de cada evento estresante que había sufrido en las últimas semanas.

## 9

Al final, la mudanza resultó rápida y bastante indolora. Para el sábado por la tarde, Erin terminó de desempacar su ropa, libros y partituras en la vieja habitación de Sean. Ella colocó su atril y una pequeña silla en la esquina entre la cama y la ventana y observó el efecto. *Agradable. Hogareño. Me pregunto si esta es la misma ropa de cama que Sean usó antes de mudarse. Apuesto a que sí. Coincide con el resto de la decoración. Ella se estremeció de placer. Sean dormía debajo de estas mantas.* Levantó cuidadosamente sus fotos de la caja de música, colocándolas junto a las de él en el tocador. *Me gusta cómo se ve eso, como si los dos viviéramos aquí juntos. Una vez que nos casemos, las colgaré en el pasillo del de-*

*partamento*. Su corazón se aceleró ante la idea de ser, no solo la novia de Sean, sino su esposa, su mujer reconocida públicamente. Sacudiendo el pensamiento distractor, continuó desempacando, colocando su ropa en la cómoda vacía antes de bajar a buscar a la Sra. Murphy.

Encontró a Ellen cortando vegetales en la cocina en el mostrador de la carne, preparándose para hacer estofado. Erin sacó otra tabla de cortar del gabinete inferior de la isla. *Algunas conversaciones se realizan mejor bajo la cobertura de zanahorias y cebollas.* "Señora Murphy, quería agradecerle nuevamente por dejar que me quede con ustedes. Significa mucho para mí" —empezó Erin, con los ojos en el cuchillo.

"De nada, querida", respondió Ellen. "Después de todo lo que has hecho por nosotros, fue lo menos que pudimos hacer".

El cumplido hizo que Erin brillara. "Yo quería preguntarle algo. Verá, nunca he tenido ... reglas antes. No quiero molestar a nadie. ¿Podría decirme cuáles son las expectativas?"

Ellen dejó el cuchillo y se volvió para mirar a Erin. "Qué dulce de tu parte preguntar. Sí, existen reglas para cualquier persona que viva con nosotros, y aunque tenga dieciocho años, aún esperamos que las cumpla. Espero que no te parezcan demasiado estrictas. Primero, tendrás un toque de queda, por supuesto. Sheridan tiene que estar a las diez en las noches escolares y a la medianoche los fines de semana. Te agradecería que hicieras lo mismo. No se podrá quedarse fuera toda la noche. ¿Tienes novio, querida?"

*Oh Dios.* "Sí."

"Bueno, él es bienvenido a visitarnos", continuó Ellen. Erin pudo verlo, aunque nunca levantó la cabeza de atender cuidadosamente su comida, también se concentraba en su conversación. Entonces, se puede hacer. Interesante. "Pero deberás permanecer en las partes públicas de la casa con la puerta abierta en todo momento. No habrá nada aquí. ¿Está bien?"

*¿Cómo abordar esto sin mentir? Elige tus palabras con cuidado, niña.* "No tiene que preocuparse. Es tímido y no creo que sea probable que quiera visitar".

"Bien", continuó Ellen, volviendo a su corte mientras hablaba, "necesitamos saber dónde estás en todo momento". Si tienes que quedarte hasta tarde después de la escuela o si tienes una cita, escríbela en el calendario, junto con un número donde podamos comunicarnos contigo".

"Tengo un teléfono celular", ofreció Erin. "Está apagado durante la escuela, pero el resto del tiempo, lo mantengo conmigo. Soy fácil de encontrar. Escribiré el número en el calendario, ¿de acuerdo?"

Ellen sonrió abiertamente. "Bueno. Sé que esto probablemente no se aplica, pero debe decirse de todos modos. No se debe fumar ni usar drogas aquí. Si quieres una bebida de vez en cuando, como durante una cena familiar o una comida al aire libre, el límite es una. No puedes beber fuera de la casa, donde no estás supervisada, siempre y cuando seas menor de edad".

"Es justo." *Tampoco va a ser un problema.*

"Por último, asistimos a misa todos los domingos y cenamos juntos después. Si vas a ser parte de esta familia, esperamos que hagas ambas cosas".

"No hay problema. Puedo vivir con esas reglas". *Qué sueño hecho realidad; ser parte de esta familia. Hubiera aceptado mucho más.*

"Bueno. Creo que esto funcionará bien". Hizo una pausa, una pequeña sonrisa arrugó sus labios, luego agregó: "Erin, ¿estarías dispuesta a ... tocar para nosotros de vez en cuando? Haces un buen trabajo y realmente me gusta escucharlo".

"Por supuesto. Me encantaría." Erin arrojó las zanahorias a la olla y se acercó al calendario para marcar su horario de ensayos después de la escuela, entrevistas universitarias y una nota titulada "cita con el médico", que colocó el lunes.

Realmente no tenía una cita per se, pero era hora de comprender la realidad de su situación.

El lunes después de la escuela, Erin condujo a la Universidad Lakes, la pequeña institución pública que servía a su comunidad. Aparcó frente al departamento de música y cruzó apresuradamente el estacionamiento para salir de una llovizna escalofriante que había aparecido de la nada al principio del día y se demoró deprimentemente sobre la ciudad. Se dirigió por una pasarela cubierta al aire libre con un piso y techo de concreto tachonado de guijarros, plagado de palomas y el desorden de su presencia, incluso a finales de otoño. Los pájaros fríos hicieron ruidos desagradables cuando pasó junto a ellos. Arrugando la nariz ante el aroma a pajarito, se apresuró a un pequeño pasillo de oficinas y llamó a la puerta abierta de la habitación 212.

El Dr. Abrams, que tocaba en la sinfonía con Erin, se sentaba en su escritorio, derritiendo el pegamento en la almohadilla suelta de una llave de clarinete con un encendedor. El instrumento herido del departamento yacía en su escritorio, esperando la operación. La llama se apagó cuando el profesor levantó la vista. "Bueno,

bueno, bueno, Erin James", dijo el Dr. Abrams con una voz retumbante que coincidía con la tuba que tocaba. "¿Qué puedo hacer por ti hoy?"

"Hola, Dr. Abrams", dijo suavemente, "me preguntaba si puede contarme más sobre su programa de música aquí".

"¿Aquí?" Dejó caer el encendedor sobre su escritorio y se secó la frente, aunque Erin sentía frío en la habitación. "Nunca escuché que quisieras ir aquí. ¿No entraste en ese conservatorio?"

"Todavía no me han dicho", respondió ella, "pero está muy lejos".

"¿Eres hogareña? ¿Qué pasa con el Estado?" el sugirió. "Eso está a solo unas pocas horas en auto".

Inhaló profundamente y luego sopló el aire entre sus labios mientras consideraba sus palabras. Un mechón de cabello húmedo bailaba en la brisa que ella creó. "No estoy segura de poder ir a ninguna parte. ¿Qué hay del programa aquí? ¿Tiene una carrera de performace de doble caña mayor?"

A pesar de su apariencia engañosa, el profesor claramente tenía una raya de intuición. Le dirigió a Erin una mirada perpleja y preocupada. "No tenemos ninguna especialización en performance. Solo educación musical".

*Eso me temía.* "¿Y eso me calificaría para hacer qué? ¿Enseñar banda de secundaria?"

"En realidad, la mayoría de la gente tiene que comenzar con la escuela secundaria", aclaró.

*Yikes. Eso requiere un tipo especial de persona.* "No creo que realmente quiera ser maestra de escuela", admitió Erin. "Me gustaría tener algunos estudiantes particulares algún día, pero no un programa completo de banda. Sobre todo solo quiero tocar. ¿No hay alguna forma de hacerlo aquí?"

Él reflexionó. "Supongo que ... podrías especializarte en estudios independientes en música. Eso podría funcionar, pero tengo que decirte que no estamos bien preparados para ello. Nuestra mujer de viento de madera no es una experta en caña doble. Le gustan más el clarinete y el saxo." Los segundos pasaron mientras contemplaba un poco más. "Escucha, Erin. Sería realmente bueno tenerte aquí, pero no creo que sea lo mejor para ti."

"Lo entiendo, pero es posible que no tenga otra opción", admitió. Los nervios la hicieron querer morderse las uñas, por lo que se frotó las manos para calentarlas y mantenerlas ocupadas. "Está bien, gracias, Dr. Abrams. Tengo que pensarlo y hacérselo saber."

"Muy bien, Erin. Buena suerte." Su expresión nuevamente la instó a reconsiderarlo.

Caminó rápidamente de regreso a su auto, sacudiendo la cabeza. Qué desastre he hecho de mi vida. Un pequeño escalofrío de náuseas nerviosas la golpeó, y ella se atragantó una vez, tragó saliva y giró la llave en el contacto. Estalló en protesta por el mal tiempo antes de aceptar comenzar, y ella cuidadosamente salió del estacionamiento y condujo a la clínica médica familiar para su chequeo.

*Fue algo bueno que planeara ocuparme de mis asuntos a principios de semana.* Erin se dio cuenta cuando entró en la casa y encontró a Sheridan y su madre sentadas en la sala formal, en una conversación profunda. Le dolía el brazo donde el técnico había extraído una muestra de sangre, y las palabras de consejo que le habían dado resonaban en sus oídos. *Sin alcohol. Limita la cafeína. Dormir lo suficiente. Has mucho ejercicio de bajo impacto. Intenta minimizar el estrés. Come sano y evita el queso no pasteurizado.* El resto se desvaneció en un zumbido incomprensible y ella lo hizo a un lado.

"Entonces, espero comenzar los artículos de

preparación mañana, después de la escuela", le recordó Ellen a su hija. "¿Tienes algo grande por venir, o puedo contar con tu ayuda?"

Sheridan lo consideró. "Lo intentaré. Nada importante está sucediendo en este momento". Un enorme bostezo interrumpió su comentario. "Sin embargo, estoy muy cansada", admitió. "Demasiados exámenes, supongo".

"Yo, um ..." Erin comenzó, pero dos pares de ojos giraron su dirección y la redujeron a tartamudeos. *¿Qué vas a hacer, tonta? ¿Ofrecer ayuda? No sabes cocinar.* "Yo, um, no sé mucho sobre hacer comida. Mi familia no celebraba el Día de Acción de Gracias ..." tragó saliva. *Deja de tartamudear, idiota.* "Yo, um, si quisieran que las ayudara, lo haría, pero tendrían que decirme qué hacer".

Los labios de Ellen se curvaron de inmediato en una sonrisa de bienvenida. Ella acarició el sofá a su lado. "Por supuesto, querida", respondió ella. "Me encantaría tener otro par de manos. Cocinar es divertido, y me encantaría mostrarte".

Erin sonrió radiante. "Gracias. Me gustaría."

El miércoles, después de la escuela, Erin arrojó la mochila en su habitación y fue hasta la cocina.

Ruidos interesantes le llamaron la atención en el momento en que entró por la puerta, y quería ver lo que estaba sucediendo hoy. Ayer había sido relleno de pastel y salsa de arándanos casera, que se podía preparar con anticipación y dejar en el refrigerador. Hoy, al parecer, serían panecillos. Cuando Erin se asomó tímidamente desde la puerta, Ellen vertió el bulto de masa de levadura que exudaba del tazón sobre bloques del mostrador de carnes enharinado. Se sorbió al soltarse del metal, y luego cayó con un golpe húmedo.

Erin dio un paso más cerca, fascinada. Nunca antes había visto pan que no viniera en un paquete de plástico.

Captando el movimiento en su visión periférica, Ellen levantó la cabeza. "Erin. Hola amor. Ven aquí." Erin se acercó con cautela. "¿Alguna vez has amasado pan antes?"

"No", admitió Erin. "¿Cómo lo hace?"

"Así. Mira." Dobló la masa por la mitad y presionó con el talón de su mano, extendiéndola sobre el mostrador. Luego giró la masa un cuarto de vuelta y repitió el proceso. Después de varias revoluciones, Ellen levantó la masa, extendió más harina debajo y volcó el bulto. "¿Te gustaría probarlo?"

"Oh, pero ¿y si lo estropeo?" Erin protestó.

"No puedes", Ellen la tranquilizó. "Todo lo

que haces es doblar, presionar y girar. Es simple y cuanto más trabajas en ella, mejor se pone y más relajada te sientes".

Erin asintió con la cabeza. *Me vendría bien un poco de relajación.* Como Ellen había dicho, el proceso resultó ser simple. Después de solo unos pocos intentos, Erin lo entendió. Dejando que su mente divagara, golpeó y estiró la masa mientras Ellen se volvía hacia otro plato de harina.

"¿En que estas trabajando?" Preguntó Erin.

"Costras de pastel", respondió Ellen. "Son un poco más complicados que el pan, y se hacen casi de manera contraria. Si trabajas demasiado una costra de pastel, se volverá dura, por lo que tendrás que mezclar la mantequilla suavemente, sin derretir". Ella demostró, usando una pequeña herramienta curiosa con un mango y cinco cuchillas pequeñas y romas, delgadas como alambres, que se enrollaban en un semicírculo. Con esto, ella cortó la grasa en la harina. "Luego agregas un poco de agua helada ... pero no el hielo ... así". Recogió cuidadosamente con una cucharada, goteó el agua sobre la harina y la mantequilla y agitó suavemente con un tenedor. "Y luego la recoges, la envuelves y la enfrías. Mañana podemos llenarla con los rellenos de tarta de manzana y calabaza que hicimos anoche y hornearlas, a 350 grados hasta que estén doradas".

"¿Dónde aprendió a hacer todo esto, Sra. Murphy?" Preguntó Erin, volteando la masa de pan una vez más.

"De mi madre", respondió la mujer mayor mientras golpeaba la corteza en dos círculos y los envolvía en una envoltura de plástico.

"¿Y se lo enseñaste a Danny?" Erin lo adivinó. *No es de extrañar que me gusten los Murphy. Hacen cosas juntos, y es una forma de demostrar que les importa.*

"Sí, por supuesto. Es nuestro legado ", coincidió Ellen, "pero hoy no tenía ganas. Creo que está un poco deprimida." Ellen colocó las rondas de masa en el refrigerador y regresó a Erin, mostrándole cómo dividir la masa en bolas para crear rollos de hoja de trébol.

"Puede que tenga razón. Ella parecía muy callada en inglés hoy. Normalmente responde todas las preguntas." Erin sonrió mientras creaba tres bolas del mismo tamaño y las dejaba caer en el molde para panecillos. "Me alegra que me esté enseñando a hacer esto. Es divertido." En realidad, a Erin le pareció conmovedor ser incluida en una tradición Murphy que se había transmitido de madre a hija durante innumerables generaciones. La hacía sentir, de alguna manera, como parte de la familia.

~

Tarde esa noche, Erin se despertó sobresaltada. Un sonido extraño, una especie de gemido bajo, la arrastró del sueño profundo. La luz del baño se derramaba en el pasillo con una mirada penetrante. Erin se puso las zapatillas y fue a investigar.

Sheridan se sentaba en el piso del baño, abrazando sus rodillas y lamentándose suavemente. El hedor a vómito hizo que Erin también quisiera vomitar.

"Danny, ¿estás bien?" preguntó después de varios tragos convulsivos.

"¡Noooo!" se lamentó su amiga.

Erin barrió un sudoroso rizo rubio de la frente de su amiga. "¿Qué pasa, cariño? ¿Estás enferma?"

"He estado enferma por días. No puedo sacudirlo. No puedo ocultarlo más". El aliento de Sheridan llegó tan rápido que Erin temió que estuviera cerca de la hiperventilación.

"¿Por qué estás tratando de ocultarlo?" exigió. "Si estás enferma, díselo a tus padres. ¿Te han llevado al médico?"

"No. No es eso. Mira." Sheridan le tendió un pequeño objeto. Erin miró horrorizada la segunda prueba de embarazo, la que había arrojado a sus artículos de tocador cuando se mudó, y luego se había olvidado por completo en un cajón del baño. Mostraba una línea azul aún más oscura que la de Erin.

"Oh Dios, Danny, ¿esto nunca terminará? Por favor, dime que te fuiste a la cama con alguien ", rogó Erin, desesperada pero sabiendo la respuesta antes de expresar la pregunta.

"Por supuesto no. No. ¡Es SUYO!" Las palabras de Sheridan subieron de tono hasta que estuvo a punto de gritar.

"Oh, mierda." Erin se dejó caer sobre sus ancas y atrajo a su amiga a sus brazos.

"¿Por qué Dios me haría esto? ¡No es justo!" Sheridan gimió.

"Tienes razón, no lo es", estuvo de acuerdo Erin. *Oh, por favor, no esto. Cualquier cosa menos esto.* "¿Puedo hacer algo?"

"Dame un poco de agua, por favor", gimió Sheridan.

"Bueno. Ahora vuelvo ", prometió, apretando el hombro de su amiga antes de bajar las escaleras y atravesar el pasillo hacia la cocina. A mitad de camino, ella cambió de opinión y giró por el pasillo que conducía a la habitación de los padres de Sheridan. "Roger, Ellen, por favor despierten", instó suavemente, tocando la puerta abierta.

"¿Qué pasa, Erin?" Preguntó Ellen, sentándose, alerta al instante.

"Es Danny. Ella está mal. Los necesita."

"¿Qué pasa?" Roger preguntó con voz ronca y somnolienta.

"Ella está arriba en el baño. Por favor vengan."

Alarmados, corrieron hacia su hija. Erin no quería entrometerse, así que continuó hacia la cocina y lentamente vertió un vaso de agua. Cuando volvió a subir, pudo ver que la verdad había sido revelada. En el pasillo afuera del baño, los tres se sentaban en el piso, Ellen sosteniendo a su hija y meciéndose mientras Roger tenía una mano sobre el hombro de cada mujer. Erin dejó el agua en el suelo junto a ellos y regresó a su habitación. Aunque el reloj al lado de la cama marcaba las 12:47 am, llamó a Sean.

"¿Hola? Bebé, ¿eres tú?" preguntó, su voz llena de sueño y sexy.

*Me encanta hablar con él cuando recién se despierta.* "Si." La palabra surgió como un gemido ahogado.

"¿Qué pasa?"

"Me siento triste y quería escuchar tu voz.

Lamento haberte despertado." *No puedo decirle esto por teléfono. Tendrá que esperar hasta la mañana.*

"Esta bien bebé. Me siento un poco triste también. Aquí está esta gran cama vacía y no estás en ella." Bostezó audiblemente.

*Oh hombre, eso suena genial.* "Te quiero."

"Yo también te quiero. Vuelve a dormir, ¿de acuerdo? Sean instó.

"Okay, buenas noches."

Sean llegó alrededor de las diez de la mañana siguiente. Erin lo recibió afuera y lo introdujo de contrabando rápidamente en su antigua habitación antes de que alguien pudiera verlos. Ella envolvió sus brazos alrededor de su cuello y él la abrazó suavemente.

"Algo pasa, Erin. ¿Que esta pasando?"

"Bésame."

Presionó sus labios contra los de ella. Ella se aferró a él, sacando fuerza del calor de sus brazos a su alrededor. Finalmente, ella terminó el abrazo y desde la cuna de sus brazos dijo con tristeza: "Danny está embarazada. Ese imbécil la derribó."

Sean reaccionó como si hubiera sido golpeado. Su cuerpo se sacudió hacia atrás por el shock. "Oh Dios mío. ¿Lo saben mamá y papá?"

"Sí", admitió, y luego sollozó. "Ella se enteró anoche. Se sintió muy enferma, y así es como se dio cuenta."

Sean luchó visiblemente con su compostura, su garganta convulsionándose. Finalmente, gruñó, "Esto simplemente no está bien. ¿Por qué tiene que sufrir tanto?"

"No lo entiendo. Esto, lo entiendo." Hizo un gesto hacia su vientre. "Nos hicimos esto a nosotros mismos, pero ¿por qué Danny?"

"No lo sé. Maldición. Simplemente no lo sé." Abrazó a Erin con fuerza, su respiración era áspera y desigual.

"Tengo que volver a la comida en un momento", dijo. "No quiero quemar nada, pero, ¿puedes besarme una vez más?"

"¿Comida? ¿Qué quieres decir?" Sean la miró, parpadeando, una ceja levantada en confusión.

"Nadie tenía ganas de cocinar, así que estoy haciendo lo mejor que puedo. Tu mamá me mostró un montón de cosas, y todas las recetas están en el mostrador. Probablemente será terrible."

La confusión de Sean se convirtió en una triste

sonrisa. "Eres realmente la chica más increíble. Me encantaría poner un diamante grande y brillante en tu dedo ahora mismo y mostrárselo a todos".

"Podrías cuando quieras. Odio fingir.."

"¿Quieres contarles sobre nosotros ahora?" Sean sugirió. "Podemos. No va a ser un secreto mucho más tiempo de todos modos".

"Sí", estuvo de acuerdo Erin, "pero no hoy. Hoy ha sido lo suficientemente difícil".

"Tienes razón. Ven aquí, bebé." La besó con fuerza. De alguna manera indefinible, sus labios sobre los de ella parecían vigorizar su fuerza flagrante. Incluso frente a un trauma inimaginable, un resplandor de esperanza se encendió en el corazón de Erin. Ella se aferró a él otro momento interminable, sacando tanta fuerza como pudo del regalo imposible del amor de Sean, luego se escabulló a regañadientes de sus brazos y regresó a la cocina.

~

Más tarde esa noche, la familia se reunió en la sala de estar y ella tocó para ellos, con la esperanza de distraerlos, y ganarse también un poco de consuelo. Se las arregló para perderse en su música y olvidar los abrumadores problemas que

todos enfrentaban. Después del concierto impro-
visado, Erin guardó su oboe.

"Conferencia familiar en el estudio", le informó Roger.

"No se preocupe, me mantendré fuera del
camino", prometió, y luego miró en su dirección
para ver su cabeza inclinada por la confusión.

"Sheridan específicamente solicitó que seas
parte", le informó. "Y además, es una conferencia
familiar. Estoy bastante seguro de que eres
familia."

Los ojos de Erin picaron. No podía hacer
frente a las implicaciones, por lo que deliberadamente dejó en blanco su mente, corrió su oboe de
regreso a su habitación y entró en el estudio, en-
caramada en el hogar de la chimenea. Desde allí,
ella tenía una vista perfecta de Sean a través de
la habitación, tumbado junto a su hermana
contra el brazo del sofá. La necesidad de ir hacia
él y acurrucarse casi rompió la resistencia de
Erin, pero se contuvo.

"Mamá, papá, espero que no esten planeando cancelar su día de compras mañana",
dijo Sheridan a sus padres con firmeza. "Nada es
diferente a esta hora de ayer; solo entiendo más.
Sé cuánto los dos lo esperan. Quiero que lo
hagan."

"Eso es dulce, cariño, pero odio dejarte", respondió la Sra. Murphy, claramente preparándose para admitir que no iría a ninguna parte.

"No haré nada drástico, lo juro", aseguró Sheridan a su madre. "Necesito tiempo para procesar esto, y quiero pensar sin que nadie se mueva sobre mí. No sé por qué tuvo que pasar esto, pero no tiene sentido detenerse en el pasado. Lo que hay que hacer es avanzar, pero tengo que decidir qué significa avanzar".

"Danny", dijo Erin suavemente, "sé cómo te sientes acerca del ... aborto, pero nadie te culparía en estas circunstancias".

La cara de Sheridan se contorsionó, y Erin supo que el alma de su amiga estaba dolorida, retorcida como estaba con preguntas sin respuesta. "Lo sé, pero siempre dije que la gente también debería pensar en la adopción. Quiero hacer lo correcto y necesito tiempo para pensar. ¡*Sola*!"

Erin aceptó los comentarios de Sheridan con una inclinación en la barbilla. "Bueno. Sabes, no tengo a dónde ir mañana. Me quedaré aquí si quieres. Prometo no molestarte, pero al menos si ... necesitas a alguien, estaré en la casa."

"Eso me haría sentir mucho mejor, Erin", le dijo Ellen.

"Yo también vendré", ofreció Sean. "De hecho, me quedaré a pasar la noche. No puedo pasar el rato en mi apartamento y ver fútbol mientras mi familia atraviesa tiempos difíciles. Estaré en la habitación de Jason."

Le dio a Erin una rápida mirada. *Sé lo que me está diciendo. Está preocupado por su hermana, pero también está preocupado por mi capacidad para manejar todo. Definitivamente necesitaré su apoyo.*

"Ellen, deberíamos ir", le dijo Roger a su esposa. "Está a quince minutos, no en otro país".

"Pero, ¿y si hay una emergencia ..." Ellen comenzó, el modo de madre inquieta completamente activado.

"No soy un bebé", insistió Sheridan. "Todavía tengo diecisiete años y tengo la edad suficiente para quedarme en casa por la mañana mientras mis padres compran. Prometo no hacer fiestas de última hora." Su tono tenía un bocado suficiente para convertir su broma en algo más oscuro. Nadie se rio.

"Te prestaré mi teléfono celular", se ofreció Erin voluntariamente, sacando el dispositivo de su bolsillo y cruzando la habitación para ofrecérselo.

"Ya ves", dijo Roger, aceptando el teléfono. "Si hay una emergencia, Sean o Erin pueden llamar. No estaremos fuera de contacto por un momento. Sheridan es casi una adulta, y ella tiene que tomar esta decisión por sí misma. Deja de revolotear."

Sheridan dio un sollozo roto.

*Basta de hablar.* Erin se giró y arrastró los pies sobre el piso de madera pulida, dejándose caer en el sofá entre Sheridan y Sean. Ella atrajo a su amiga en un abrazo. Sheridan la apretó con tanta fuerza que, por un momento, no pudo respirar. "Dime qué necesitas, y lo haré por ti", susurró al oído de su amiga.

"Solo estáte aquí", dijo Sheridan. "No sé lo que necesito, excepto que te necesito".

"Siempre."

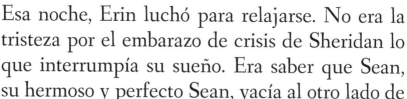

Esa noche, Erin luchó para relajarse. No era la tristeza por el embarazo de crisis de Sheridan lo que interrumpía su sueño. Era saber que Sean, su hermoso y perfecto Sean, yacía al otro lado de la pared. Su cuerpo le gritaba que fuera hacia él. Había pasado un tiempo desde que habían estado solos juntos, y ella realmente quería hacer el amor ... ¡ahora!

Trató de contenerse, sabiendo que los padres de Sheridan no querían que ella tuviera sexo en su casa. No quería abusar de su hospitalidad, pero sentía que estaba en llamas.

Los muelles chirriaron al otro lado de la pared. Se abrió una puerta y Erin contuvo el aliento. *Tal vez va al baño. No asumas nada.*

La manija de la puerta del dormitorio giró y el cuerpo musculoso de Sean llenó la abertura, vestido solo con un par de pantalones cortos negros. Cerró la puerta, avanzó silenciosamente por la alfombra y se metió en la cama a su lado, tomándola en sus brazos.

"Te amo, Erin", suspiró contra su oreja, "y te necesito ahora mismo. ¿Qué tan callada puedes ser?"

"Tan tranquila como necesito estar, para tenerte conmigo", susurró en respuesta.

Su boca se posó sobre la de ella en un beso interminable y tierno mientras sus dedos abrían los botones de su pijama. Sin soltarle nunca la boca, le quitó la prenda de los hombros y la presionó contra él para que sus pequeños senos le rozaran el pecho. Sus manos se deslizaron dentro de la cintura de sus pantalones cortos, bajándolos para poder tocar la piel sedosa de su espalda baja, y para que su erección pudiera presionar tentadoramente contra su vientre. Ella suspiró de placer. *El sexo con Sean es una de las mayores alegrías de mi vida.*

Él terminó el beso y ella protestó suavemente, tratando de aferrarse a él. En la oscuridad, vio el destello de sus dientes cuando él sonrió ante su entusiasmo. Él agarró los pantalones de su pijama y ella levantó sus caderas, para que él pudiera sacarlos de ella. Luego se recostó en la cama, desnuda y extendida frente a él, su cabello oscuro cayendo sobre las almohadas.

~

Sean miró a su amada. *Su belleza es tan excitante.* Luego se registraron más detalles y frunció el ceño. *Ella debería estar cada vez más redonda. Después de todo, tiene casi tres meses de embarazo, pero en cambio, es más delgada que nunca.* Podía ver cada costilla, incluso en la oscuridad de la habitación, y sus huesos de la cadera destacaban con un fuerte alivio. *La tensión de sus propios problemas y los de mi familia debe ser demasiado para ella. Tendré que ayudarla a recuperar el equilibrio, a partir de mañana. No es bueno para ella ni para el bebé estar tan desnutrida.* Pero no se podía hacer nada al respecto esta noche, y el deseo se había vuelto volcánico entre ellos.

Rápidamente se quitó los pantalones cortos y se arrodilló entre sus muslos, inclinándose sobre ella para acariciarla y acariciarle los pezones. El aliento de Erin se contuvo. Como siempre, ella respondió con entusiasmo a sus toques suaves. Se inclinó hacia adelante para besar y succionar primero un pico tenso y luego el otro antes de besar su vientre, más abajo hasta que su boca presionó contra su carne íntima. Separó esos labios con su lengua y comenzó a probar su clítoris.

Erin tuvo que concentrarse mucho en su respiración, manteniéndola en silencio mientras Sean estaba abajo. Era una de las sensaciones más intensas que había experimentado, y seguía creciendo más, especialmente cuando deslizó dos dedos dentro de ella. Se escapó un sonido suave, y se llevó la mano a la boca, mordiéndose el nudillo en un intento de no gritar mientras se acercaba al orgasmo. Una lamida más firme la envió al límite. Ella jadeó pero contuvo su grito cuando el placer la sacudió. Antes de que los espasmos desaparecieran, los dedos de Sean se retiraron, y rápidamente los reemplazó por su sexo. Empapada y lista para él, su cuerpo se relajó, permitiéndole entrar fácilmente. Él se hundió profundo, rápido, sellando su boca sobre la de ella para evitar que emitiera un sonido.

A pesar de que habían hecho el amor con

tanta frecuencia en los últimos meses, Sean seguía siendo demasiado grande para Erin, y normalmente entraba lentamente en ella, pero esta noche no había tiempo. *Él me necesita*, se dio cuenta, y él tomó lo que necesitaba, duro y rápido, conduciendo imprudentemente hacia ella..

Si no hubiera sido por su boca sobre la de ella, Erin habría despertado a toda la casa. El poderoso empuje de Sean dolió un poco al principio, pero a medida que se ajustaba, comenzó a sentirse increíble. Nunca antes había estado tan llena, no solo en su cuerpo, estirado hasta el límite, sino en su corazón. Nunca había sido bien amada hasta Sean, y lo adoraba más allá de cualquier límite. No tenía dudas de que a pesar de su conversación sobre el matrimonio, su relación terminaría algún día. Simplemente no era lo suficientemente interesante como para quedarse con él para siempre, pero lo tendría ahora, esta noche. Y en el futuro, ella tendría a su hijo, un pequeño pedazo de él que era suyo para siempre, y era suficiente.

Las llamas del deseo de Erin aumentaron, quemándola, llevándola a otro clímax duro y salvaje que inclinó su cuerpo. Su espalda se arqueó, presionando a Sean aún más profundamente dentro de ella y él gruñó suavemente contra sus labios mientras la soltaba, permitiendo que su propio placer alcanzara su punto máximo.

Les tomó muchos minutos calmarse de un amor tan intenso. Finalmente, los latidos de sus corazones se calmaron y su respiración volvió a la normalidad.

"¿Te lastimé?" Sean susurró al oído de Erin.

"No. Fue increíble ", respondió en voz baja. "¿Tienes que irte de inmediato?"

"Me encantaría abrazarte toda la noche", respiró, su expresión llena de ternura, "pero esa no es la forma en que quiero contarles sobre nosotros".

"Lo sé."

"Me quedaré hasta que estés durmiendo, ¿está bien, bebé?"

*Perfecto.* "Eso seria genial."

Se acurrucaron juntos. Por fin, Erin se relajó lo suficiente como para dejar que el sueño la reclamara.

Al otro lado de la pared, Sheridan también estaba despierta. Había escuchado cada sonido suave y sabía exactamente lo que significaba. A pesar de sus propias convicciones, ella no lamentaba su placer a su hermano y mejor amiga. *So-*

*naba ... interesante: salvaje, dulce y reconfortante. No sé si alguna vez sanaré lo suficiente como para querer acostarme con un hombre, pero Sean y Erin me dan la esperanza de que algún día podría hacerlo.*

# 10

Erin se despertó tarde a la mañana siguiente y descubrió para su sorpresa que yacía desnuda debajo de las sábanas. *Supongo que olvidé esa parte, pero estaba tan cálida y cómoda en sus brazos, piel con piel.* Ella sonrió y luego rápidamente se puso el pijama y se dirigió al baño. Se sintió un poco incómoda esta mañana, con una punzada en el vientre. *Esa fue una noche de amor realmente salvaje.* Su sonrisa se convirtió en una sonrisa afectada. *No es malo tener relaciones sexuales tan poderosas que aún puedes sentirlas al día siguiente. Sin embargo, realmente necesito orinar, lo cual no es nada nuevo en estos días.* También se sentía extrañamente húmeda. *Por supuesto, no es sorprendente. Debe ser el semen de Sean corriendo por mi muslo.* Se bajó los pantalones y miró hacia abajo. Una raya roja ya se había deslizado hasta la mitad de su rodilla.

Se sentó rápidamente en el inodoro, no queriendo manchar de sangre el piso. "Sean!" ella llamó.

Hubo un golpe en la puerta. "Erin, ¿estás bien?" Sheridan preguntó, tocando la puerta.

"Trae a Sean, por favor, Danny", rogó Erin.

"Okay."

Un momento después, Sean apareció por la puerta. "Erin, ¿qué está pasando?"

"Estoy sangrando", gimió, encorvándose, agarrándose el calambre del vientre.

Entró en la habitación y su expresión se convirtió en consternación al ver la sangre que ella ya había pasado al baño. "¿Qué esta pasando?"

Erin contuvo varias respiraciones profundas, tratando de no entrar en pánico. "No lo sé. Necesito llamar a la línea de emergencia de la clínica. Por favor, tráeme mi bolso y el teléfono inalámbrico."

Regresó en unos momentos y Erin rápidamente sacó una tarjeta de visita, para que pudiera marcar el centro de llamadas. Explicó su situación y fue trasladada a la mesa de parto en el hospital.

"¿Hola? ¿Qué puedo hacer por ti?" Una voz

femenina tranquila y relajante habló por teléfono.

"Tengo unas diez semanas de embarazo. Esta mañana empecé a sangrar." Podía escuchar la nota frenética en su propio tono.

"¿Qué cantidad de sangrado?" la voz preguntó.

*Piensa, Erin. Intenta mantenerte racional.* "Como un período pesado". Le agarró un dolor agudo, y ella gimió. Sean colocó su mano en la parte posterior de su cuello.

"¿Tienes calambres también?"

"Si. Me duele mucho ". Erin se frotó el vientre en círculos lentos.

"Está bien, parece que estás teniendo un aborto espontáneo", dijo la mujer.

*¿Aborto espontáneo?* El intento de Erin de no entrar en pánico se derrumbó. Su aliento llegó en pantalones salvajes y apretó los puños. "Oh Dios. ¿Qué debo hacer?"

La voz no perdió ni un ápice de calma. "No hay nada que hacer, de verdad. Solo espera. No debería llevar mucho tiempo. Sé que da miedo, pero esto no es una emergencia. No hay razón para que vengas al hospital por eso. ¿Estás sola?"

"No." Agarró la mano libre de Sean entre las suyas y la apretó con fuerza. "Mi novio está aquí, y una amiga también".

"Eso es bueno. De acuerdo, básicamente, solo hazlo a menos que comiences a sangrar mucho, como más de una compresa cada media hora, o si te sientes débil. Entonces, que alguien te traiga aquí rápido ... pero eso probablemente no sucederá".

Un pensamiento horrible se le ocurrió a Erin. "¿Causé esto? Anoche tuvimos sexo."

"No, no lo hiciste", la voz anónima la tranquilizó. "El sexo durante el embarazo es seguro. Esto iba a suceder de todos modos".

"¿Estás segura?" *¡Oh Dios, por favor no dejes que mi bebé se lastime!*

"Si. Escucha, una vez que termine, debes traer ... lo que sea que salga a la clínica. Necesitamos examinarlo y asegurarnos de que no quede nada, porque eso puede causar infección".

"Bueno." Erin aspiró aire, esperando el siguiente comentario, pero el teléfono se cortó. *¿Eso es? ¿Ese es todo el apoyo que recibo? Oh Dios.*

Levantó los ojos y vio a Sean flotando sobre ella, su rostro retorcido de preocupación. "¿Qué pasa, bebé?"

Erin sollozo. "Estoy teniendo un aborto espontáneo. No hay nada que puedan hacer. Dijeron que hay que esperar aquí".

"¿De Verdad?" Parecía tan horrorizado como ella, con la boca baja y las cejas juntas.

"Si. No puedo creerlo ". Erin gimió de angustia. Los pensamientos giratorios se transformaron en hombros y mandíbula apretados, y el dolor en su vientre subió a un nuevo nivel.

Sean se movió para poner sus manos sobre los hombros de Erin. Sheridan estaba cerca tratando de apoyar a su amiga con su presencia.

Erin respiraba lentamente a través de la creciente presión que le retorcía el vientre, y todo el tiempo una oración constante, como una letanía, se repetía en su mente. Dios, por favor, no te lleves a mi bebé. Por favor no lo lleves. Y sin embargo, los dolores continuaron, acercándola minuto a minuto a la inevitable conclusión.

Aproximadamente una hora después, sintió una sensación de estallido y un chorro de líquido, seguido de una fuerte presión. Empujó y algo grande se alojó dentro de su vagina. Empujó de nuevo y entregó a sus manos una masa de tejido sangriento del tamaño de una manzana. Ella miró el objeto horrible, se rebeló, antes de que la curiosidad la obligara a darle la vuelta. Un agudo grito de incredulidad salió de ella cuando el movimiento reveló a un humano pequeño, en su mayoría formado, del tamaño del pulgar de Sean. Tenía cabeza y cuerpo, ojos, brazos y piernas con manos y pies. Podía reconocer el comienzo de los dedos de manos y pies. Yacía flojo y completamente quieto.

Erin se mordió el labio al ver a su bebé. *Eres perfecto. ¿Por qué tienes que estar muerto?* Una lágrima se deslizó por su mejilla cuando se dio cuenta, finalmente, de lo que había tenido el privilegio de sostener y lo que había perdido.

"¿Es eso lo que tengo dentro de mí también?" Sheridan respiró. "Está bien, sé lo que tengo que hacer ahora". Huyó a su habitación y cerró la puerta.

Sean había guardado silencio hasta este punto. Su rostro mostraba la devastación que ella sentía. "¿Hice esto? Anoche fui muy duro contigo."

"No, Sean, no lo hiciste. Pregunté, y la enfermera dijo que iba a suceder de todos modos. Tener relaciones sexuales justo antes fue una coincidencia. Tenemos que llevar ... esto ... al hospital para asegurarnos de que esté intacto, ¿de acuerdo?" Ella indicó lo que sostenía; la pérdida de todos sus sueños cabe en la palma de su mano.

Él tragó saliva y la miró a los ojos. "¿Cómo vas a ir a alguna parte? Todavía estás sangrando."

"Lo sé. ¿Puedes por favor traerme algo de ropa?"

Él lo hizo, y ella le entregó de mala gana el

bebé, con su desagradable masa de placenta, para que pudiera limpiarse y vestirse. Gracias a Dios hay maxi toallitas debajo del fregadero. Agarró las del tamaño más grande y esperó lo mejor.

Sean miró a su hijo muerto mientras Erin se ponía los jeans y el suéter. Podía ver cómo él luchaba por asimilarlo. *Ambos hicimos las paces con este embarazo, con lo que significaría para nosotros. Míralo llorar. Quería a este pequeño tanto como yo.* La visión de la devastación de Sean apretó el corazón de Erin. *¿Qué vamos a hacer ahora?*

En la clínica, una amable enfermera practicante examinó.

"Esta cantidad de sangrado es normal", dijo, "y el feto y la placenta están intactos. No queda tejido atrás."

Erin aceptó la información con un gesto sordo.

"¿Tienes alguna idea de por qué ...?" Sean comenzó y luego volvió a quedarse en silencio.

"Estas cosas suceden, cariño, y generalmente no sabemos por qué. Algo sobre este embarazo salió mal, probablemente en la división de las células. Es probable que, en el futuro, pueda concebir y llevar a un niño nuevamente sin complicaciones".

*No quiero otro hijo. Quiero este.* Las lágrimas acecharon a Erin, pero ella luchó contra ellas. *Pronto tendré que dejarlo ir, pero aún no. Aqui no.* "¿Que sigue?"

"Deberás regresar en una semana para un análisis de sangre", le informó la enfermera practicante. "Y otro la semana después de eso. Si en ese momento tus hormonas se normalizan,que seguramente lo harán, estarás bien. No sospecho que tengas ningún problema."

Su tono optimista hizo que Erin quisiera golpearla. *¿No sabes que nunca volveré a estar bien? ¿Que nunca volveré a lo que pensé que era normal?*

"Saben", dijo la enfermera a la joven pareja suavemente, "esto es probablemente lo mejor, especialmente para ti, Erin. Eres demasiado joven para lidiar con un embarazo. Ten más cuidado en el futuro. No estás lista para ser madre".

*Pero estaba lista,* ella contuvo el grito agonizante. *Estaba lista, dispuesta, incluso emocionada.* Se sintió destrozada, pedazos rotos de Erin a punto de caer por el suelo. "¿Puedo tomar la píldora?" Preguntó, bajando cuidadosamente de la mesa de examen y sentándose en una silla. *No quiero que esto vuelva a suceder nunca más.* Sean tomó su mano.

"Todavía no puedes", explicó la enfermera. "Si todo está bien después de tu segundo análisis de sangre en dos semanas, entonces puedes hacerlo. ¿Supongo que no tengo que decirte que no vuelvas a tener relaciones sexuales antes de que cese el sangrado?"

"Por supuesto que no", dijo Sean. "Ni siquiera se lo pediría".

El chequeo concluyó, Sean y Erin regresaron a su Mustang y él la envolvió. El frío de finales de noviembre arañó su carne a través de su suéter. El aire olía a nieve inminente, a invierno que caía sobre ellos como un monstruo de carne blanca. Sean condujo en silencio, un silencio que Erin no sintió inclinación a romper. De vuelta en la casa, salió del auto sin decir una palabra y sin esperar a que Sean la ayudara. Mientras subían las escaleras, Sheridan asomó la cabeza fuera de su habitación, y luego rápidamente la retiró, cerrando la puerta nuevamente.

"Todavía me duele", dijo, con la mano apoyada sobre su vientre. "Quiero acostarme".

"Por supuesto." Sean la metió en su cama y se tumbó a su lado, abrazándola. No tardó mucho en derrumbarse y lloró en silencio, lágrimas interminables en los brazos de Sean. Él no hizo ningún movimiento para callarla, para cortar el flujo de su miseria. Él permaneció quieto, silencioso y fuerte, como una roca que la ancló en su lugar mientras su mundo se hacía añicos a su alrededor.

Finalmente, la tormenta pasó. Erin sollozo. "Dios mío, este debe ser el peor último año en la historia de la escuela secundaria".

"Lo sé", Sean estuvo de acuerdo. "Sin embargo, la enfermera tenía razón. Esto realmente es lo mejor. Puedes ir a la universidad donde quieras ahora ". Él le pasó los dedos por el brazo mientras hablaba, pero sus palabras, por bien intencionadas que podrían haber sido, provocaron en lugar de consolar.

Se dio la vuelta y lo fulminó con la mirada. "No me importa eso. Quiero a mi bebé de vuelta."

Instantáneamente se arrepintió de su tono áspero cuando la agonía brilló en sus ojos, pero él continuó tratando de razonar con ella. "Más tarde, cuando termines tu carrera. Si todavía quieres un bebé, prometo darte uno, ¿de acuerdo?

Ella no respondió. *Falta mucho tiempo para eso.*

～

A media tarde, Erin decidió dejar de sentir pena por ella misma. *Todavía están sucediendo muchas cosas y necesito actuar con normalidad. Además, los Murphy probablemente estarán en casa pronto y realmente no quiero que me encuentren en la cama con Sean. Ya han pasado por suficiente.* Temía su regreso porque significaba que él no sería capaz de abrazarla. El pensamiento trajo nuevas lágrimas a sus ojos.

Se duchó y luego construyó un sándwich con el pavo sobrante. Comerlo la hizo sentir marginalmente mejor.

Roger y Ellen regresaron a la casa aproximadamente una hora después de eso, rápidamente llevaron bolsas a su habitación para esconderlas. En ese momento, Sheridan emergió, sus ojos rojos, pero su rostro compuesto.

"¿Pueden venir a la sala de estar por favor?", Preguntó solemnemente. La siguieron como patitos perdidos. *O al menos, así es como me siento,* pensó Erin mientras se sentaba en el sillón.

"Sé lo que necesito hacer", anunció Sheridan, recostando su espalda contra la pared al lado del sofá, "y espero contar con el apoyo de todos. Voy a tener este bebé, pero no me lo voy a quedar. Esta no es una situación para que un niño crezca. Voy a encontrar una familia para que adopte a mi bebé. Es lo más justo."

"¿Estás segura de que eso es lo que quieres, Danny?" Erin preguntó.

Sheridan le dirigió una larga mirada que hablaba. Ella se calló.

"Por supuesto, cariño. Estoy de acuerdo en que probablemente sea lo mejor ", dijo Ellen," y te apoyamos".

Roger asintió.

## 11

"F aguda, no natural, tonta", murmuró Erin para sí misma, colocando su oboe en su regazo y haciendo un círculo ostentoso en su música con un lápiz opaco. "Sonarás como el músico grande e inteligente si ni siquiera puede manejar un simple accidente".

Se llevó el instrumento a la boca y tocó la frase ofensiva correctamente cinco veces, para compensar el error y restablecer el recuerdo de haberlo hecho bien. *Los Murphy son increíblemente pacientes con los sonidos del oboe que salen de la habitación de arriba cada hora. Mis propios padres ya estarían aullando. Supongo que están ocupados con Sheridan ... ella dijo que se* reuniría con algunos futuros padres adoptivos. *Seguramente ha echado su corazón y todas sus neuronas para encontrarle a ese bebé la familia perfecta.* Erin trató de imaginar tal cosa y falló. *Es completamente diferente,* se recordó a sí misma. *Y tiene mucho sentido hacerlo de esta manera. Ella es más fuerte de lo que nunca supe.*

Sacudiendo la cabeza, Erin empacó el oboe. Un fino temblor había comenzado en la punta de sus dedos, pero ella lo ignoró. Oboe. Chequeado. Música. Chequeado. Almuerzo. Chequeado. Nota para los Murphy ... Recogiendo sus suministros, se dirigió a la cocina, encontró el bloc de notas siempre presente al lado del teléfono y escribió: *Querida Ellen, hoy tengo la audición para todos los estados, así que no estaré esta tarde, y tengo una cita también. Te veré a la medianoche. Erin.*

Satisfecha de haber manejado todo correctamente, recuperó su almuerzo del refrigerador, confirmó visualmente todas sus piezas nuevamente, y se dirigió a su auto, abriendo el baúl. *La música es difícil, pero la tengo. De hecho, me siento bastante segura al respecto.* Su temblor había aumentado, cuestionando su declaración, pero ella lo ignoró. *El miedo escénico es una faceta de mi vida para siempre. Bien podría acos-*

*tumbrarme. Especialmente con ese correo muy interesante que recibí ayer. No puedo esperar para contarle a Sean.*

Rodeó el auto y abrió la puerta del conductor. *Me siento bastante bien en general, en realidad. No más sangrado, mis hormonas están normales y estoy tomando la píldora. Ella sonrió para sí misma. Incluso si arruino la audición, esto todavía tiene los elementos de una excelente noche.*

Giró la llave en el encendido y la bestia gruñona farfulló y protestó. "Vamos, no seas idiota", suplicó Erin, intentando de nuevo. El encendido se disparó, y ella se fue a la escuela secundaria para tomar el autobús al lugar de la audición.

Esa tarde encontró a Sean dando vueltas, arreglando su apartamento mientras esperaba a Erin. *Se supone que debe llegar pronto. No puede estar demasiado descuidado para ella.* Arrojó latas de cerveza de la mesa de café resistente y útil a la basura, agregó una caja de pizza vacía y barrió el suelo de baldosas blancas y frías. *Me pregunto cómo se está curando.* Un sonido suave lo alertó de que la llave de Erin giraba en la cerradura de la puerta de su departamento, y ella entró, con su hermoso rostro resplandeciente. Parecía más feliz de lo que la había visto desde la noche de bienvenida, cuando estaban en la cama juntos.

La tomó en sus brazos. "Hola, hermoso bebé", dijo, presionando un suave beso en su boca hacia arriba, "¿cómo fue la audición?"

"Todo salió bien", dijo, su tono fríamente neutral.

*Me pregunto qué significa eso.* "¿Entraste?"

Ella se demoró un momento, saboreando la anticipación. "Si. ¡Me hice de la primera silla!"

*Ella me explicó esto una vez. Cuanto menor sea el número de la silla, mejor.* Parpadeó, no sorprendido, pero contento. *Mi hermosa niña acaba de ser votada como la mejor oboe de secundaria en todo el estado. Guau.* "Felicitaciones, Erin. Te lo mereces."

Una amplia sonrisa se extendió por su rostro. "También hay más. ¿Podemos sentarnos un minuto?"

"Por supuesto." Caminaron de la mano al sofá y se sentaron. Erin se apoyó en el pecho de Sean y él la abrazó, jugando con las puntas de su cabello y disfrutando de sus temblores. Su calor lo excitó y él maldijo su celibato forzado por enésima vez. "¿Entonces qué hay de nuevo?"

"Recibí un correo interesante ayer", explicó, agarrando su mano libre y trazando las líneas de su palma con la punta de su dedo. "Primero, recibí una carta de esa escuela en Texas. ¡Me aceptaron! Es algo grande, sabes ".

Sus palabras lo detuvieron, su mano cayó de su espalda para descansar a su lado en el sofá. "Así que, ¿vas a ir entonces?" El pensamiento se sintió como un cuchillo en sus entrañas.

"Espera, no he terminado!" Erin entrelazó sus dedos con los de él. "Investigué un poco y descubrí algo que no me había dado cuenta. Ese conservatorio es una locura de caro. Me ofrecieron una beca, pero una muy pequeña. Todos allí son tan buenos. Asistir me costaría treinta mil dólares ... al año. Podría comprar una casa pequeña por el costo de esos cuatro años de matrícula. Sean, de ninguna manera quiero endeudarme así."

Sean bajó las cejas. *Guau, eso es caro. ¿Quién puede pagar escuelas como esa?*

Erin continuó hablando. "A los músicos clásicos no se les paga tan bien. Estaría haciendo pagos hasta que me muera. Me honra ser aceptada, pero no voy a ir a Texas. Ahí es donde entra la otra carta que recibí. Fui aceptada en el Estado hace meses, pero me informaron que me llevarían gratis. Piénsalo, Sean. No tengo que pagar un centavo por la universidad. Van a cubrir la matrícula, la vivienda, incluso los libros, siempre y cuando persiga una especialización de doble caña allí y mantenga mis calificaciones altas. No hay forma de que pueda rechazar eso. Voy al Estado ". Ella sonrió radiante.

Él se relajó, aliviado de que ella se quedara cerca. "Eso es genial, bebé. Me alegra que tu respuesta haya sido tan clara. Quería que fueras a Texas porque sería bueno para ti, pero no lamento que estés cerca." Pensamientos conflictivos llenaron su mente y uno estalló antes de que tuviera tiempo de reflexionar sobre ello. "Erin, ¿todavía quieres que ... nos quedemos juntos mientras estás en la universidad?"

Su boca se abrió ante la pregunta inesperada. "Sí, ¿tu no?"

"Por supuesto."

Un tornado de emociones torció su rostro a una expresión y luego a otra. Sus ojos se abrieron a enormes piscinas de chocolate embrujadas y un ceño frunció sus gruesos labios hacia abajo. "¿Por qué estás preguntando esto? Pensé que eramos para siempre."

*Ella suena ... desesperada, aterrada. Maldición, ¿qué estaba pensando al hacer una pregunta como esa?* "Esa era mi intención, mi deseo", insistió, tratando de tranquilizarla.

"¿Era?"

*Nuevamente incorrecto. Maldita sea,*

173

*Murphy, piensa. Habla con más cuidado.* "Es, Erin. Cálmate." Se apresuró a explicar, acariciando sus dedos para tratar de calmarla. "Es mi intención. Solo tenía que asegurarme de que aún ... querías esto, ahora que no va a haber un bebé, y que vas a ir a la escuela, y todo eso ".

Erin se sentó y se volvió, mirándolo a los ojos con la misma intensidad que vio allí cuando tocaba su oboe. "Sean, te amo. Planeo pasar la mayor cantidad de tiempo posible contigo, a pesar de que ya no viviré aquí. Una vez que termine ese grado, volveré aquí contigo, si todavía me quieres."

"¿Qué vas a hacer aquí?" preguntó, intentando comprender sus pensamientos.

"Toca en la sinfonía y enseñar oboe y quizás lecciones de fagot", respondió sin reflexionar.

*Ella ya había pensado en esto antes, se dio cuenta. Mucho, por lo que parece.* "¿Qué pasa con tu carrera?" preguntó, todavía cavando. *Papá dijo que no la dejara renunciar a sus sueños. No quiero que ella lo haga.*

"Esa es mi carrera. Eso es lo que quiero."

*Eso no puede estar bien. ¿Ella acaba de colocarse primera en el estado y quiere enseñar lecciones de oboe aquí en Nowhereville?* "Te imaginé en un programa de gran potencia, tal vez en Nueva York o Los Ángeles, viajando, haciendo grabaciones, todo eso".

Erin arrugó la nariz. "No, nunca quise ser famosa. Solo quiero tocar mi instrumento ... y estar contigo, por supuesto. Eso me parece una vida perfecta ".

Sean no discutió con ella que esos pequeños sueños eran un desperdicio de su considerable talento. *Ella es la mejor, una música de alto calibre. La amo demasiado para retenerla para siempre. Ella necesita vivir sus sueños a lo grande, y no me interpondré en el camino. Todavía no se da cuenta de que lo necesita, pero lo entenderá más tarde, cuando sus logros comiencen a acumularse. Cuando llegue ese momento, tendré que esforzarme para dejarla ir gentilmente. Es lo que necesita hacer, y la amo demasiado para mantenerla en este pequeño pueblo con tan pocas oportunidades. He sido bendecido por haber conocido a Erin, haberla amado y retenido por este corto tiempo. Y por ahora, aprovecharé al máximo cada momento. Eventualmente, ella se irá, y yo no intentaré que se quede.*

La idea le dolió, rasgó sus entrañas tanto como lo había hecho el aborto involuntario, y una pequeña parte egoísta de él se aferró a la idea que ella rechazaría. *Tal vez pueda mantenerla después de todo.* Él le pasó los dedos por la mejilla. Ella cubrió su mano con la de ella. El calor estalló. *Basta de hablar. Deberías besar a tu chica, felicitarla por su éxito, no hacerle preguntas difíciles y pesadas. No nos quedan muchos días hasta que ella se vaya. Espero que sane pronto.* Él quería poner la marca de su amor en su corazón, cuerpo y memoria para que ella siempre lo recordara con cariño.

～

*Me pregunto en qué piensa tanto Sean. Se ve casi sombrío.* Para borrar el pequeño ceño de su rostro, ella se subió a su regazo y lo besó por todo lo que valía.

"Tranquila, Erin", le dijo, sonriendo, pero la tristeza en sus ojos convirtió la sonrisa en una mueca. "Puedes tener todo lo que quieras. No tienes que luchar por eso".

"Quiero más. ¿Podemos por favor ir a la cama?" Una mano se deslizó por su torso para rascar tentadoramente los músculos de su bajo vientre.

"¿Estás segura?"

"Si. Todo está bien, no estoy sangrando, mis hormonas están normales y estoy tomando la píldora. Estoy totalmente lista para pasar un buen rato. ¿Te gustaría dármelo?" Ella se frotó contra él con una camisa pequeña y sexy.

"¡Oh, bebé, lo haría!"

La tomó en sus brazos y la llevó a su cama, donde procedió a hacer el amor con ella durante tanto tiempo que casi llegaba tarde a casa.

Durante un año que había comenzado tan mal, la segunda mitad fue mucho mejor, al menos para Erin. El concierto de todos los estados fue un gran éxito, e incluso contó con un pequeño oboe en solitario en el primer asiento. Sean fue a escucharla, lo que realmente le calentó el corazón. También calentó al resto de ella, más tarde, cuando él le mostró cuánto había disfrutado escuchándola tocar.

El resto del tiempo estudió, hizo la tarea, tocó su instrumento en la escuela secundaria y la sinfonía y pasó cada momento posible con su novio. Comenzaron a ser vistos en público, ya no les importaba si la gente lo supiera. Había pasado demasiado entre ellos como para preocuparse si la persona extraña miraba de reojo. Sin embargo, no le dijeron a los padres de Sean. Parecía nunca ser el momento correcto, no cuando la difícil situación con su hija seguía persistiendo.

Sheridan finalmente se decidió por una familia que quería adoptar a su bebé; una encantadora pareja de treinta y tantos años llamada Christine y William Potter. Erin esperaba que Sheridan pudiera recuperarse de todo el trauma eventualmente, aunque sabía que no sería pronto. Al menos saber que el bebé estaría seguro y bien cuidado debería ayudar ... un poco.

Erin regresó a casa bastante tarde un viernes justo antes de las vacaciones de primavera. Había ensayado después de la escuela, y luego había tenido una cita con Sean, y, naturalmente, se sentía bastante relajada y contenta, con un toque de sonrisa en su boca. El reloj en el Mustang, después de haber recibido su último beso de despedida, había dado las 11:52, así que cerró la puerta y se apresuró a la sala familiar para informar a los Murphy que había regresado a tiempo. Llamó y entró para ver a la señora Murphy sentada en el sofá con los brazos alrededor de su hija. Sheridan tenía la cara enterrada en el hombro de su madre, todo su cuerpo temblaba.

Erin corrió hacia ellas y las abrazó a ambas, su feliz estado de ánimo se disolvió en preocupación. "¿Qué pasa?" ella preguntó.

Sheridan no podía hablar, así que la Sra. Murphy respondió, su voz sombría. "Recibimos algunas malas noticias del abogado. Para que la adopción sea legal, ambos padres biológicos deben firmar una terminación de los derechos parentales. Enviaron la documentación a Jake, pero ... "

"¿Se niega a firmar?" Erin lo adivinó. Sheridan asintió contra el hombro de su madre. "¿Pero por qué? ¿Quiere el bebé?"

"No. En absoluto ", respondió Ellen con un suspiro de dolor. "Su abogado dice que no firmará a menos que se retiren los cargos en su contra. Como se sabe que es el padre del niño, si no firma, la adopción no será legal".

"Que se vaya al infierno", dijo Erin sin rodeos. "Tiene que haber alguna forma de rescindir sus derechos sin su firma. Él es un criminal. Seguramente bajo estas circunstancias ... "

"No." Sheridan sollozó la palabra en lugar de pronunciarla. "¿Y si es absuelto? Él podría causarle problemas a ella y a los Potter. Podría llevársela en cualquier momento." Ella colocó su mano al costado de su vientre hinchado.

"Oh, cariño, lo siento mucho. Es simplemente terrible ¿Qué vas a hacer?" Frotó su mano arriba y abajo sobre la espalda de Sheridan.

"Esto es tan difícil, maldita sea", murmuró Sheridan, sus palabras casi indistinguibles.

Ellen hizo una mueca ante la maldición pero no protestó.

"Si fuera yo", dijo Erin ferozmente, "le diría que se vaya al infierno. Arriésgate. Tienes un caso fuerte. Puedes ganar. Le corresponde la prisión por lo que hizo".

"Lo sé, y qué pasa si le hace esto a alguien más ..." Sheridan se atragantó, luego respiró hondo. "Pero, ¿cómo puedo arriesgar a mi hija de esta manera? Ella no pidió esto. Ella necesita tener el mejor futuro. Eso no será con Jake o viviendo bajo la amenaza de que él la tome. Ella necesita vivir en paz con los Potter. "

"¿No estarás considerando seriamente retirar los cargos? Dios mío, Danny."

"Está hecho", dijo Ellen sombríamente. "Los cargos fueron retirados esta tarde. Se acabó."

"¡Oh no!" Gritó Erin, apretando a las otras mujeres otra vez. *Es tan injusto. ¿Nada, ni siquiera una cosa, puede ir bien para el pobre Sheridan?*

La primera semana de junio, vestidos con trajes de poliéster azul, casi enterradas en cuerdas por honores académicos y estolas de la Sociedad Nacional de Honor, Erin y Sheridan cruzaron el escenario que se había erigido en el estadio de fútbol y recibieron sus diplomas. Los padres Murphy y su hijo vitorearon en voz alta a ambas chicas. Los padres James estuvieron notablemente ausentes en la graduación de su única hija.

Más tarde, después de la ceremonia, las chicas se abrazaron y posaron, mejilla con mejilla, sonriendo enormemente, para que Roger Murphy pudiera tomarles una foto.

"La escuela secundaria terminó", Erin suspiró aliviada. *La vida finalmente puede comenzar. Gracias a Dios.*

Sheridan asintió con la cabeza. "No puedo esperar para salir de esta ciudad. Un verano y nos vamos a cosas más grandes y mejores".

Las sonrisas de los padres Murphy se congelaron en muecas. *Ups. Esto debe ser difícil para ellos. Aún así, estoy lista para que comience la vida adulta. Espero que puedan adaptarse a un nido vacío.*

"Entonces, ¿qué pasa esta noche?" Preguntó Ellen, cambiando de tema. "Supongo que hay algún tipo de celebración".

"La escuela secundaria está organizando una fiesta durante la noche en el club de campo", explicó Erin. "Planeo ir". Ella tragó saliva con dificultad, sus ojos se alejaron mientras la mentira cortaba sus entrañas. "Llamen a mi celular si hay una emergencia".

"Yo no", dijo Sheridan con firmeza. "Me voy a casa. Me duelen los pies, y la idea de jugar juegos de fiesta tontos con estos matones no me emociona ". Cuando sus padres les dieron la espalda, ella frunció los labios hacia Erin.

*Ella no irá porque yo no voy,* pensó Erin con otra punzada de culpa. Entonces su amiga comenzó a empujar su puño contra su espalda. "¿Dolorida?" Erin preguntó.

Sheridan asintió con la cabeza. "Me duele todo. Creo que solo quiero ir a la cama. Mamá, papá, ¿podemos salir de aquí?"

"Por supuesto", estuvo de acuerdo Roger. "Te veo en la mañana, Erin".

Erin se despidió. Tan pronto como la camioneta MC&R desapareció a la vuelta de la esquina, condujo hasta el departamento de Sean. En lugar de ir de fiesta, pasó su noche de graduación en la cama, pero no sola, por supuesto. Sean le hizo el amor una y otra vez hasta que estuvo segura de que nunca sería capaz de levantarse. En el medio, se acurrucaron cerca. El tiempo de las conversaciones pesadas había terminado. Se habían hecho todos los planes , y la pareja, sabiendo que enfrentaban años de separación, se aferró frenéticamente a los pocos momentos menguantes que les quedaban para estar juntos. Le había tomado todo el año escolar, pero Erin finalmente creyó que Sean realmente la amaba, casi tanto, tal vez, como ella lo amaba a él. Nunca había esperado esto y lo había saboreado. La mejor parte de la noche en realidad no fue el sexo, a pesar de que había sido tremendamente placentero, como siempre. La mejor parte fue cuando Sean acercó a Erin a su pecho y ambos se fueron a dormir, pasando toda la noche juntos por primera vez desde el comienzo de su relación. *Si puedo dormir junto a este hombre por el resto de mi vida, nunca querré nada más.*

Sheridan pasó la noche sola en su cama, tocándose el vientre y deseando que las cosas fueran diferentes. Hacía mucho tiempo que había dejado de estar enojada por este embarazo y ahora quería memorizar cada sensación de su hija moviéndose dentro de su cuerpo.

"Niña", dijo con ternura, "no lamento que estés aquí". Un pie presionó contra su mano, y ella sonrió con tristeza. "Sé que quizás nunca lo entiendas, pero no te voy a dejar porque no te quiero. Eres deseada. Eres amada. Me dijeron que podía ayudar a nombrarte, y acordamos que te llamarán Desirée, porque nunca ha habido un bebé más deseado que tú. Desearía poder quedarme contigo, de verdad. Me matará entregarte a los Potter." Su voz se quebró. "Tengo que hacerlo, sabes. Es lo mejor para ti. Christine será tu mami, y William será tu papi, y tendrás una vida maravillosa. No puedo darte esa vida sola." Su voz se quebró de nuevo y esta vez una lágrima se deslizó por su mejilla. "Aquí hay cosas difíciles, pequeña Desirée, cosas que espero que nunca sepas, acerca de cómo llegaste a ser. No importan, pero no quiero que te hagan daño. No quiero que nada te lastime. Entonces, tengo que dejarte ir. Tengo que hacerlo porque te amo."

Una pequeña extremidad presionó contra su palma en lo que pareció una respuesta. Sheridan tocó ese pie y el otro, y sintió la vida dentro de ella, y lloró toda la noche.

A fines de junio, justo después de cumplir 18 años, Sheridan fue a la sala de parto y dio a luz a una niña sana. Tanto Ellen como Christine la apoyaron durante el parto. Regresó a su casa desde el hospital al día siguiente, completamente devastada.

Erin la recibió por la puerta y la tomó del

brazo. Se la veía pálida y temblorosa. "Esto es peor que la violación", dijo sombríamente. En lugar de intentar subir las escaleras, abrió la puerta de la pequeña habitación de invitados y se dejó caer sobre la cama. Se quedó inmóvil, mirando a la pared, con la respiración entrecortada mientras una lágrima perseguía a otra por la mejilla para desaparecer en la almohada.

Erin no tenía idea de cómo ayudar a su amiga. *La pérdida de mi embarazo fue insoportable, pero esto es igual de malo.* Finalmente, hizo lo que Sheridan había hecho por ella cuando estaba molesta. Se tumbó a su lado en la cama y la abrazó por horas, mientras Sheridan lloraba y lloraba hasta que se durmió. Ellen se sentó al lado de la cama en una silla, sosteniendo la mano de su hija y acariciando su cabello. Finalmente, Erin también dormitaba un poco, agotada por la miseria de su amiga.

Más tarde, cuando Erin despertó, descubrió que Ellen se había ido. Sheridan yacía mirando a la pared, cubierta en lágrimas. "No puedo hacerlo, Erin", dijo, su voz inquietantemente en blanco.

"¿No puedes hacer qué, cariño?" Preguntó Erin, girando los hombros para tratar de resolver una tortícolis en el cuello.

"No puedo ir a la universidad. No veo ninguna forma de poder manejarlo. Estoy devastada. ¿Cómo podría comenzar a concentrarme en las clases?" Sheridan suspiró, conteniendo la respiración media docena de veces con una sola exhalación.

*UH oh. Esto no es bueno* "Te ayudare. Estaré allí. ¿Recuerdas que vamos a ser compañeras de cuarto? Estaré contigo todos los días. Lo superarás."

Lentamente, Sheridan giró la cabeza hacia la izquierda y luego hacia la derecha. "Es demasiado. Ni siquiera te lo pediré. Tienes mucho por lo que vivir, y siento que mi vida ha terminado".

Erin sintió entrar el pánico. *No puedo dejar que Sheridan hable así.* "Eso es mentira, Danny. Tu vida recién comienza. Eventualmente, de alguna manera, sanarás de esto y serás mejor que nunca, más fuerte. No te rindas, ¿de acuerdo? Y te ayudaré. Yo me ocuparé de ti. Quiero. Está bien." Agarró el brazo de Sheridan. "Estaremos bien. Danny, escúchame. No puedes quedarte aquí. Tienes que alejarte de esta ciudad y sus terribles recuerdos y comenzar de nuevo en otro lugar".¡ *Estás balbuceando, más despacio!*

"¿Eso es lo que vas a hacer?" Preguntó Sheridan, e incluso su voz parecía doler. La niña hacía una mueca cada vez que enunciaba una letra.

"Sabes que es diferente para mí", respondió

Erin, tomando el hombro de Sheridan en su mano y deseando que su amiga lo entendiera. "Tengo que hacer esto, para poder estar completa, pero no tengo la intención de quedarme para siempre. La única persona que me ha amado está aquí. Una vez que termine la escuela, volveré para quedarme, pero para entonces estarás mejor. Estarás lista para pararte por tu cuenta. Y hasta entonces, me tienes para ayudarte, lo juro. Sé fuerte, Danny. Puedes hacerlo. Tienes que."

Sheridan consideró las palabras de su amiga en silencio. Finalmente, ella dijo: "No sé cómo voy a manejarlo, pero lo intentaré. Y te equivocas, Erin. Sean te ama, pero no es el único. Te quiero. Nunca habría superado este año miserable y de mierda sin ti."

Las palabras sacaron sollozos de la garganta de Erin. Ella ocultó sus ojos nadadores en los rizos dorados de su amiga. La perspectiva de lo que le esperaba la asustaba, y ella tendría que hacerlo en gran medida sola, sin que Sean la abrazara y le prestara su fuerza. *Nunca he sido una persona fuerte, y ahora tengo que dar todo lo que tengo, todos los días, sin apoyo. Por favor, Dios, déjame estar a la altura del desafío.*

Sheridan frotó la espalda de su amiga. Sabía lo terrible que estaba pidiendo, más de lo que cualquiera podría esperar. El hecho de que Erin estuviera dispuesta a hacerlo la hizo amar aún más a esta chica. *¿Podría haber habido alguna vez una mejor amiga? Algún día, encontraré alguna forma de expresar mi gratitud a Erin. Tendré que pensar en lo que hará que mi amiga sea realmente feliz.*

## 12

El Día de la Independencia amaneció brillante y cálido, un día perfecto para actividades al aire libre, que era lo que los Murphy habían planeado. Comenzaron al mediodía con una comida al aire libre, filetes a la parrilla y pollo, para ser servidos con mazorcas de maíz, ensalada de papas y pastel de cerezas. Después del almuerzo, los Murphy más mayores, Erin y Sheridan saltaron a la camioneta MC&R y se dirigieron al parque municipal para pasar una tarde y una noche celebrando las vacaciones.

Jason Murphy, el hermano del medio de Sheridan, llegó a su encuentro. Como cursaba en periodismo, Jason tenía una cámara elegante colgando de su cuello para grabar las festividades.

"Hola a todos", dijo, quitándose un mechón de cabello oscuro y gelificado de los ojos. Luego se volvió hacia Erin. Ella retrocedió, haciendo que quisiera burlarse de ella aún más. *Un blanco tan fácil.*

"Dios mío, Erin", dijo arrastrando las palabras, mirándola, "será mejor que te cubras las piernas. El resplandor destrozará la lente de mi cámara."

Erin se sonrojó.

"Cállate, Jase", dijo Sean, mientras se acercaba a la familia. "Deja a Erin en paz".

Jason fulminó con la mirada a su hermano. Sean nunca se había unido para burlarse de su hermana y su amiga, pero tampoco las había defendido antes. Por otro lado, la profesión de Sean había moldeado su cuerpo en un físico intimidante, voluminoso y fuerte. El esbelto y artístico Jason no tendría ninguna posibilidad si su hermano se enojara mucho, así que se apartó de Erin hacia Sheridan, planeando molestarla. Se sentaba en la manta, parecía abatida, su expresión muy lejana. Solo dos semanas después del parto, su cuerpo seguía distorsionado, hinchado y miserable. Decidió no burlarse de ella, sino que se alejó en busca de fotos espontáneas de la multitud.

~

Erin suspiró aliviada. *Jason es un hombre tan difícil de conocer. Siempre ha sido un poco malvado, pero desde esta situación con Danny, se ha vuelto mucho peor; enojado, agresivo y cruel. Que extraño.*

Pero ya no se cernía sobre ellos, y la familia instaló sillas plegables para el Sr. y la Sra. Murphy antes de tumbarse en la manta para ver el espectáculo aéreo. Como siempre, sintió una punzada al estar cerca de Sean y no poder tocarlo. Erin ansiaba hablar con sus padres sobre la relación. *Es tiempo pasado, y realmente ya no hay razón para mantenerlo en secreto.* Sean, sin embargo, parecía no estar dispuesto a dar ese paso, y ella cedió a su juicio.

Un grupo de bombarderos de la era de Vietnam rugió sobre la multitud. Un equipo de pirotécnicos en el terreno desencadenó una serie de pequeñas explosiones, imitando el fuego de una ametralladora mientras los dos aviones se alejaban con delicada precisión, se inclinaban bruscamente antes de volcarse hacia arriba y volver a rozar el suelo nuevamente en medio de una serie de pseudoexplosiones. La multitud aplaudió y vitoreó, el ruido ahogado por el rugido del pesado motor.

Erin miró a Ellen y Roger, para ver su mirada enfocada hacia el cielo. Ella cambió de posición, tumbándose de lado con indiferencia, con la cabeza apoyada en un brazo. La otra se extendió hasta donde estaba Sean y le pasó los dedos por la pierna. Debe haber estado mirándola, no a los aviones, ya que no saltó al tacto. Las yemas de sus dedos rozaron los de ella. Él también se movió, retrocediendo un poco, y hacia ella. Todavía no era obvio que intentaban estar cerca, pero le permitió presionar su mano contra su espalda. El calor de sus dedos se hundió en ella, calmando su energía nerviosa. Su cuerpo bloqueó la vista de sus padres.

Los bombarderos se alejaron, solo para ser reemplazados por un avión de control remoto a escala de un cuarto que se deslizó y revoloteó y rozó pulgadas por encima del suelo antes de subir al cielo y regresar, con la cola hacia abajo, la nariz hacia arriba, completamente inmóvil. Finalmente, ejecutó un aterrizaje ligero como una pluma y fue empacado en preparación para un conjunto de siete pequeños aviones que volaron en formación, y luego un artista acrobático en solitario en un avión azul. Un acto tras otro entretenía a la multitud mientras Sean se sentaba cerca de su novia, tocándola, pero no de una manera que reconociera su relación.

Por fin, el aire se vació y el humo se disipó. Sean se apartó de Erin cuando sus padres recuperaron la cesta de picnic del coche, y comieron bocadillos y zanahorias y bebieron refrescos. Entonces Erin dejó el grupo y se dirigió al stand de música donde la orquesta sinfónica se sentaba preparándose para entretener a la multitud, mientras el sol comenzaba a ponerse, con melodías patrióticas y militares. Mientras tocaba, Erin recordó en su mente cómo había ido la tarde. *Me está empezando a molestar mucho que Ellen y Roger estén en la oscuridad sobre mi relación con Sean. Casi parece que está avergonzado de mí. Nunca actúa de esa manera, excepto en lo que respecta a sus padres. De acuerdo, entonces tal vez estoy en el lado joven, pero ¿y qué? Soy legalmente un adulta, ya no estoy en la secundaria. ¿Es realmente tan malo que sea su novia? Lo amo. Eso tiene que contar para algo, ¿no? Y él me ama. Sé que lo hace.*

Estaba tan absorta en sus pensamientos que se perdió el corte y su oboe sonó demasiado a medias. El director le dirigió una mirada sucia y obligó a su mente a volver al concierto. *Este no es momento para reflexionar*. Concentrándose en la música, logró terminar sin más errores, y luego empacó su instrumento y lo guardó debajo del asiento trasero del Mustang de Sean, antes de regresar a la manta.

"Seguro ¿no se quedarán para los fuegos artificiales?" Sean preguntó a sus padres.

Ellen sacudió la cabeza. "Todo ese ruido. Ya habrás notado que nunca me interesa esa parte."

"Debo estar envejeciendo", agregó Roger, "pero el tráfico me atrae más cada año. Como tu madre quiere irse ahora, la llevaré. No te importa llevar a las chicas a casa, ¿verdad?"

Sean se encogió de hombros. "No es problema."

*Qué bien*, pensó Erin. *Ahora ya no tenemos que fingir*.

Erin se despidió de los padres que se iban con abrazos y los observó caminar lentamente hacia el estacionamiento. Por fin, la camioneta desapareció, y Sean tomó a Erin en un abrazo apasionado, su boca cayó fuertemente sobre la de ella para un beso devastador. Ella le devolvió el beso con entusiasmo, entrelazando sus brazos alrededor de su cuello. *Cómo te adoro. Podría permanecer acunada para siempre en estos brazos y ser feliz*.

"Chicos, deténganse", dijo Sheridan con urgencia. Se soltaron para ver a Jason acercarse a la manta, con el ceño fruncido.

"¿Qué?" Sean le preguntó a su hermano beligerantemente.

Jason se encogió de hombros y arrastró las palabras: "Nada. Un gran espectáculo, eso es todo. Ya sabes, hay niños aquí."

"Cállate."

"¿Estás a la defensiva?" Jason sacudió la cabeza y apartó un mechón desordenado de cabello oscuro de sus ojos. "Nunca pensé que serías del tipo que robaría la cuna, Sean".

"Déjalos en paz, Jason", le dijo Sheridan a su hermano con voz exhausta.

"Humph. ¿Por qué debería?" Jason exigió. Su hermoso rostro se torció en su habitual sonrisa sarcástica. "No recibo municiones así todos los días. Qué cliché, hermano. ¿La mejor amiga de la hermanita? ¿De verdad? ¿No podías hacer algo mejor que eso? ¿Es buena, al menos?"

"Jason, si no cierras la boca en este momento, juro que la cerraré por ti", Sean apretó los dientes, envolviendo deliberadamente sus brazos alrededor de Erin y acercándola a él. Ella puso su mejilla en su pecho.

"Jason", dijo Sheridan, irradiando intensidad por cada poro de su cuerpo, "no estoy bromeando. Déjalos en paz. Con toda la mierda que ha estado sucediendo en esta familia, al menos deja que *alguien* sea feliz ".

"Lo que sea. Me voy de aquí. Nos vemos." Él se alejó.

La noche casi había caído para entonces, y los tres jóvenes se tendieron sobre la manta nuevamente. Esta vez, Erin se presionó cerca de Sean, con la cabeza apoyada en su hombro y la abrazó con fuerza. El cuerpo de Erin se relajó ante el contacto. *Eso está mejor. El mejor antídoto para Jason, para cualquier problema, son los brazos de Sean a mi alrededor.*

*Podría abrazarla para siempre. Creo que eso sería perfecto.* Él giró la cabeza y trazó sus rasgos con los ojos. *Ella es tan bella. La amo tanto. Si tan solo pudiera quedarse aquí, estar conmigo, no irse.* La echaría de menos todos los días hasta que ella volviera. *¿Qué daría para evitar que se vaya?* Sabía que si le pedía ahora que se casara con él, ella estaría de acuerdo. Se iría a la universidad comprometida y planearía todo su futuro en torno a ese hecho.

La idea le atrajo tanto, las palabras casi salieron de su boca, pero se detuvo. *Esto es egoísta.*

*¿Qué sucederá cuando se presente una oportunidad increíble y ella la rechace, atada como está conmigo? Ella tiene tanto talento, tanta habilidad. ¿De qué servirán esas cosas aquí? ¿Enseñar clases de música? Tocar en la pequeña sinfonía comunitaria. Sería un desperdicio criminal. Es lo que ella dice que quiere, pero honestamente, es demasiado joven para saber lo que realmente ne-cesita.* La vida cambiará, sus circunstancias cambiarán, y no sería justo para ella tomar decisiones permanentes cuando apenas es más que una niña. *No, sus sentimientos de hoy no deben ser tomados en serio. Algún día ella querrá más. Lo sé y no puedo retenerla.*

La revelación lo sorprendió. Siempre había imaginado que el amor sería diferente. Se imaginó que el progreso de una relación sería simple: conocer a una chica, enamorarse, casarse. Sí, habría problemas que enfrentar, ajustes. Pero nunca, ni por un instante, había imaginado algo así. Nunca se había dado cuenta de que amar a alguien podía ser tan brutalmente doloroso, que significaba renunciar a tu propia felicidad por el bien de esa otra persona. Él tuvo que elegir. Podía quedarse con Erin y robarle el futuro, o podía dejarla ir para que pudiera vivir. El pensamiento insoportable le hizo arder los ojos y recuperar el aliento.

Al escuchar el suave sonido, Erin se volvió hacia él.

"No importa qué, bebé", le dijo, su voz intensa, "pase lo que pase, siempre debes saber que eres amada. Te amaré por siempre."

Erin vio la expresión conflictuada y embrujada y supo lo que significaba; vió el adiós en sus ojos. La golpeó como un golpe de martillo. Desesperada, ella se inclinó hacia delante, capturando sus labios en un beso que suplicaba por algún otro resultado, pero no había ninguno. Cuando la primera descarga de fuegos artificiales estalló en chispas rojas, blancas y azules, sus sueños de para siempre murieron lentamente.

El fin de semana del Día del Trabajo llegó a su fin. El sábado por la noche, el día antes de que las chicas planearan irse a la universidad y establecerse, en preparación de las clases a partir del martes, Erin buscó a la señora Murphy. Tenía algo importante que necesitaba decirle a su madre anfitriona y sustituta. Como de costumbre, encontró a Ellen en la cocina, esta vez horneando galletas.

"Hola", dijo Erin, sacando una rejilla para enfriar del gabinete y preparándola para los monstruos de chocolate dobles que Ellen acababa de sacar del horno.

"Hola Erin. Gracias." Puso la bandeja de galletas en la estufa para que se enfriara y deslizó otra sartén al calor.

"De nada. Necesitaba preguntarle algo. ¿Sabe que me voy por la mañana?" Aunque el tono de Erin permaneció neutral, su corazón latía tan rápido que temió que pudiera vomitar.

"Por supuesto."

"¿Usted y su esposo planean conducir a Danny, o les gustaría que la llevara?" *Bien, entonces me estoy estancando. ¿Y qué?*

"No, la llevaremos. Ciertamente puedes venir con nosotros si quieres ". Ella comenzó a colocar las galletas calientes en la rejilla para enfriar con una espátula púrpura brillante.

"No, gracias. Quiero tener mi auto conmigo. No sabe cuánto tiempo ahorré para pagar ese Buick y quiero conservarlo".

Ellen sonrió. "Oh eso está bien. Te veremos allí entonces."

Erin suspiro. *Bien, ve al grano, niña.* "Por supuesto. Escuche. Hay algo que tengo que hacer.

No le va a gustar, pero es absolutamente necesario ".

"¿De qué se trata querida?" Ellen dejó la espátula y se volvió para mirar a Erin.

Erin tragó saliva e intentó ignorar el ardor en sus mejillas. "No voy a volver a casa esta noche. Me quedo con mi novio. No sé cuándo lo volveré a ver, y no puedo dejar pasar la oportunidad de pasar la noche con él por última vez".

El rostro de Ellen se torció en desaprobación. "Tienes razón, no me gusta eso. ¿Estás segura de que es una buena idea? ¿Vas a... renunciar a tu virginidad con este chico?"

"No", respondió Erin sin rodeos. "Lo hice hace mucho tiempo".

La expresión de Ellen se contorsionó en una preocupación de desaprobación. "Oh, Erin, realmente a veces desearía que fueras mi hija, así podría haber tenido algo de influencia en ti".

"Créame, la ha tenido. Me hubiera encantado tenerla como madre. Sus hijos son muy afortunados." *Y no tiene idea de cómo odio decepcionarle.*

"No lo hagas, Erin", suplicó Ellen.

"Lo siento mucho." Erin se volvió y salió por la puerta.

# PARTE II

# 13

---

Noviembre 2005

"Sheridan, ¿conoces a ese chico de nuestra clase de ciencias políticas, el del cabello loco? Creo que quiere invitarte a salir."

"¿Qué, Eric?" Sheridan se dio la vuelta sobre el edredón lila púrpura que cubría la cama de su dormitorio e hizo una mueca. "No, gracias. No me interesa mucho un niño que usa cuero y cadenas".

"Vamos, sal de tu zona de confort", instó Erin, solo medio burlándose de su amiga. "Nunca sabes. Tal vez sea este poeta del armario que te escribirá sonetos y hará que tu corazón se derrita."

Sheridan se rio. "Buen intento, Erin. Lo siento, pero sabes que estos chicos no me provocan. Muy joven. A las dos nos gustan los mayores, ¿no?"

Una imagen de Sean como lo había visto por última vez apareció en la mente de Erin. Ella la apartó. "Si seguro. Sin embargo, espero que todavía no estés hablando del Dr. Burke. Realmente no sé lo que ves en ese chico. Lo seguro es que no está bueno". La imagen de su amor perdido desapareció cuando una visión del crush de cabello desaliñado y nariz grande de Sheridan apareció en su mente. Ella sacudió la cabeza para disipar la imagen.

"¿A quien le importa? Creo que somos almas gemelas." Sheridan suspiró al pensar en su profesor favorito.

"¿Alguna vez ha expresado el más mínimo interés en ti, además de ser tu maestro?" Exigió Erin, irritada por la ensoñación de su amiga.

Sheridan pensó por un momento. "No estoy realmente segura. Él es bastante sutil. A veces creo que le gusto, pero es difícil saberlo".

"Sheridan, a todos les gustas", le recordó Erin. "Es imposible no hacerlo. Eso no significa que de repente va a proponerte matrimonio".

"Lo sé", respondió Sheridan, su expresión alegre cayendo. Luego se iluminó y continuó con su chorro de palabras. "Pero aquí. Déjame mostrarte algo y me dices lo qué piensas. Abrió su mochila y sacó una carpeta desordenada sobre la cama de su dormitorio. Abrió la cubierta maltratada y sacó un fajo de papeles.

"¿Qué es esto?" Preguntó Erin, levantándose de su colcha llena de notas musicales y dando los dos pasos a través del piso de baldosas blancas hacia su amiga. Agarrando la pila, comenzó a hojear varias hojas con líneas cortas centradas en la página.

"Algunas cosas que me dio en esa clase de poesía que estoy tomando", explicó Sheridan, recogiendo los papeles y arrastrándolos hasta que encontró uno. Ella apuntó. "Aquí. Léelo ¿Me estoy imaginando que le gusto?"

Erin tomó los papeles y los escaneó. Consistían en algunos poemas de amor anónimos muy apasionados, claramente escritos para una chica que se parecía mucho a Sheridan. "¿Mujer radiante? Sonrisa gloriosa? Suenan como tú, pero si fueran de clase ... no significan mucho, ¿verdad?"

"Quizás no, pero no se los dio a todos, solo a mí. Los otros leían a Robert Browning." Sheridan levantó las cejas, como si quisiera que Erin conectara los puntos.

"¿Qué?" Los ojos oscuros de Erin se abrieron.

"Sí, dijo que ya había leído esos poemas el

semestre pasado en Lit Brit, y que quería darme algo más difícil". Sheridan no pudo reprimir una pizca de sonrisa.

Erin examinó las líneas más de cerca. "Danny, estos no son difíciles".

"Lo sé." La sonrisa característica de Sheridan parecía a punto de estallar en flor, "pero por favor no me llames más Danny, ¿recuerdas?"

"Sí, lo siento. Viejo hábito." Erin se encogió de hombros como disculpa. "Puede que tengas razón en que le gustas, pero eso no significa que vaya a invitarte a salir".

"Algún día lo hará. Me aseguraré de eso." La flotabilidad de Sheridan se desvaneció, y una pizca de tensión arrugó las esquinas de sus ojos. "Además, todavía no estoy lista".

"Han pasado cuatro años", le recordó Erin suavemente.

"Lo sé. Estoy mucho mejor. Simplemente no sé si estoy lista para eso todavía. Todavía da miedo ". Sheridan desvió rápidamente la conversación lejos de sí misma. "Además, tampoco es como si estuvieras saliendo, y sé que hay hombres a los que les encantaría invitarte a salir".

*En realidad, salí con un chico el año pasado, dos veces, un amigo del departamento de música,* recordó Erin. *En la segunda cita, incluso dejé que me besara.* Ella se estremeció ante el recuerdo. Si bien el abrazo en sí no había sido mal ejecutado, la había dejado tan impasible que inmediatamente le hizo saber que no había futuro para ellos y que debería olvidarse de ella. *Ahora está prácticamente comprometido con una buena chica. Estoy feliz por ellos, y nunca he sentido un poco de arrepentimiento o celos por esa decisión.* "Sí, claro", espetó ella, un abismo arrastrándose en su voz. *Sé a dónde se dirige esto. Por favor, no hables más de Sean. Me mata recordar.*

Sheridan la miró con una mirada pensativa en su rostro.

*Solo. No. Lo hagas.* Erin instó en silencio.

"Sabes, si realmente has superado a mi hermano ..."

*Maldición. Sabía que esto iba a suceder.* Erin se sumergió, desgarrando su corazón en pedazos sangrientos con la esperanza de hacerse entender por fin. "Es diferente para mí, ya sabes. Ya conocí al amor de mi vida, salí con él, me acosté con él, todo. Desearía que hubiera durado, pero estoy agradecida de haber estado con él por un tiempo. Después de eso, nadie más parece atractivo. No intentaría reemplazar a Sean, como no lo haría con mi oboe."

"Entonces llámalo", insistió Sheridan, no disuadida por la ira de su amiga. "Nos vamos a graduar el próximo semestre. Estás a punto de lanzarte a tu vida adulta. Si estás lista para establecerte, casarte, todo eso, ¿por qué no llamar a tu único amor verdadero y pedirle que forme parte de esto contigo?"

*El matrimonio con Sean era el sueño de toda mi vida.* Los sollozos trataron de salir de su garganta, pero ella se los tragó. "Él ya no me quiere, lo sabes. Se acabó, Sheridan. No he hablado con tu hermano en tres años." Su dolor se tradujo en una dureza de tono que hizo que Sheridan la mirara.

"Lo sé", dijo Sheridan, su expresión reflejando la tristeza de su amiga. "Desearía que lo hicieras. Él no te ha superado, como tampoco tú lo has superado a él. Él tampoco tiene citas. Sé que te echa de menos y que te tomaría de vuelta en un segundo si le dijeras que todavía estás interesada."

"Si ese es el caso, ¿por qué dejó de llamarme? Fue realmente deliberado. No quiero llamarlo solo para que me diga de inmediato que ya no me quiere ". Su tono se hizo más duro con cada palabra. *No quiero hablar de esto.*

Sheridan siguió adelante, determinada. "Eso nunca sucedería. Él te ama tanto como siempre lo hizo. La razón por la que dejó de llamar es porque intentaba ser noble, no retenerte." Sheridan envolvió su brazo alrededor del hombro de Erin y lo apretó.

Erin hizo una mueca. *¿De qué está hablando? Él dejó de llamarme porque era demasiado joven y aburrida para mantener su atención.* "Eso es estúpido. No me retuvo, me mantuvo unida. Nunca hubiera pasado la secundaria sin él".

"Lo sé. Y desearía que tuvieras ese tipo de apoyo ahora."

"No lo necesito. Estoy bien", dijo obstinadamente, pero por dentro no pudo evitar que una pequeña voz gimiera al pensar en el apoyo que solía darle. *Abrazos y besos. Conversación. Un oído que escucha y un hombro fuerte. Dulce, dulce sexo. Todo lo que necesitaba, me lo proporcionó. Lo extraño más de lo que las palabras pueden decir.*

"No lo estás. Necesitas apoyo y amor tanto como los demás. No eres una persona fría, Erin."

Erin espetó: "¿Puedes dejar de hacerlo, Sheridan? No me gusta hablar de Sean. Todavía duele la facilidad con la que superó lo que teníamos ". Casi había llegado al límite, pero aun así, Sheridan presionó.

"No lo superó en absoluto. Dios, ustedes dos son tercos. Si solo hablaran entre ustedes..."

"¡Nunca va a suceder!" Ella cortó el aire con la mano. "Lo único que no puedo soportar es ser patética, rogándole que me lleve de regreso. Simplemente no hay manera ".

~

Sheridan sacudió la cabeza ante las tonterías de Erin. *Ahora me siento mucho mejor y quiero darle a mi amiga esa muestra de gratitud en la que he estado pensando todos estos años.* Lo único que Erin realmente quería era a Sean. *Estoy furiosa por la forma en que esos dos se dejaron ir, cada uno pensando que le estaba haciendo un favor al otro. Todavía son uno para el otro tanto como siempre, y los veré de vuelta como pareja aunque sea lo último que haga.* Sabiamente, ella cambió de tema. *Esto no ha terminado, pero debe hacerse con delicadeza.* "Recibí una nueva carta de Christine. ¿Quieres verla?"

Erin se hundió con alivio. *Vaya, tal vez presioné demasiado.* "Sheridan, ¿por qué te torturas de esta manera? Sabes que esas cartas siempre te hacen llorar."

"Lo sé, pero es útil para mí saber qué tan bien le está yendo. Me recuerda que tomé la decisión correcta. No es como si alguna vez pudiera olvidarlo." *Y ahora sabes lo que estaba sintiendo Erin, amar a alguien que no puedes recuperar y extrañarlo hasta que quieras morir por eso.*

"Eres la afortunada, sabes", dijo Erin, la ira recorriendo sus rasgos.

"¿Por qué?" Sheridan parpadeó ante el inesperado regreso de Erin a la lividez. *¿Qué está pasando, cariño?*

"Porque tu bebé todavía está viva".

"Oh cariño, ¿todavía te molesta tanto?" *Como si no supieras exactamente cuánto duele no tener a tu bebé en tus brazos, Sheridan. Hombre, metiste la pata esta vez.*

La voz de Erin se atrapó. "¿Qué piensas? Durante ese breve par de meses, pensé que sería capaz de mantener un pequeño pedazo de Sean conmigo para siempre, y luego se fue, y él se fue, y estoy sola. Perdí al único hijo que tendré."

Salió del dormitorio, las lágrimas corrían por sus mejillas y dejó que la puerta se cerrara detrás de ella.

*Guau*, pensó Sheridan. *No tenía idea de que Erin todavía estaba lamentando su aborto espontáneo, aunque dado lo mucho que todavía ama a Sean, no es sorprendente.* Odiaba ver a su amiga tan triste, pero ¿cómo ayudarla? *Hmmmm.* Una idea, como la inspiración divina, se apoderó de ella.

Tomó su teléfono celular y marcó el número de su hermano.

# 14

Dos días después, el segundo al último día de clase antes del descanso de Acción de Gracias, Sheridan se encontró con Sean en el estacionamiento del edificio de inglés.

Sean salió de su auto, el mismo Mustang azul neón que había comprado años atrás, y le dio un abrazo a su hermana. El tiempo había sido bueno para Sean. A los veintiséis años, ya no parecía tan joven. Había una nueva dureza en su rostro, los huesos destacaban más claramente. Su piel se había desgastado ligeramente por tantas horas al sol, y había la más mínima indicación de lo que eventualmente se convertiría en líneas alrededor de sus ojos. Le quedaba bien. *Se ve como un hombre en su mejor momento, del tipo que hace* que las chicas tengan las rodillas débiles y agitadas. Es un titán absoluto de belleza masculina, y estoy a punto de desatarlo con toda su fuerza sobre su amiga susceptible. Ella ocultó una sonrisa. Espero que Erin esté completamente abrumada. Sé que Sean lo estará. Nunca sabrá qué lo golpeó.

"Hola, hermanita. ¿Como estas? Te ves feliz ", comentó.

"Oh, lo estoy", respondió ella, radiante. "Estoy tan feliz que ni siquiera te lo puedes imaginar. La vida siguió después de todo. ¿Quien lo diría?"

"Me alegro. He estado preocupado por ti por bastante tiempo. Es bueno saber que estás prosperando ". La liberó del abrazo y la sostuvo con el brazo extendido, mirándola a la cara como si buscara respuestas. Detrás de él, un trozo de hoja marrón se soltó de un árbol y pasó flotando sobre un viento frío de otoño.

"Es el ambiente aquí. Simplemente me encanta. Desearía poder quedarme en la universidad para siempre", respondió con fervor.

Sean se rió entre dientes, pero a Sheridan le pareció interesante notar que su sonrisa normalmente radiante y de dientes torcidos parecía de alguna manera atenuada. No todo está bien en el mundo de mi hermano mayor. Lo sabía. "Nunca me sentí así. Solo quería apurarme y terminar mi carrera, para poder construir cosas ".

"Bueno, no somos exactamente lo mismo, ¿verdad? Me podría quedar para siempre. Y ahora que estoy enseñando una clase, es aún mejor, incluso si tengo tanto que hacer que no podría llegar a casa para el Día de Acción de Gracias".

"Chica ocupada", se rió entre dientes su hermano. "No lo siento por un pequeño descanso. Lo hemos estado reservando tratando de terminar el exterior de no una, sino tres casas antes de que la nieve vuele. Me alegra alejarme del trabajo ".

*No sospecha nada. Excelente.* Sheridan escondió una sonrisa. "Oye, Sean, ¿caminarías conmigo un poco? Tengo algunas cosas que hacer en el departamento de inglés antes de que pueda llevarte a cenar." Ella tiró de su brazo.

"Claro, no hay problema". Se movía con ella fácilmente, sin resistirse, aunque seguía derramando insultos de su lugar favorito en la tierra. "Hombre, solía odiar este edificio. Leer a Shakespeare realmente no hizo nada por mí ".

"Ja", se burló Sheridan. "A todos les gusta Shakespeare. Está lleno de sexo ".

"Vamos, hermana, no hables así", bromeó. "Quiero imaginar que sigues siendo inocente".

"No soy menos inocente de lo que era el día que llegué aquí, para tu información", bromeó, alzando la nariz en el aire.

Él rió. "Bueno, eso es bueno saberlo. Te imaginé abriéndote paso entre la población masculina, tú y tu compañera de cuarto."

*Ya que él trajo el tema ...* "Vamos, tonto, deberías conocernos a los dos mejor que eso", le dijo mientras lo escoltaba por la puerta y bajaba por el pasillo hasta la oficina de los asistentes de maestros. *Apenas puedo soportar estar allí, está tan cerca de la oficina del Dr. Burke. Ella se estremeció. A veces juro que puedo sentir su presencia a través de las paredes.* "Por cierto, Erin y yo hemos estado estudiando, y tampoco hombres. Ella no ha avanzado más que tú. No ha tenido una sola cita desde que la sacaste en las vacaciones de Navidad de nuestro primer año." Ella rompió el contacto visual cuando dijo la mentira, simulando escudriñar un aviso de un estudiante que ofrece servicios de tutoría. El letrero necesitaba una fuerte revisión. *Seguramente esas noches de cine inocentes e inútiles no contaban.*

Sean recordó esa última reunión. Después de meses de separación, su "cita" con Erin la había pasado completamente en la cama. No la había visto desde entonces. Cuando se dio cuenta de lo mucho que ella todavía se aferraba a él, y él a ella, había comenzado a limitar el contacto a propósito. *Ella merece algo mejor que ser la esposa de un constructor de una pequeña ciudad, y todavía tengo la intención de ver que no desperdicie sus oportunidades.*

Le había dolido como el infierno. Ahora, años después, el dolor seguía siendo intenso. *Extraño a Erin todos los días, pero no seré la causa de que se pierda la vida.* Sacudiendo la cabeza, Sean obligó a sus pensamientos a volver a la conversación. "No quiero hablar de Erin".

"Vamos, Sean", instó Sheridan, esquivando un grupo de profesores que colgaban avisos en una vitrina de vidrio. "Hay mucho sin decir entre ustedes. Al menos deberías hablar con ella. Explicar por qué la cortaste. Le rompiste el corazón, sabes."

"Danny, sabes por qué tuve que dejarla ir. Ella se desperdiciaría en casa ", le recordó.

"No, ella no lo haría". Sheridan insistió. "Ella estaría desperdiciada allí afuera, en el mundo, sola. Así va a vivir, Sean. Sola. Nadie para amarla. ¿Es eso realmente lo que quieres para ella?"

"Por supuesto que no. Necesita soltarme y

encontrar a alguien que pueda darle todo lo que se merece". Se imaginó a un músico desaliñado besando a su mujer y su estómago se apretó. *Ella ya no es tuya, ¿recuerdas?*

"¿Y qué sería exactamente eso?" *¿Eso es una burla en la voz de Sheridan? Ciertamente suena como si estuviera hablando con un tonto.*

"Bueno, por un lado, el reconocimiento de que ella es una música increíble". *Te puedo igualar por sarcasmo, señorita. Te enseñé cómo hacerlo. Estás en hielo delgado, Sheridan Murphy.*

"También puede ser una increíble música en casa. De hecho, piensa en los elogios que alguien de su calibre recibiría por tocar allí. Ahora está mejor que nunca antes."

*Oh señor, ¿mejor? Sean parpadeó con fuerza. ¿Cuánto mejor puede ponerse ? ¿Y por qué Sheridan insiste en que una música profesional estaría mejor atrapada en una pequeña ciudad con un constructor como esposo y probablemente un montón de niños para distraerla de su arte? Deben estar locas.* "Es un lugar demasiado pequeño".

Sheridan se detuvo frente a una puerta abierta con una cerradura de combinación compuesta de botones plateados en lugar de un ojo de cerradura. La puerta estaba abierta, haciendo que la cerradura fuera irrelevante. Dentro de la habitación, una fila de computadoras se sentaban hombro con hombro en una larga mesa. Un estudiante con rasgos asiáticos tecleaba.

Sheridan se apoyó contra la madera oscura del marco de la puerta y miró a su hermano, descartando todas sus creencias con una mirada furiosa. "¿Para quién? Es lo que ella quiere. Es todo lo que siempre quiso. Eras su sueño, Sean. Ella no soñaba con ser una gran música, porque ya lo es. La gente sueña con lo que no tiene. Ella soñaba contigo, con ser parte de una familia amorosa. A ella no le importa la fama. Solo le importa tener un hogar con personas que la aman y tocar su oboe. Sospecho que a ella también le gustaría un bebé. Puede tener todas esas cosas contigo. Sin ti, incluso si se convirtiera en la música más famosa del mundo, y seamos sinceros, Sean, ¿qué tan famosos se vuelven realmente los músicos de oboe? - Ella no tendría a nadie. Ese instrumento no puede amarla, y no dejará que nadie más se acerque. Piénsalo."

Las palabras filosas de Sheridan golpearon a Sean como un mazo. Se deshicieron de las defensas que había erigido para evitar sacar a Erin de su dormitorio, llevarla al sacerdote más cercano y casarse con ella. Cada golpe desataba una ola de agonía que apenas podía soportar. Finalmente, empujado más allá de su límite, Sean perdió los estribos. "¡Es suficiente, Sheridan!" él gritó. "Déjame en paz con ella. Se acabó. ¿Crees que fue fácil para mí dejarla ir? Tu, de todas las personas, debes entender cómo es alejarse de alguien que amas por su propio bien. Tenía que hacerse, y lo odio todos los días, ¿de acuerdo? Solo déjalo ir."

"¿Que esta pasando aquí?" Un hombre alto con el pelo largo y negro, una nariz grande en pico y un traje gris irregular salió de una oficina cercana y se acercó a ellos. Se volvió de Sean a su hermana y viceversa, claramente sorprendido. "¿Sheridan?"

"Dr. Burke" —dijo Sheridan, afligida. El ataque de Sean había minado su compostura, y su labio tembló, sus ojos se llenaron de lágrimas.

El profesor se acercó a ella y le pasó el brazo por los hombros, llevándola hacia su oficina. "Vamos." Se volvió y le dirigió a Sean una mirada dura, sus ojos negros brillaban peligrosamente. Sean se alejó.

De vuelta en su oficina, el Dr. Michael Burke, que todavía sostenía a Sheridan con un brazo, la miró a la cara con una expresión intensa e ilegible. "¿Estás bien?" preguntó por fin.

"Si." Ella se hizo sonreír. "Lo siento si te molestamos. Estaba teniendo un pequeño desacuerdo con mi hermano".

"¿Tu hermano?" El Dr. Burke parecía sorprendido, casi aliviado. "Pensé que era tu novio".

"No, no tengo novio."

"Hmmm". La soltó y se alejó, pero solo un pequeño paso. Todavía podía oler su loción para afeitar. "Bueno, me alegro de haberte encontrado. Quería preguntarte algo. Ya casi has terminado con tu Bachillerato en Artes. ¿Tienes algún plan para el futuro? Odio decirlo, pero una licenciatura en inglés no es exactamente una carrera profesional en sí misma. ¿Qué quieres hacer con eso, Sheridan?"

"Realmente no lo sé. Desearía poder quedarme aquí para siempre." Giró un hilo dorado alrededor de su dedo, coqueteando deliberadamente.

El mensaje parecía recibirse lo suficientemente bien, si la intensidad en sus ojos oscuros proporcionaba alguna indicación. "Podrías."

"¿Cómo?"

"Obtener una Maestría de Artes en Inglés", respondió. "Entonces podrías enseñar aquí".

"¿Una maestría? ¿Crees que podría?" Ella lo miró con los ojos muy abiertos.

"Por supuesto." *¿Es una insinuación de sonrisa en su cara seria?* "Eres solo la estudiante más inteligente que hemos tenido. Sugeriría un programa de doctorado, pero no tenemos uno. Tendrías que irte para conseguirlo."

El cumplido la calentó por completo, y algo en su expresión la hizo atreverse a esperar que no quisiera que se fuera. "No quiero irme. ¿Puedo enseñar en una universidad con una maestría?"

"Sí, especialmente si no te importa dar clases de primer año, como las que asististe este último año".

"Eso fue divertido. De hecho, me encanta enseñar composición para estudiantes de primer año", le dijo. *Y esa es la verdad. Enseñar escritura es divertido.*

Una ceja gruesa y oscura se disparó hacia la línea del cabello. "Puedes ser la única persona que lo hace. La mayoría de los profesores lo ven como una tarea".

"¿Crees que debería?" preguntó ella, bajando los ojos al suelo y luego mirando a través de sus pestañas.

Parpadeó y tragó antes de responder. "Creo, Sheridan, que sería una buena idea que lo consideres. De hecho, esperaba que lo hicieras. Tengo la solicitud aquí si deseas completarla y, por supuesto, te escribiría una recomendación, no es que la necesites. ¿Estás interesada?"

"Eso depende. ¿Seguirías ayudándome, siendo mi mentor?" Ella tocó su manga.

"Por supuesto."

"Entonces sí. Creo que esa sería la solución perfecta, excepto ... ¿cómo lo pagaría? El dinero que mis padres reservaron para que vaya a la universidad se gastó ". Ella sonrió con tristeza.

Su insinuación de sonrisa desapareció. "He estado pensando en eso. Fuiste asistente en esa clase este semestre, y también hiciste un buen trabajo. Si obtuvieses un puesto de asistente de enseñanza, podrías trabajar para tu matrícula, y también hay un pequeño estipendio. Y si te preocupa la vivienda, bueno, cuando estaba en la escuela de posgrado, era un asistente residente. Tendrías que quedarte en el dormitorio, pero estaría pago y obtendrías una habitación para ti ".

"Pensaste en todo, Dr. Burke. Gracias. Esto es exactamente lo que quiero. Espero poder hacerlo ". La coquetería se derritió en sincero entusiasmo.

"Vas a hacerlo. Siempre tienes éxito, Sheridan."

Se le cortó la respiración. "Gracias."

"Por cierto", su tono de repente se volvió informal, demasiado informal, "si vas a enseñar aquí, serás más mi colega que mi alumna. Me gustaría mucho que me llamaras Michael."

Los ojos de Sheridan se abrieron. Luego, una sonrisa que puso la luz del sol a finales de otoño en vergüenza absoluta apareció en su rostro. Él encontró su sonrisa con una mirada de intenso anhelo.

"Michael." Ella saboreó la palabra como si fuera un delicioso dulce. Impulsivamente, abrazó a su profesor. *Lo deseo tanto que a veces temo que explote. Si tan solo él supiera ...* pero, por desgracia, ella había sido bastante libre con sus abrazos, especialmente con él, y por lo que él sabía, podría ser solo un gesto amistoso. *Tengo que hacer más.* Ella se inclinó hacia adelante y presionó sus labios contra su mejilla. Luego, avergonzada, recogió las aplicaciones de su escritorio y huyó.

# 15

Sean irrumpió en el departamento de inglés, furioso porque su hermana lo había engañado para que condujera solo tres horas, para que pudiera tratar de manipularlo. *¿Cómo se atrevía ella a interferir?*

Estaba tan concentrado en sus pensamientos enojados, que casi choca contra una pequeña figura corriendo en la otra dirección por el pasillo. Se detuvo justo a tiempo para evitar una colisión y miró a la persona que casi había atropellado.

*Oh querido señor.* Es Erin. Ella se congeló, su mirada recorrió la longitud de él hasta su rostro, el reconocimiento amaneció en sus hermosos rasgos. Sus suaves labios rosados se separaron ligeramente sorprendidos. *Dios, ella se ve maravillosa.* Ella había engordado un poco. No una gran cantidad, tal vez tres kilos, pero oh, eran estratégicos. Sus pequeños senos se habían llenado, al igual que sus caderas. Ahora tenía una curva femenina en su esbelto cuerpo. Ella también se había cortado el pelo. En lugar de colgarle mucho por la espalda, terminaba justo por encima de sus hombros, con pequeñas capas oscilantes en los extremos y un barrido de flequillo largo que cruzaba su frente en diagonal para meterse detrás de la oreja. El corte le quedaba bien, la hacía parecer más adulta. De hecho, parecía adulta, sexy e incluso más hermosa que nunca.

Mientras él miraba, su boca formó su nombre sin hacer ruido.

*Tengo que conseguir la llave de esa maldita puerta del dormitorio con cierre automático antes de que Danny se enrede hablando con el Dr. Burke nuevamente y tenga que pasar horas atrapada en el pasillo con mi oboe adentro, especialmente con jurados que se acercan. Necesito practicar ... oof!* Grandes manos se aferraron a sus brazos, deteniendo su carrera de cabeza. Sus ojos recorrieron la longitud de un cuerpo alto y musculoso. Entonces ella lo miró a los ojos y la universidad se desvaneció.

A pesar de esforzarse tanto por dejar recuerdos de Sean detrás de ella, nunca se había olvidado de cómo lo amaba. Sin embargo, se había olvidado de lo hermoso que era. Ella lo miró, tan congelada por la sorpresa que olvidó respirar durante varios segundos. Entonces el peso de su historia compartida se estrelló sobre ella como una inundación. *Este es mi primer amor, mi único amor. Le di mi virginidad. Concebimos, perdimos y lloramos a un niño juntos. Es la única persona a la que le importó lo que me pasaba. Y luego me abandonó sin explicación.* Ella lo había esperado, pero eso no lo había hecho más fácil de aceptar. Y ahora aquí estaba él, frente a ella, lo suficientemente cerca como para tocarlo.

De repente, ya no le importaba ser patética. Si él supiera cómo ella había suspirado por él, que así sea. No podía soportar irse otro momento sin tocarlo.

Erin se lanzó hacia Sean, rodeándole el cuello con los brazos y tirándolo hacia abajo para poder besarlo. No le importaba si los otros estudiantes que los rodeaban veían; ella quería que vieran, quería que todos vieran que ella, Erin James, amaba a Sean Murphy con cada fibra de su ser.

~

Después de un segundo sobresaltado, Sean envolvió sus brazos alrededor de la delgada cintura de Erin y comenzó a besarla. Casi había olvidado lo audaz que ella podía ser. También había olvidado lo dulce que era la boca de Erin, aferrándose tiernamente a la suya. *Nada ha sido más dulce, al menos, nada que yo sepa.* Estas ciertamente no eran las acciones de una mujer que había seguido adelante. *Sheridan tiene razón. Necesitamos hablar.*

Suavemente él separó su boca de la de Erin, aún manteniéndola abrazada para que ella supiera que no era un rechazo. Ella trató de aferrarse al beso, chupando suavemente sus labios.

"Tranquila, Erin", dijo. *¿Cuántas veces le he dicho eso, tratando de frenarla cuando arañaba con pasión?* Las palabras familiares se abrieron paso y ella lo soltó de mala gana.

"Lo siento", dijo ella, "yo solo ... no puedo creer que estés aquí. Sean, te he echado mucho de menos."

"Yo también te extrañé, bebé", le dijo con voz ronca.

"¿Entonces por qué, Sean? ¿Por qué dejaste de llamarme? Pensé que lo nuestro era para siempre. Eso fue lo que dijiste." El dolor por sus acciones ardió no menos poderosamente a pesar de los años que habían transcurrido.

Sean hizo una mueca. *¿Realmente la lastimé tanto?* "Camina conmigo, Erin. Hablemos, ¿de acuerdo?"

"Sí, vamos." Ella tomó su mano entre las suyas. Entrelazando los dedos como solían hacerlo, salieron del edificio.

Afuera, el aire frío del otoño hizo temblar a Erin. Recordó de repente que su relación había comenzado de la misma manera, con un escalofrío. Sean le soltó la mano y le pasó el brazo por los hombros. Ella se acurrucó en su calidez.

Un banco se sentaba en el patio, en un parche de débil luz solar, y lo reclamaron, ignorando las pilas de colillas de cigarrillos en el suelo alrededor de sus pies.

"Está bien, Murphy, derrámalo. ¿Qué demonios esperabas lograr al hacerme enamorar locamente de ti y luego tirarme como una roca? ¿Era simplemente un blanco fácil después de todo?"

Ella trató de sonar juguetona pero sabía que le faltaba convicción.

Sean frunció el ceño. "Por supuesto que no. No abarates lo que teníamos así. Te amaba y lo sabes." Él suspiró. "Lo siento, Erin. Sé que te lastimé. No quería, pero no veía otra manera. No quería interponerme en tu camino persiguiendo tus sueños."

Ella resopló. "Sean, tú eras mi sueño; tu y nuestra vida juntos. La sinfonía, las lecciones de música, la familia ... "

"Es demasiado pequeño", interrumpió. "Podrías lograr lo que quieras".

Ella se rió, y sonó amarga e irónica en sus propios oídos. "Gracioso, ¿no es así? Como la gente dice eso cuando claramente no es verdad. ¿Alguna vez te detuviste a preguntar qué quería? Nunca pedí ser famosa, estar en una orquesta de alto poder y lidiar con todas las políticas internas y las murmuraciones. Ese era tu objetivo para mí, pero ¿escuchaste mis objetivos? No. Solo quería tocar mi instrumento, hacer música, ser parte de un grupo y hacer feliz a la gente. Y quería volver a casa contigo todas las noches. Te lo dije, pero no escuchaste. Estabas tan seguro de que me conocías mejor que yo misma. Lo que quería era obtener mi título y volver a casa. Ciertamente no lo logré".

"Casi tienes tu título. Solo faltan unos meses" —le recordó, su expresión suplicaba por ... algo.

*¿Qué intentas decirme, Sean? ¿Es esta la conversación que intentabas no tener? ¿Es esta tu forma de decepcionarme o realmente no lo entiendes?*

"No tengo hogar a donde ir". Ella dejó que eso se hundiera, preguntándose si finalmente lo entendería.

La miró en silencio, como si tratara de leer una historia en los planos de su rostro. "El hogar está donde decidas que será".

Ella puso la cabeza sobre su palma con consternación. "El hogar no es un lugar, Sean. Es la gente. Las personas con las que quiero estar cerca no viven en ningún lado ". Dibujó en el aire un amplio círculo con una mano y luego volvió sus ojos a los de él, poniendo esa mano sobre su rodilla. Él inmediatamente agarró sus dedos de nuevo.

Él negó con la cabeza, no en rechazo de sus palabras, pero como si todavía no las creyera. Ella centró su mirada en sus ojos, diciéndole en términos inequívocos que no sería capaz de evadir su significado. Los ojos de Sean se abrieron, y luego sus cejas se juntaron. "Erin, si lo que dices es verdad, ¿por qué no insististe en que te hablara? Simplemente lo dejaste ir, no hiciste ninguna pregunta, no protestaste. Pensé que habías terminado conmigo; alegre de que me haya dejado de entrometer en tu vida."

Erin sacudió la cabeza. "No quería molestarte. Creo que supuse que habías terminado conmigo, que estabas harto de tu tonta novia adolescente y querías seguir adelante, encontrar a alguien más, alguien que no fuera un bebé, no tan ... no sé ... aburrida".

Su hermoso rostro se torció en líneas de absoluta incredulidad. "¿Cómo puedes pensar eso? No eres aburrida. Eres increíble. ¿No te lo he dicho muchas veces?"

Erin puso los ojos en blanco. "Sabes lo que dicen, Sean, sobre acciones y palabras". Sus hombros cayeron y la fea sensación que siempre había tenido de sí misma se derramó de sus labios como veneno. "Nadie realmente me ha querido nunca. Me alegré de que lo hicieras por un tiempo. No esperaba que durara. Me atreví a dejarme esperanzar, pero luego hiciste lo que esperaba. Me superaste." Ella rompió el contacto visual, observando cómo un fragmento de hoja se arrastraba lentamente por el pavimento, empujada por el viento otoñal. *Esa soy yo. Cada fuerza me empuja a donde no quiero ir, y no importa cómo luche, soy incapaz de resistir la presión.*

"Nunca lo hice. Pensé que me habías superado." Sean sonaba irritado y la agarró por la barbilla, obligándola a mirarlo a los ojos. La expresión allí, tierna pasión mezclada con incredulidad y un buen anhelo reprimido, la dejó sin aliento. Se lamió los labios nerviosamente, incapaz de creer lo que veía, más de lo que él había podido creerle. *Oh mi amor, ¿qué nos hemos hecho el uno al otro?* Una emoción silenciosa y sin palabras pasó entre ellos hasta que, por fin, Sean estalló: "Esto es ridículo. Sabes, los dos hemos estado asumiendo bastante. Creo que podría ser una buena idea que dejemos de cuestionarnos mutuamente y simplemente digamos lo que sentimos ".

Erin tragó saliva, las palabras surgieron, clamando por ser dichas, pero el miedo las ahogó nuevamente. "Eso es difícil."

"Lo es, pero ¿no es hora de ser honestos?"

"Si." Ninguno de los dos habló durante otro largo momento mientras reflexionaban sobre cómo proceder. *Sabes lo que quieres, Erin. Si al menos no lo pides, nunca te lo perdonarás. Se audaz.* Pero las palabras no venían. Lucharon al borde de su lengua, la reticencia intentando, como siempre, evitar que ella captara el deseo de su corazón, luchando por aplastar las palabras en su caja de inadecuación. *No esta vez. No estaré más desconsolada si me rechaza. Al menos lo habré intentado*. Finalmente, Erin se forzó a salir, "¿Puedo comenzar?"

Sean bajó la barbilla. "Por supuesto. Las damas primero."

Erin respiró hondo y dejó que la verdad se derramara de sus labios. Una vez que las primeras palabras pasaron la barrera de su timidez, el resto salió sin control, en un balbuceo de emoción reprimida por mucho tiempo. "Sean, desde la noche que me llevaste al baile de bienvenida y me besaste en el estacionamiento hasta el día de hoy, el amor que te tengo nunca ha flaqueado, nunca ha cambiado. Te amo. Eres el único, Sean, para siempre. Si no puedo tenerte, no quiero a nadie. ¿Por qué, cuando ya he encontrado mi amor perfecto, incluso trataría de reemplazarte? Prefiero tener tu recuerdo que cualquier otro hombre. Y hasta el día de hoy, todavía te quiero tanto como siempre."

∽

Sus dulces palabras, su aroma familiar, inundaron los sentidos de Sean mientras el amor de Erin se derramaba sobre él como la lluvia. *Siempre se sintió así, y siempre te ha encantado.* Ella se sentó tan cerca de él, y la tentación resultó abrumadora. La besó, premiando sus palabras con un toque tierno y húmedo de sus labios. "¿Me estás diciendo, Erin, que nunca has ... salido con nadie, no en todos estos años?"

"¿Por qué habría de hacerlo?" Ella tocó su mejilla. "Nadie se puede comparar. Ahora tú, Sean. Dime que sientes."

Él la miró a los suaves ojos marrones, brillando con amor. *Seguramente no puede estar mal amarla también.* Había tenido años para pensarlo y sus sentimientos no habían cambiado. Después de todo lo que había sucedido, ella todavía lo quería. Su resistencia se hizo añicos. Tomando su mano en la suya, él le respondió. "Te quiero. Te veo como siempre te vi ... como la mujer con la que me quiero casar. Te lo dije hace mucho tiempo. No te veo aburrida o como un bebé. Nunca lo hice, incluso cuando tenías dieciocho años y estabas en la secundaria. Sin embargo, me asusta muchísimo pensar que algún día podrías despertarte a mi lado y darte cuenta de que soy el hombre que te quitó todas tus opciones, y vería ese arrepentimiento en tus ojos ".

La mano de Erin se deslizó de la suya. Por un momento se le cortó la respiración, y luego exhaló en un silbido cuando ella deslizó sus brazos alrededor de su cuello, susurrándole al oído: "Hombre tonto, tú eres mi elección. Tu fuiste mi elección hace cuatro años y nunca lo he dudado o lamentado."

*¿Cómo no sabías eso?* Se dio cuenta de que él sabía, que siempre lo había sabido, solo que su mente racional había anulado lo que sus instintos siempre habían entendido. *Nunca encontrarás un amor tan puro, profundo y real como este. Nunca encontrarás a otra persona que te quiera más.* Pero incluso cuando la sensación de su afecto perfecto se apoderó de él, esos pensamientos racionales se apoderaron de su boca y derramaron un comentario tonto. "No entiendo cómo sabías a una edad tan temprana exactamente lo que querías en la vida".

Erin no lo soltó, pero retrocedió una fracción para volver a mirarlo a los ojos, frunciendo los labios incluso mientras respondía sus palabras. "Así es como soy. Sé lo que quiero. No es difícil para mí tomar decisiones sobre cosas realmente importantes. ¿Te conté de la primera vez que toqué el oboe?"

"No. Dímelo" —le instó él. *Esto es algo que necesito entender. Si Erin está comparando nuestra relación con su pasión por la música para toda la vida, tengo que entenderlo.*

"Fue en sexto grado", comenzó. "Todos estaban probando diferentes instrumentos para ver lo que querían tocar en la banda. Había estado jugando con un clarinete, y me gustó, pero no estaba del todo bien. El clarinete tiene esta cualidad alegre que realmente no se me ajustaba". Ella le tomó el pelo de la parte posterior de su cuello con la punta de los dedos, haciéndole temblar. "Pero pensé que tenía potencial. Entonces la directora me entregó una caña doble. Lo soplé e hizo un sonido como una llamada de pato. Lo odiaba. No podía imaginar qué demonios haría que alguien quisiera usar tal cosa ". Una sonrisa se extendió por su rostro. "Entonces ella me mostró su oboe prestado. Era un desastre, cubierto de huellas digitales, las teclas empañadas. Incluso tenía una gran grieta en la madera. Era muy feo. Puse la caña y soplé, y tembló como ni siquiera te lo puedes imaginar. Era horrible."

Sean le devolvió la sonrisa. *Puedo imaginar fácilmente el sonido.*

"Entonces ella me dijo algo. Ella dijo que tenía que ser amable con él, no soplar tan fuerte. Entonces, lo tomé con calma y cobró vida en mis manos. Ese día supe que no había nada más que quisiera hacer ". Él la observó atentamente, esperando que ella hiciera la conexión. *Incluso cuando era niña, recuerdo lo clara que era. Ella nunca divagó. Ella eligió sus palabras con cuidado. ¿Qué intentas decirme, bebé?*

Erin continuó. "Enamorarme de ti fue lo

mismo. Solo sabía que eras tú, que nunca habría nadie más. Por eso tenía tanta prisa por acostarme contigo."

Sean recordó esa noche, lo ansiosa que había estado, lo tiernamente que habían hecho el amor. Ella le había dado todo lo que tenía, sin reservas, a pesar de que no había esperado que él la amara de vuelta. Sus dudas restantes sobre si su amor finalmente la satisfaría se rompieron bajo una realidad innegable. "Oh, Erin, dulce bebé. Lo siento. Debería haberte escuchado."

"Sí, deberías haberlo hecho", lo regañó suavemente. "Pero fue mi culpa. No confiaba en que me quisieras a largo plazo, y se convirtió en una profecía autocumplida. Por eso no peleé por ti. No pensé que era lo suficientemente buena como para retenerte de todos modos."

"Siempre sentí que eras demasiado buena para mí, o al menos para el tipo de vida que tendríamos juntos", admitió. *Y en realidad pensé que no sería capaz de tomar sus propias decisiones. Ella sabía lo que quería todo el tiempo.*

Erin inclinó la cabeza, considerando cómo expresar lo que quería decir. "Es una especie de problema de confianza, ¿no?"

"¿Qué quieres decir?" La expresión apasionada de Sean se volvió perpleja.

Ella elaboró. "Tengo que confiar en que me quieres, aunque no me considero deseable. Dices que me amas y no cambiará ni se desvanecerá. Tengo que elegir creerlo. También tienes que confiar en mí, que te amo tanto como amo a mi oboe, y estar contigo es realmente lo que quiero, más que ser una música de gran potencia ".

"¿Estás segura, Erin, de que una vida en un pueblo pequeño conmigo sería suficiente para ti?"

*Todavía estaba tanteando. ¿Cómo nos amamos tan intensamente sin que me diera cuenta de sus inseguridades? ¿Estaba realmente tan centrada en mí misma, que solo podía ver el mío?* "Si, absolutamente. ¿Estás dispuesto a confiar en mí en esto?"

La miró con los ojos llenos de nostalgia y luego asintió lentamente.

"Sean, he estado fuera por tres años. Quiero ir a casa. ¿Serás mi hogar?"

La expresión de preocupación se derritió de su rostro, y sus labios se abrieron en una sonrisa, revelando esos dientes frontales torcidos que siempre había encontrado tan atractivos. "Si eso es lo que quieres, bebé".

"Lo es", dijo, con firmeza y sin duda.

"Entonces, ¿volvemos a estar juntos entonces, así como así?"

*Oh, a él le gusta esa idea.* "Así. Siempre estaba destinado a ser, creo. Sé que no me he sentido bien en un solo día desde entonces".

"Yo tampoco", dijo pensativamente, "pero todavía tienes otro semestre de escuela. Tienes que terminar."

"Voy a hacerlo. Tengo que. ¿Pero que vamos a hacer? ¿Cómo lo manejaremos?"

"¿Erin?" La voz de Sean de repente se oscureció de pasión. Sus ojos brillaban. "Tengo una idea sobre lo que debemos hacer. ¿Te digo qué es?"

"Si." El entusiasmo estalló. *Creo que también me va a gustar esta idea.*

"Primero, voy a llevarte a mi habitación de hotel, ahora mismo, y hacerte el amor de una manera que ni siquiera puedes imaginar, toda la noche, y abrazarte hasta la mañana".

La sugerencia puso una pequeña sonrisa en su rostro. "Sí por favor."

Una esquina de su boca se volvió hacia arriba mientras continuaba. "Entonces, mañana, cuando abran las tiendas, te llevaré a un joyero y podrás elegir un anillo. Lo pondré en tu dedo, para que todos sepan, por el resto de tu tiempo aquí, que eres mía. Y luego, este verano, bebé, nos vamos a casar."

Erin se estremeció. "Suena perfecto. Comencemos ahora mismo."

"Vamos."

Sean la tomó de la mano y la condujo a su automóvil, conduciendo rápidamente a través del ajetreado tráfico de la ciudad hacia un pequeño y modesto hotel cerca de la interestatal. Aunque limpia y respetable, la habitación carecía de pretensiones. Una alfombra marrón cubría el piso, con espirales doradas que decoraban la exuberante pila. La cama king-size había sido simplemente vestida con sábanas blancas y una colcha a juego. Una televisión gorda y anticuada descansaba sobre el tocador incorporado. Una pequeña mesa redonda estaba en la esquina junto a la ventana. Pero cuando Sean abrió la habitación con impaciencia con su tarjeta llave, no vieron nada.

Tiró de Erin por la puerta y la besó antes de que pudiera cerrarla. Ella desabrochó los botones de su camisa con entusiasmo, empujándola al suelo. Sean soltó la boca de Erin para ponerse el suéter sobre su cabeza. Se desabrochó el sujetador y lo dejó caer antes de volver a pasarle los brazos por el cuello. Tomó un seno en su mano, lo acarició con ternura y luego estimuló el sensible pezón.

Erin jadeó cuando el placer la atravesó. Siempre le había encantado que Sean le tocara los senos. Aún mejor sería si él tomara sus pezones en su boca. Ahuecó el pequeño globo en su mano y lo levantó, bajando la cabeza de Sean para que él pudiera tomar el tierno pico. Lo hizo, chupándolo en su boca y mordisqueando suavemente. Erin podía sentir que se estaba volviendo líquida mientras él repetía el proceso al otro lado.

"Vamos a la cama", murmuró. "Pero deja tu ropa atrás. No las necesitarás."

Erin se quitó los jeans y las bragas con entusiasmo y se quitó la colcha blanca de algodón, estirándose sobre las sábanas. Sean se lanzó en un instante, desnudo, presionando su cuerpo con fuerza contra el de ella. Ella disfrutaba de la fuerza de sus músculos, del tamaño de su erección, ya que comprimía su vientre. Tomó su mandíbula en su mano y tocó su boca con la de ella otra vez. Ella envolvió sus piernas alrededor de su cintura.

Era demasiado pronto, pero la pasión los había destruido a ambos, y Sean tomó la invitación sin pensar, encontrando su entrada húmeda con su sexo y empujando profundamente. Erin hizo un suave sonido de protesta. Sus dedos se apretaron sobre sus hombros.

~

"¿Que ocurre bebé?" Sean preguntó, congelando su movimiento hacia adelante.

"Eres demasiado grande", dijo con los dientes apretados.

"¿Eso dolió?"

"Sí."

*Vaya, no quise hacer eso.* "Niña, ¿has olvidado cómo llevarme?" Preguntó en falso reproche.

Erin trató de sonreír. "Supongo que sí".

"Eres tan estrecha. No me lo puedo imaginar. Es como tu primera vez de nuevo." Se inclinó sobre un brazo y con la mano libre le apartó el pelo de la cara.

"Bueno, ya sabes, no he tenido relaciones sexuales en casi tres años", dijo.

"¿Tres años?" *¿Puede querer decir ...*

"El único, ¿recuerdas?"

No se había atrevido a esperar que ella hubiera sido casta todo ese tiempo. Sin embargo, él la hubiera querido, *pero saber que sigue siendo mía, toda mía ... bueno, eso es magnífico.*

Sin embargo, no quería lastimarla, así que se quedó quieto dentro de ella, dándole a su cuerpo resistente la oportunidad de adaptarse a su tamaño. Mientras tanto, él la excitó con besos apasionados, acariciando sus senos nuevamente. Frotó un pezón tenso y luego el otro. Erin tarareó, y él podía sentirla cada vez más húmeda. Su sexo se apretó alrededor de él. Se inclinó aún más, queriendo ver sus cuerpos unidos antes de pasar la mano por su vientre hasta sus pliegues íntimos. *Ella está muy mojada para mí.* Encontró la delicada punta de su clítoris, hinchada por la necesidad, y comenzó a acariciarla suavemente. *Una vez que ella se venga, debería estar más relajada, más capaz de dejarme mover.*

Erin gimió cuando Sean la llevó más y más alto. Estaba tan llena de él, no solo de su sexo en su cuerpo, sino también de amor, desbordando con él. Ella había dejado ir este sueño, y milagrosamente se había hecho realidad de todos modos. El placer se convirtió en una explosión, haciéndola gritar mientras su cuerpo se apretaba aún más alrededor del suyo.

Sean comenzó a moverse con cuidado en un suave deslizamiento. No le tomó mucho tiempo antes de unirse a ella en el olvido.

Cuando emergieron del profundo y hermoso lugar donde su pasión los había arrojado, tanto Sean como Erin se sintieron un poco aturdidos.

Sean se retiró suavemente del cuerpo de Erin y se tumbó a su lado, acercándola con la cabeza apoyada en su hombro.

"Te amo, Sean", le dijo suavemente, arrastrando líneas cosquilleantes sobre su pecho con la punta de su dedo. "Estoy tan contenta de habernos encontrado, pero ¿por qué estabas aquí?"

"Danny me pidió que la visitara. No me di cuenta de que estaba tratando de engañarnos nuevamente. Me enojé un poco con ella", admitió.

"Lo sé. Ella habla de ti todo el tiempo. Me estaba volviendo loca."

"A mí también. Aunque tenía razón."

"Ella generalmente la tiene".

Sean jugueteó con las puntas del cabello de Erin, haciéndola hormiguear. "Bebé, ¿cómo está ella realmente? Ella dice que está mejor, pero la ves todos los días. ¿Realmente está bien?"

"Ella lo está, afortunadamente. No creo que pudiera haber manejado otro año como el primero".

"¿Cómo fue?" él quería saber.

"¿Primer año?" Erin sacudió la cabeza ante el recuerdo. "Oh, ella era un desastre. Era todo lo que podía hacer para que ella fuera a clase, hiciera su tarea y estudiara. Solía tener pesadillas, despertarse gritando, llorar en momentos extraños. No quería que nadie supiera lo destruida que estaba, pero fue realmente difícil".

"Guau. Pobre Erin, y todo sin ninguna ayuda." Él ahuecó su mejilla en su mano. "¿Cómo te las arreglaste?"

"Bueno, hice mi mejor esfuerzo, ¿sabes?" Ella se encogió de hombros. "Sentí que otros estudiantes de primer año manejaban la universidad sin tener que depender de nadie, pero una parte de mí quería llamarte todo el tiempo. Por ejemplo, tuve que audicionar para el primer grupo de vientos de madera. Es un grupo de élite en el campus, solo un músico por instrumento. Estaba tan nerviosa, y solo quería escuchar tu voz, escucharte decirme que estaría bien, y luego, después de hacerlo, quería llamarte nuevamente y decirte lo feliz que estaba".

Sean le dirigió una sonrisa torcida. "Erin, podrías haberlo hecho. Eso es lo que hacen las personas cuando se aman".

Erin trató de explicar, razonando lo que en ese momento le había parecido inequívoco. "Parecía tan mundano, como una molestia. Más tarde, después de que dejaste de llamarme, sentí que te había molestado demasiado. Que era demasiado dependiente de ti y estabas harto de eso." Un poco de esa baja autoestima que la había atormentado durante toda su vida se desvaneció en las palabras. Su brazo se apretó alrededor de ella.

"No, eso no es lo que pasó", protestó Sean. "Estaba tan preocupado por no retenerte que olvidé cuánta tensión tenías. Erin, apuesto a que ninguno de esos otros estudiantes de primer año pasó una sola semana sin llamar a sus padres al menos tres veces para decirles cómo iba todo. Eso es normal. Llamé a mi papá casi todos los días por un tiempo. Estabas haciendo más que cualquiera de ellos. ¿Cómo te mantuviste cuerda?"

"Practiqué mucho", respondió ella encogiéndose de hombros. "De hecho, realmente no había tiempo para nada más. Practiqué, estudié y cuidé de Sheridan. Eso fue todo. Si ella no hubiera comenzado a sanar, creo que podría haberme resquebrajado".

"¿Entonces qué pasó?" preguntó. "Ella estuvo bastante mal durante el primer verano, entonces, ¿qué cambió?¿ Y dónde estabas? No volviste a casa." Él pasó un dedo sobre su piel, provocando deliciosos hormigueos.

Erin se acurrucó más cerca del cuerpo desnudo de Sean. *Justo donde quiero estar.* "¿Yo? Tomé clases y luego viajé por varias series de música de verano en diferentes ciudades, comenzando en Des Moines".

"¿Lo hiciste?" Los ojos de Sean se abrieron. Sus dedos cosquilleantes se callaron.

"Si. Hay muchos trabajos de interpretación para jóvenes músicos en el verano. He estado en Ozarks, Omaha, Nuevo México, Bismarck y Moorhead. Ah, y finalmente llegué a Texas también. Toqué una ópera de dos semanas en Fort Worth ". Erin le guiñó un ojo.

Él rió. "¿Te gustó?"

Un ceño fruncido arrugó las facciones de Erin. "Me gustó la música, pero los otros músicos a menudo eran … difíciles. Despiadados, competitivos y un poco sarcásticos. Por lo general, a nosotros nos trataban bien. Solo éramos niños y no había amenazas, pero el uno para el otro … se volvió brutal con bastante frecuencia ". Ella sacudió su cabeza. "No sé cómo pueden ser un equipo y hacer música juntos cuando siempre se están reduciendo mutuamente. Me hizo extrañar aún más esa pequeña sinfonía en casa. La gente allí es muy amable ".

"Entonces, has tocado por todas partes, ¿verdad?" preguntó. Sus dedos se retorcieron en su cabello nuevamente.

"Si." Se acomodó más cerca de él, disfrutando de la sensación de una piel suave, cabello grueso y músculos voluminosos debajo de la mejilla.

"¿Y qué hay durante el año?" Las yemas de

sus dedos dejaron su cabello para trazar vides en su espalda desnuda.

*Todos estos toqueteos están empezando a excitarme nuevamente.* "Bueno, toco con la orquesta de la universidad, el conjunto de instrumentos de viento y la orquesta de cámara, pero la sinfonía metropolitana no necesita oboes en este momento".

"Ellos se lo pierden."

"Gracias." Ella lo besó donde su hombro se unía con su cuello. "Espera, creo que nos salimos del tema".

Él respondió a su beso cosquilleante con un apretón. "Sí. Me preguntaba cómo fue que Danny de repente se puso mucho mejor".

"Lo creas o no, ella conoció a alguien".

Sean volvió la cabeza bruscamente en dirección a Erin y volvió a mirarla a los ojos. "¿De verdad? ¿A quién?"

Erin suspiró. "Su profesor de inglés, el Dr. Burke. Hasta el día de hoy, no entiendo lo que ella ve en él. Tuve una clase con él y la dejé. Debe ser el hombre más duro, estricto y exigente de todo el mundo académico. Odié su clase. Sin embargo, de alguna manera, trabajar con él le devolvió la vida a Sheridan. Desde el comienzo del segundo año, ella toma una clase de él cada semestre. Ella está enamorada de él. Cuanto más se apoya en él, menos necesita de mí. Fue un alivio".

La conciencia surgió en las profundidades de los ojos de Sean. "Espera, creo que lo vi. ¿Es realmente alto con el pelo negro?"

"Si. ¿Parecía que su ropa había salido de la bolsa de trapos?" Preguntó Erin, rodando los ojos ante el famoso armario horrible del Dr. Burke.

"Ajá."

"Es él."

Las cejas de Sean se juntaron mientras lo consideraba. "Me preguntaba si había algo allí. La forma en que la miraba ... protectora, e incluso un poco posesiva. ¿Están ... involucrados?" Curiosamente, por ser un hermano mayor sobreprotector, Sean parecía curioso y no desaprobaba en lo más mínimo.

"No lo sé exactamente", respondió Erin. "Tienen la relación más extraña. Él hace estas cosas locas y románticas por ella, y sé a qué te refieres con la forma en que la mira. Pasan grandes cantidades de tiempo juntos, pero que yo sepa, en realidad no están saliendo. Estoy bastante segura de que la quiere, pero no hará nada, y ella sigue siendo demasiado tímida y está lastimada como para acercarse a él. Es como la historia de amor de dos puercoespines."

"Sheridan, ¿tímida? Nunca lo habría imaginado." Los labios de Sean se torcieron. "Bueno, supongo que depende de ellos, ¿no? Si incluso está interesada en alguien, es un progreso".

*Siempre lo he pensado.* " Lo es. Entonces, mientras Sheridan estaba encontrando una manera de enamorarse a pesar de todo, pude volver a vivir mi vida un poco. Ella no necesita tanto mi aliento porque ella lo recibe de él. Sin esa presión, pude seguir adelante".

"Avanzar académicamente", supuso Sean.

"Y musicalmente", agregó Erin. "Después de lo que compartimos, salir con alguien más habría sido un paso atrás".

Las dulces palabras de Erin, que se hicieron aún más poderosas a la luz de lo mal que había arruinado su relación, voló a Sean. "No te merezco, Erin".

"¡Por supuesto que sí!" Ella exclamo. *Admítelo, hombre, su afecto entusiasta es algo que te has perdido estos últimos años.* "Eres mi ancla. Hiciste posible que terminara la secundaria. Todos los momentos más felices de mi vida fueron gracias a ti."

Sean se burló. *Ahora solo está exagerando.* "¿Cómo? Tus logros no tuvieron nada que ver conmigo. No te metí en esa banda de todos los estados, por ejemplo, lo hiciste tú misma".

Ella suspiró como si estuviera exasperada. "Sean, hice todos los estados dos veces antes de que nos reuniéramos. Fue agradable, pero tenerte allí para escucharme tocar fue lo que lo hizo genial. Nadie más ha venido a un concierto solo para escucharme antes ".

"¿Tus padres?"

Erin sacudió la cabeza.

"¿Cómo puede alguien tan maravilloso como tú venir de personas tan inútiles y egoístas?"

"No lo sé. A veces los odio a los dos", admitió.

"Tienes derecho. Sin embargo, no dejes que te convenzan de que no vales nada." Sus dedos arrastrados se dirigieron a lugares cada vez más interesantes, disfrutando de su piel suave como un bebé y sus curvas sexys. "Eres preciosa y valiosa. La forma en que te trataron fue como tirar un tesoro a la basura. No se refleja mal en ti, solo en ellos."

Erin sonrió, presionando un suave beso en el hombro de Sean. "Eres el único que me ve de esa manera".

*Veo que todavía tenemos mucho camino por recorrer, pequeña. ¿No?"* No es cierto, pero de todos modos, si la persona que más te admira será tu esposo, creo que es apropiado, ¿no?"

"Sí. Tienes razón. ¿Crees que te has recuperado lo suficiente como para ... admirarme un poco más?" Ella se arqueó contra él, mostrándole lo que quería decir.

*Demonios. Más sexo ¡Que buena idea!* "Vamos a averiguar."

Él rodó a su lado, acercándose a ella. Se inclinaron juntos, tocándose la boca para un tierno y excitante beso, lenguas enredadas y apareándose mientras pasaban las manos sobre los cuerpos del otro, preparándose para otra ronda de amor.

Cuanto más se tocaban, se acariciaban y se besaban, más se desvanecían los años de dolor y malentendidos hasta que su amor brillaba tan puro y sin complicaciones como lo había sido antes. Mejor, porque ya no se sentían responsables de Sheridan. Su dolor había dejado de superponerse a su relación. Ella había seguido adelante, sobrevivido, y ahora podían concentrarse completamente el uno en el otro. Era egoísta, codicioso, decadente y maravilloso, la forma en que se devoraban mutuamente. Siguió y siguió, un amor único e interminable en muchos actos, con interludios para ducharse, juntos, por supuesto, y pedir y comer pizza. Y cuando los últimos orgasmos poderosos se desvanecieron, se acurrucaron juntos y se durmieron.

# 16

Por la mañana, la realidad golpeó a Erin. Había salido con Sean sin nada más que la ropa que llevaba puesta. No tenía bragas limpias, ni cepillo de dientes, ni siquiera su bolso. Todo estaba encerrado en su dormitorio y ella no tenía la llave. *Olvidé por completo que la razón por la que fui al edificio de inglés fue porque me encerré fuera de la habitación nuevamente. Y ahora estoy atrapada aquí con nada más que ropa sucia para ponerme.* Eso simplemente no serviría. Mientras escuchaba la suave y uniforme respiración de Sean, tomó su bolsillo para buscar cambio, tratando de amortiguar el ruido de las monedas para no perturbar su descanso. Luego se arrastró por el pasillo y compró un cepillo de dientes de la máquina expendedora, y después regresó a la habitación para ponerlo en uso.

Para cuando ella limpió y encendió la cafetera, Sean comenzó a moverse.

"Buenos días, bebé", dijo adormilado, con el pelo revuelto.

*Al verlo, su corazón dio un vuelco. Cada vez que lo miro, veo mi para siempre.* "Buenos días", respondió ella, su voz baja y ronca. Ella sirvió una taza de café y se la llevó.

"Gracias." Se sentó contra las almohadas y tomó un sorbo. Ella se acurrucó a su lado. Él deslizó su brazo detrás de su espalda y besó su sien. "¿Estás lista para ir a comprar el anillo?"

"Claro, en un momento", respondió ella.

"¿Por qué esperar? No quiero tomarme un minuto más para reclamar esto". Él agarró su mano y besó su dedo anular desnudo.

"Lo sé, pero, Sean, esta ropa está sucia", se quejó.

"¿Entonces?" Él levantó una ceja.

"Entonces, no voy al centro comercial en ropa interior sucia", explicó con ironía burlona. Duh, chico tonto. "Tenemos que volver a mi dormitorio, para que pueda vestirme".

"Chicas." Él resopló.

"Es fácil para ti decirlo", replicó ella. "Tu ropa limpia está justo ahí". Ella señaló su maleta.

Se encogió de hombros, mirando el reloj. "Son solo las 7:30. Supongo que está bien, ya que las tiendas no abrirán por un tiempo más de todos modos".

"Termina tu café, cariño, y vámonos. Espero que Sheridan esté allí. No tengo mi llave."

Diez minutos después se subieron al Mustang y se apresuraron a regresar a la universidad. De la mano, se acercaron a la habitación que había sido el hogar de Erin durante los últimos tres años. Ella llamó a la puerta.

"¿Quién es? Respondió Sheridan.

"Soy yo, Danny. Déjame entrar, por favor" — respondió Erin, girando el pomo de la puerta.

"¿Dónde demonios has estado?" La voz enojada de Sheridan se filtró a través de la puerta. "Y, maldita sea, ¡deja de llamarme Danny!"

*Nunca puedo recordar eso.* "Me quedé afuera de nuevo", explicó Erin.

"¿Cuándo?"

Ella se encogió, y ese encogimiento se mostró en su tono. "Ayer por la tarde."

"¿Y después de eso?" Exigió Sheridan, sin dar cuartel.

"Me encontré con alguien. Fuimos a una cita."

Silencio, y luego Sheridan respondió con,

"Erin, ¿desde cuándo sales a citas de toda la noche?"

Su cara ardió. "Lo siento. Mira, te contaré todo, pero ¿puedes dejarme entrar?"

"Bien." Sheridan abrió la puerta y se congeló al ver a su compañera de cuarto cogida de la mano de su hermano. Entraron en la habitación, Sean parecía tan tímido como Erin se sentía. *Hemos sido atrapados a lo grande. Gracias a Dios que solo era Danny.*

"Oh," dijo Sheridan, su expresión repentinamente en blanco, "veo que encontraste a Sean. Bueno, está bien entonces. Sin embargo, desearía que hubieras llamado y me hubieras dicho. Estaba preocupado por tí."

"Lo olvidé por completo", respondió Erin, dándole un abrazo a su amiga con un brazo mientras su otra mano permanecía firmemente en la mano callosa de Sean. "Como puede ver, nunca he estado tan a salvo en mi vida".

"Hermana, lamento haberte gritado ayer", Sean le dijo a su hermana con seriedad. "Tenías razón."

"Por supuesto que sí", respondió Sheridan, ni un poco apaciguada. "No soy estúpida, ¿sabes?"

"No, eres brillante, y los dos fuimos demasiado tercos para darnos cuenta", dijo con profunda contrición. Luego apretó la mano de Erin.

"Entonces, ¿está todo bien entre ustedes ahora? Supongo que debe ser así si volvieron a pasar la noche juntos."

"¡Todo está maravilloso!" Erin sonrió radiante. "Estamos comprometidos. Vamos a conseguir un anillo hoy".

Sheridan lo consideró en silencio por un momento. "Bueno, conseguir que ustedes dos se enganchen debería hacerme la vida más fácil. Bien, déjame hacerte una pregunta incómoda. ¿Sean, no viniste aquí planeando dormir con Erin, ¿verdad?"

"No, claro que no." Un rojo apagado manchaba sus pómulos cincelados.

"Lo que significa que no estabas preparada. Erin, ¿cuándo dejaste la píldora?"

Erin también se sonrojó. "Un par de años atras. No pensé que la necesitaría."

"Dudo que siga funcionando. Entonces, ¿han vuelto al sexo sin protección otra vez? ¿Recuerdan lo que pasó la última vez?" Ella arqueó una ceja dorada hacia ellos.

El aliento de Erin se detuvo cuando el pensamiento previamente no considerado se convirtió en una vibrante esperanza. "Me gustaría", dijo en voz baja.

"No mientras todavía estás en la universidad, bebé". Sean protestó.

"Dentro de nueve meses habré terminado", señaló.

"Erin..."

*No te lleves esta alegría. Ahora no.* "Me lo prometiste", le recordó. Él calló.

"Erin", dijo Sheridan, "no voy a estar feliz contigo si vuelves a quedar embarazada antes de casarte".

"Puede que ya sea demasiado tarde." Decir las palabras causó una curiosa sensación que fue solo parcialmente una emoción de nervios. *Por favor, Dios, si significo algo para ti, que así sea.*

Sheridan habló, interrumpiendo sus reflexiones. "Bueno, entonces, ¿por qué no se olvidan de comprometerse y se casan"

La sugerencia inesperada tardó un momento en asimilarse, pero cuando lo hizo, Erin giró la cabeza para encontrarse con brillantes ojos azules que reflejaban los pensamientos en su propia mente. *¿Casarse? ¿Estar casado? No hay dudas sobre quién pertenece a quién, no hay dudas sobre cuándo terminará.*

Erin respiró hondo. "Su idea tiene mérito".

"Sí." Sean la abrazó con fuerza y apoyó la barbilla en la parte superior de su cabeza. "No puedo imaginar nada más atractivo. ¿Pero, puede hacerse?"

"Solo hay una forma de averiguarlo", dijo Erin.

"Sí. Vístete. Trabajaré en los detalles."

Erin apresuradamente agarró ropa limpia y la arrastró al baño mientras Sean revisaba la guía telefónica. Podía escuchar su voz apagada a través de la puerta.

Cuando ella salió, vestida casualmente con jeans azules y un suéter azul marino, él le informó de lo que había descubierto. "Emiten licencias en el juzgado del condado, que abre a las nueve".

"¿Qué necesitarán para la documentación?" preguntó mientras se pasaba un cepillo por el pelo.

"Actas de nacimiento y licencias de conducir", respondió. "¿Tienes todo eso a mano?"

"Sí", le informó. "Por supuesto, mi licencia está en mi cartera". Indicó la pequeña cartera negra en la mesita de noche. "Y mi certificado de nacimiento está en una caja en mi armario, pero ¿y tú? No llevas eso contigo, ¿verdad?"

"Normalmente, no", dijo, "pero necesitaba renovar mi pasaporte".

"¿Vas a alguna parte?" ella preguntó.

Él se encogió de hombros. "No es un plan firme, pero lo estaba considerándolo. Por lo tanto, en cualquier caso, todavía no pude sacarlo de mi billetera. Extraña coincidencia."

"Esa fue una intervención divina", dijo Sheridan. "Creo que incluso Dios quiere que ustedes dos se casen antes de que puedan meterse en más travesuras".

Erin puso los ojos en blanco y Sean se echó a reír. "Está bien, hermana". Se giró hacia Erin. "Vamos, bebé, vámonos. Abren en breve, y quiero ser el primero en la fila ". Extendió su mano.

*Guau. Debe desear esto tanto como yo ... Casada con Sean. No puedo esperar* "Sí, vamos." Ella agarró su mano.

Nerviosos, todavía agarrados de las manos que se habían vuelto cada vez más sudorosas, entraron en una habitación con piso de baldosas y paredes blancas salpicadas de ventanas de servicio. Sobre cada una, una pequeña caja de plástico mostraba un número en luces rojas. Recogieron un recibo de un dispensador cerca de la puerta y registraron la habitación, preguntándose en cuál de los bancos incrustados en la pared deberían sentarse a esperar.

Antes de que pudieran encontrar un asiento,

una voz mecánica llamó a su número en la ventana siete, donde una mujer amable y con apariencia de abuela esperaba para ayudarlos desde detrás de un mostrador de chapa barata.

"Hola", dijo Erin, "nos gustaría comprar una licencia de matrimonio".

"Por supuesto", respondió la mujer. "Aquí está el papeleo, mis queridos. Sabían que había un período de espera de cinco días, ¿verdad?"

La cara de Erin cayó. "No lo sabía. Esperábamos hacerlo hoy".

Las sonrientes arrugas de la mujer se transformaron en una máscara de consternación. "¿Por qué? ¿Hay alguna razón para su prisa?"

"Tengo que estar en el trabajo el lunes y vivo a tres horas de distancia", le dijo Sean.

"Y soy una estudiante aquí y tengo clases. No puedo irme", agregó Erin.

"Oh." La empleada parpadeó y, en un instante, reapareció su sonrisa alentadora. "Si lo desean, pueden solicitar una exención. Aquí está el formulario. Vayan a llenarlo rápidamente, ¿de acuerdo?" Asintieron, aceptando el portapapeles que contenía la pila de papeles que transformarían su futuro. "Bueno. Escuchen, no sé si puedo hacer que aprueben esto, pero lo intentaré. Es una época del año bastante tranquila. Voy a intentar empujarlo, pero podría ser una larga espera. Mientras tanto, aquí hay una lista de personas que ofician bodas. No tenemos jueces de paz en este estado. Intenten llamar a algunos de ellos para ver si alguien puede trabajar con ustedes, si podemos hacer que aprueben la documentación".

"Gracias", le dijo Erin a la mujer con seriedad.

"Bebé", dijo Sean mientras tomaban asiento en el banco más cercano a la ventana, "Creo que debes hacer las llamadas. Si lo hago, parecerá que te estoy presionando. Trabajaré en este papeleo."

"Bueno." Erin sacó su teléfono celular y comenzó a marcar. Al primer número, nadie respondió. La segunda mujer le dijo que necesitaba un aviso de al menos dos semanas y que, de todos modos, nunca recibirían la aprobación de sus documentos. El tercero era solo un contestador automático.

"No hubo suerte", le dijo a Sean, frunciendo el ceño.

"Sigue intentándolo", la instó, levantando la vista de su portapapeles.

La cuarta persona en la lista, un Rick Williams, contestó el teléfono.

"Hola, mi nombre es Erin", dijo rápidamente, tratando de rechazar su solicitud antes de que él interrumpiera con una negativa. "Estoy tratando de encontrar a alguien que esté dispuesto a oficiar una boda".

"Ese es mi trabajo", respondió en voz alta y jovial. "¿Qué tienen en mente?"

"Nada lujoso", respondió ella. "Solo queremos hacerlo. La cuestión es que queremos que se haga hoy".

La línea quedó en silencio por un momento. Luego, el hombre del otro lado inhaló audiblemente y retumbó: "¡Ay, eso es rápido! ¿Tienen la licencia?"

"Estamos trabajando en ello. Están tratando de hacerlo avanzar", explicó.

Otro silencio pareció indicarle que pensaba. "Bueno, si puedes conseguirlo, no tengo planes para esta tarde. Nadie realmente se casa en noviembre. Si lo que quiere es una ceremonia legal básica, tengo una opción de presupuesto por $ 150.00. ¿Tienen un lugar en mente?"

*¿Un lugar? Nunca pensé en tal cosa. Parece que incluso una boda pequeña requiere algo de planificación.* "No."

"¿Estaría bien mi oficina?"

"Por supuesto. Esta bien." *Uf. Eso fue fácil.*

"¿Algún invitado?"

"Creo que una."

"Necesitarás dos testigos. ¿Te importa si mi secretaria firma su licencia?"

*Oh Señor, ¿cuántos detalles necesitamos resolver?* "Sería grandioso."

"Muy bien. Digamos a las cuatro en punto. Si no puedes obtener la licencia aprobada hoy, llámame y avísame, y reprogramaremos algo más tarde, ¿de acuerdo?" el sugirió.

"Increíble. Muchas gracias." Erin se hundió en alivio.

El estómago de Sean gruñó lo suficientemente fuerte como para que ella lo escuchara.

"¿Crees que podemos salir a almorzar?" el sugirió.

Erin miró el reloj. *¿12:47? ¿A dónde fue la mañana? Me pregunto cuánto tiempo llevará descubrir qué está sucediendo.*

Erin abrió la boca para aceptar, cuando "Murphy" sonó por el intercomunicador.

Temblando, con el estómago revuelto, se aferró a Sean mientras caminaban de regreso al mostrador, segura de que su exención había sido negada. *Es demasiado esperar que realmente pueda llegar a ser su esposa.*

"Bueno, mis queridos", dijo la empleada, agitando la pila de papeles frente a su sonrisa arrugada, "esto nunca hubiera sucedido en junio, pero aquí lo tienen. Buena suerte. Aquí está su licencia y exención aprobadas".

Le entregó a Sean la gavilla. Erin estaba hablando por teléfono con Rick aproximadamente medio segundo después, confirmando el acuerdo para reunirse en su oficina a las cuatro. Su temblor amenazaba con convertirse en una sacudida total cuando se acercaban al auto.

"Erin", dijo Sean mientras caminaban, "¿no tienes clases hoy?"

*Dios, ¿cómo lo olvidé?* "Sí, en realidad. Tengo una lección de fagot programada en aproximadamente media hora. Gracias por recordármelo."

Sacó su teléfono y frunció el ceño ante la batería baja, presionó el marcado rápido.

"Es el Dr. Yamamoto", respondió la voz acentuada que reconoció.

"Um, soy Erin James, necesito reprogramar la lección de esta semana, por favor. Algo ha ocurrido."

"¿Tú, Erin?" preguntó, sonando sorprendido. "Ah bueno. Creo que tengo el día libre después de todo. Feliz día de Acción de Gracias."

"Usted también", respondió ella. *Estoy feliz, y más que agradecida.*

"¿Fagot?" Sean preguntó mientras colgaba.

"Si. Soy una doble caña mayor. Tengo que ser competente en todas las variaciones de oboe:

cuerno inglés, fagot y contra, así como piano. Incluso he estado trabajando un poco con la flauta. Cuanto más sepa, más lecciones puedo enseñar más tarde. De todos modos, mi otra clase hoy es Ciencias Políticas, que odio. Se nos permiten tres no presentaciones por semestre. Nunca me he perdido una, así que está bien".

"Me gustó esa clase", admitió Sean.

"Bueno, especialízate en ello, si quieres", respondió ella con disgusto. "No puedo soportarlo. Es difícil imaginar algo peor que la política".

"A cada uno lo suyo, bebé. Creo que solo quiero especializarme en ti por un tiempo."

Erin no pudo evitar derretirse. "Eso suena encantador. ¿Qué es lo siguiente?"

"Vamos por algo de comer." Ella sonrió ante el indicio de un gemido en la voz de Sean.

"¿Hambriento?"

"Muy. Tuve una muchacha insaciable tratando de cabalgarme toda la tarde y toda la noche", bromeó.

"No recuerdo que te hayas quejado", dijo ella, arqueando una ceja.

"Nop. No hay nada malo con una esposa a la que realmente le gusta el sexo ". Él habló en un tono sexy que hizo que su interior se rizara.

"Ni un marido tampoco". Se trataron mutuamente con una evaluación larga y ardiente antes de que Erin volviera la conversación a lo práctico. "Sabes, si vamos al centro comercial a comer, allí hay una pequeña joyería. Podríamos comprar unos anillos de boda."

Sus dientes brillaron en una sonrisa que hizo latir su corazón. "Por supuesto. Suena bien."

Al llegar al centro comercial, caminaron hasta el patio de comidas. Erin se compró un pequeño sándwich de rosbif y una ensalada mientras Sean se metía en una enorme hamburguesa.

"Toma mordiscos humanos", instó, al mirarlo devorar la hamburguesa extragrande.

"Me muero de hambre", murmuró en su servilleta.

"Creo que una vez que nos casemos, tendré que vigilar de cerca tu nutrición".

El tragó. "Y asegúrate de que haga mucho ejercicio", respondió, mirándome.

"No hay problema", respondió ella. *Creo que realmente soy una moza insaciable. Qué maravilloso.*

Terminaron casi al mismo tiempo y, tirando la basura, se dirigieron por el pasillo hacia la joyería. El pequeño espacio formaba la ubicación, no de una cadena, sino de un negocio local propiedad de un joyero local muy respetado.

Mirando una etiqueta de precio, ella hizo una mueca. *¿$ 200 por una banda de oro? ¿$ 1800 para un solitario? ¿Quién tiene ese tipo de dinero? Al menos no hay necesidad del costoso diamante. Un conjunto de bandas de oro simples sería suficiente.*

Excepto que había muchas bandas de oro dentro de esas cajas, Erin no sabía por dónde comenzar. Algunas tenían chips de diamantes u otras piedras insertadas, otras tenían detalles plateados. Algunas eran gruesas y otras eran delgadas.

"Hola, señor, señora, ¿cómo puedo ayudarlos?" El propietario, un elegante anciano, salió de una habitación trasera para ayudar a sus desconcertados clientes.

"Bueno", le dijo Sean, "nos vamos a casar, hoy, en realidad, y nos gustaría unos anillos".

"Sí, tengo anillos". Dijo lo obvio con una sonrisa irónica. "¿Qué tipo les gusta?"

"No sé", dijo Erin, sacudiendo la cabeza. "No uso joyas. Soy música y la mayoría de los anillos se interponen en el camino".

"Me imagino que algo suave se interpondría menos", señaló.

"Está bien, pero eso no reduce mucho las cosas, ¿verdad?" Ella agitó su mano hacia las numerosas cajas.

"¿Quieres que coincidan?" preguntó el hombre, con la esperanza de reducir la selección.

*¿Que vayan... el uno al otro? Por supuesto.* "Sí."

Abrió la boca para hablar de nuevo, cuando una suave exclamación desde el otro lado de la habitación interrumpió el interrogatorio.

"Erin", dijo Sean, "ven aquí un minuto".

Ella se acercó y jadeó. Escondido en la parte de atrás, detrás de algunas joyas gruesas que hicieron que Erin pensara en ancianas con el pelo como el merengue, yacía un juego de anillos olvidado, polvoriento por haber sido ignorado por tanto tiempo. El anillo del hombre era enorme, delicado el de la mujer, y consistían en bandas de oro planas y anchas que presentaban un patrón de nudos celtas. La antigüedad negra pesada hacía brillar los giros brillantes de ese antiguo símbolo de la eternidad. *Son perfectos.*

"Señor, ¿podemos ver estos por favor?" Sean preguntó.

"¿Aquellos? ¿Por qué esos?"

"Somos irlandeses", respondió Erin.

Echó un vistazo a su cabello oscuro y terminaciones rubias mientras sacaba la caja sobre el mostrador. "Por supuesto que lo son. Aquí tienen."

Erin deslizó la pequeña banda sobre su dedo. Se ajustó perfectamente. Luchó por contener las lágrimas, pero una escapó de todos modos. Sean la apartó, acariciando suavemente su mejilla. Luego él se probó el más grande. A pesar de su tamaño, no llegaba a su dedo áspero. "Es demasiado pequeño", se quejó.

"Normalmente, me llevaría unos días arreglarlo", explicó el joyero, "pero estamos un poco muertos en este momento, ya que la mayoría de los clientes están trabajando. El viernes será una historia diferente. Puedo arreglarlo para ti a las tres."

"Genial", respondió Sean. "La boda es a las cuatro, así que eso debería funcionar".

El joyero probó una serie de anillos en blanco en el dedo de Sean hasta que encontró el ajuste correcto. "Muy bien", dijo, colocando ambos anillos en un pequeño sobre de papel manila y haciendo una nota en el exterior. "Nos vemos a las cuatro". Él desapareció en el cuarto de atrás.

"Bueno, ¿y ahora qué?" Erin preguntó mientras salían de la tienda.

"No lo sé. ¿Quieres comprar algo más, como un vestido?"

"Hmmm, tal vez sí", respondió ella. "El único vestido que tengo es uno negro que uso para las presentaciones".

"Eso no es muy festivo", coincidió Sean.

"No estoy segura de tener derecho al blanco. No soy exactamente virgen", comentó Erin, pensando en la pasión infinita de la noche anterior, sin mencionar su aventura de casi un año.

"No tienes que ser virgen para ser perfecta, sabes", señaló, haciéndola temblar con otra de esas miradas apasionadas y ardientes que prometían dañar más su virginidad inexistente más tarde. "Para mí eres un ángel. Usa el color que quieras".

*Erin pensó que no era un ángel,* pero apreciaba el sentimiento. "Tengo una idea." Sacó su teléfono y volvió a llamar a Sheridan. Unos minutos más tarde colgó y se volvió hacia él.

"Dos horas no es mucho tiempo, de verdad. ¿Por qué no vuelves al hotel y te preparas? Sheridan conducirá mi auto y se encontrará conmigo aquí. Elegiremos algunos vestidos. Si vuelves a la joyería a las tres, podemos ir juntos a lo de Rick."

"Oh, está bien", estuvo de acuerdo Sean. Un pequeño ceño frunció su frente. "Odio dejarte sin embargo."

*Y me encanta el fuego azul en tus ojos que me muestra cuánto.* "Lo sé." Ella deslizó sus dedos por su mejilla. "Pero solo piensa, a esta hora mañana, ninguna distancia en la tierra podrá separarnos".

Sean tomó a Erin en sus brazos y la besó. "Te amo, Erin".

"Yo también te amo."

Erin no pudo evitar mirar su trasero mientras se alejaba. *Se ve tan bien en sus jeans. No puedo esperar para sacarlo de ellos nuevamente, solo que la próxima vez será como su esposa.*

De vuelta en el hotel, Sean consideró lo que le esperaba. Se sentía extrañamente tranquilo. *Tomar uno de los pasos más importantes en la vida adulta no me molesta en absoluto.* A pesar de renunciar, por todo el tiempo, a la oportunidad de estar con alguien que no sea Erin, no sintió nervios. De hecho, la idea de tenerla sola para él por el resto de su vida alivió un dolor que había tenido durante demasiado tiempo.

Durante tres años agonizantes, había tratado de olvidarla, de seguir adelante. Había sido un fracaso absoluto.

Había tratado de obligarse a salir, pero no pudo hacerlo. Nadie había podido compararse. Hasta el día de hoy nadie pudo. Anoche, sostener a Erin, su Erin, solo había confirmado lo que había sabido todo el tiempo. *Ella es la indicada y nos vamos a casar en un par de horas. Perfecto.*

Sean consideró llamar a sus padres: la relación ya se había mantenido en secreto y el ajuste de cuentas sería terrible, pero decidió no hacerlo. Podrían tratar de disuadirlo, y eso simplemente no funcionaría. *Finalmente tengo la oportunidad de hacer lo que siempre he querido, lo que he soñado estos últimos años. Es mejor avisarles cuando esté hecho.*

A las cuatro en punto, la novia y el novio y su invitada llegaron a la oficina de Rick Williams, el oficial de bodas.

Las rodillas de Erin temblaron bajo su vestido plateado, que se podía tocar con suavidad, pero sus dedos, entrelazados con los de Sean, permanecieron firmes. *Se ve lo suficientemente bueno como para comérselo con esa camisa azul de domingo. Hace juego con sus ojos.*

Aunque sabía que se veía lo mejor posible, Erin sintió una punzada momentánea al darse cuenta de que, sin importar qué, esta novia siempre sería superada por su mejor amiga. Sheridan simplemente brillaba en todo lo que llevaba. Volviendo a Sean, *viendo el tierno calor en sus ojos mientras me miraba ... a mí, su futura esposa. Él solo me mira así*, más que compensado.

"Hola", retumbó una voz fuerte desde detrás del escritorio. Rick resultó ser un hombre corpulento de mediana edad con una cara agradable y ojos brillantes. Al verlo, Erin sonrió. Se parecía al tío favorito de todos. "Está bien, señoras, ¿cuál de ustedes es Erin?"

"Yo." Ella dio un paso adelante.

La miró y sonrió amablemente. "Encantado de conocerte. Supongo que esta es tu intención."

"Si. Este es Sean." Los hombres se dieron la mano. "Y esta es mi mejor amiga, Sheridan".

"Bueno, me alegra poder ayudarlos hoy. ¿Tienen los papeles?" preguntó. Le entregaron la pila y él la examinó cuidadosamente. "Se ve bien. Entonces, ¿ustedes dos tenían alguna solicitud?"

"¿Para hacerlo? Esto ha tardado mucho en llegar, y no puedo esperar un minuto más ", le dijo Erin seriamente.

"Entonces, ¿una boda legal sin lujos?" Adivinó.

"SÍ."

Rick los consideró por un momento. "Perdóname, pero algo sobre todos ustedes dice católico. ¿Están seguros de que esto es lo que quieren?

¿Sería realmente tan malo esperar una boda en la iglesia?"

"Esto es exactamente lo que queremos", dijo Sean con firmeza, "estoy seguro de que mi madre nos arrastrará a la iglesia más tarde".

La expresión reflexiva del hombre cambió a una sonrisa amplia y centelleante. "Ah. Bueno, está bien entonces. Vengan aquí a la chimenea. Vamos a casarlos"

# 17

El lunes por la noche, después del trabajo, Sean buscó a sus padres en su casa, sintiéndose nervioso. *No tengo idea de cómo tomarán lo que les voy a decir.*

Aún así, naturalmente había sido un maravilloso fin de semana. Nunca se había sentido tan contento y satisfecho en su vida. Lo único que lamentaba era que, después de haber dormido cinco noches con Erin en sus brazos, la noche anterior había estado solo de nuevo. El saber que ella acudiría a él en Navidad, para que pudieran pasar el descanso de un mes juntos ayudaba un poco, pero aún extrañaba a su esposa. *Esposa. Eso suena muy bien.*

Sean llegó deliberadamente un poco temprano y se encontró con Ellen y Roger en la cocina. "Hola papá. Hola mamá, ¿cómo están?"

"Estoy bien, cariño", dijo Ellen, "¿Cómo estás? ¿Tuviste una buena visita con tu hermana? ¿Cómo está ella?"

"Danny está mucho mejor, ni siquiera puedo creerlo. Ella prácticamente ha vuelto a su antiguo yo. Nunca he estado tan feliz de ser molestado en mi vida. En cuanto a mí, bueno, estoy genial. Sin embargo, tengo algo de lo que necesito hablar con ustedes. ¿Podrían por favor tomar asiento?" Indicó los taburetes.

Roger se sentó, pero Ellen, al sentir algo con su hijo, le dio una larga evaluación. "Sean, ¿qué demonios llevas puesto? ¡Eso parece un anillo de bodas!" Ella exclamo.

Sacó un taburete para su madre y lo deslizó suavemente hacia la barra. "Mamá, papá, la razón por la que esto parece un anillo de bodas es que ... es un anillo de bodas".

Roger asintió como si esto no le sorprendiera en lo más mínimo. Ellen, sin embargo, se quedó boquiabierta, horrorizada. "¿Por qué exactamente estás usando un anillo de bodas?" exigió.

"No hay una razón exótica y misteriosa para ello. La razón por la que llevo un anillo de bodas es que, bueno, estoy casado". No pudo evitar que una sonrisa tímida se extendiera por su rostro. *Debo parecer un idiota.*

"¿¡Casado!?" Ellen miró boquiabierta a su hijo. "¿Cuando te casaste?"

Sean lo consideró por un momento. "Miércoles." *Después de hacerle el amor a Erin todo el martes por la noche ... ¡Basta!* Metió las manos en los bolsillos de los jeans y se ajustó discretamente para evitar la cremallera.

Las cejas de Ellen se juntaron. "Pero estabas visitando a tu hermana el miércoles".

"Sí."

"Entonces, ¿con quién te casaste?"

"¿No es obvio, Ellen?" Roger le preguntó a su esposa. "Está casado con Erin James".

"¿Erin? ¿La Erin de Sheridan?" Se giró hacia Sean. "¿Es cierto, hijo?"

"Sí, aunque creo que es seguro decir que ahora es más mía que de Danny". Una pequeña voz dentro de su cabeza no podía dejar de animar.

"¿Por qué?"

*Por mil razones que nunca podría explicar.* "No fue una cosa del momento", respondió, "o más bien fue el momento, pero Erin y yo hemos estado juntos durante cuatro años y simplemente no queríamos esperar más".

"¿Te ruego me disculpes? ¿Han estado juntos

cuatro meses?" Exigió Ellen, luciendo más como una nube de tormenta con cada palabra.

"No mamá. Cuatro años ", explicó. "Erin ha sido mi novia desde su último año de secundaria".

Ellen le dirigió a su hijo una mirada dura. Luego se volvió hacia su esposo. "¿Sabías sobre esto?"

"Lo sospechaba", admitió Roger alegremente. No parecía molesto. "Desde que trabajamos juntos, hablamos mucho. Sabía que estaba saliendo con alguien, aunque nunca dijo con quién. Pero me hizo un par de preguntas directas sobre las diferencias de edad que me hicieron pensar, y dado que Erin era una parte constante de nuestras vidas, parecía una candidata probable ". Roger se dirigió a su hijo. "Ella es una chica encantadora. Felicidades."

"Gracias, Papá." Sean se sintió como un árbol de Navidad encendido. *Papá lo aprueba. ¡Gracias, Señor!*

"Pero, hijo, ¿por qué nunca dijiste nada?" Ellen quería saberlo.

*Bueno, estamos al cincuenta por ciento allí.* Tengo que seguir trabajando en mamá. "Nos reunimos en el baile de bienvenida. No tengo que recordarte lo oscuro que fueron esos tiempos. Con la pobre Danny y todo lo que le sucedió a ella, no queríamos aumentar la molestia haciendo alarde de nuestra controvertida relación. Honestamente, a pesar de que Erin era joven en ese momento, es tan madura que fue como salir con alguien de mi edad. Nunca ha sido un problema entre nosotros ". Cada palabra sonaba más agresiva que la anterior.

"No te pongas a la defensiva, hijo", advirtió Roger. "Han pasado años".

"Lo sé, pero en ese momento, ¿hubieras aprobado que estuviéramos juntos?"

"Probablemente no", comentó Ellen, su voz tan dura como la de Sean.

"Y esa es otra razón por la que no dijimos nada. Erin me necesitaba absolutamente para pasar ese año. No podía arriesgarme a que perdiera mi apoyo. Ya estaba al borde la mayor parte del tiempo."

"¿Por qué?"

*Vamos mamá, suficiente. ¿Por qué tienes que discutir una y otra vez?* Su interminable interrogatorio apretó sus hombros y tensó su columna vertebral. Se retorció. *Quítate eso. Te ves como un niño culpable.* "Bueno, aparte del hecho de que ella se nombró a sí misma paladín y escudo de Danny, y asumió tantos problemas como pudo, sus propios padres se estaban divorciando en ese momento. Fue un año difícil para los dos".

"Está bien", admitió Ellen. "¿Pero y después? No había necesidad de mantenerlo en secreto por tanto tiempo".

"Tienes razón", Sean estuvo de acuerdo. "Fue un error, pero en ese momento no sabíamos qué era lo mejor. Fue confuso. Por un lado, decidimos tomarlo con calma por un tiempo, para que ella pudiera concentrarse en la universidad. ¿Recuerdas, papá, que me dijiste que no la dejara renunciar a sus sueños por mí?" Él y Erin habían discutido cómo querían describir su separación mal aconsejada, y esa fue la mejor explicación que pudieron encontrar, ya que ninguno de sus sentimientos había flaqueado por un momento. Él continuó. "Tal vez nos acostumbramos a mantener nuestra relación en privado. Lamento eso porque hizo que Erin pensara que no estaba orgulloso de ser su novio, pero yo realmente lo estaba. Por eso se los digo ahora. Amo a mi esposa. Estoy muy agradecido de tenerla. Ah, y hay algo más."

"¿Qué?" La mano de Ellen revoloteó sobre su pecho, como si no pudiera soportar otra sorpresa.

"Ella viene para Navidad, naturalmente. Sé que ustedes dos no la han visto en mucho tiempo. La cuestión es que Erin nunca ha tenido una familia amorosa. Ya saben cómo son sus padres. Tengo la intención absoluta de que el clan

Murphy la abrace con los brazos abiertos y la convierta en uno de nosotros. Ella se lo merece después de todo lo que ha hecho por nosotros y no aceptaré nada menos".

"Por supuesto, Sean", le dijo Roger a su hijo. "Ella es tu esposa. Ella ya es uno de nosotros. Además, Erin ha sido miembro de esta familia durante años".

*Bingo. Gracias,papá.* "Yo también lo creo".

"Bueno", dijo Ellen un poco rígida, "Realmente no hay nada que decir a eso, ¿verdad? Está hecho. Pero tengo un par de preguntas que primero deben aclararse".

*Uh oh. No me gusta cómo suena eso.* "Contestaré cualquier pregunta que hagas, mamá. Asegúrate de que realmente quieres saber".

"Oh, sí quiero." Los ojos de Ellen se redujeron a rendijas sospechosas. "Justo antes de que las chicas se fueran a la universidad, Erin se fue a pasar la noche con su novio. Ella fue bastante franca conmigo sobre lo que estaba haciendo. ¿Fuiste tú entonces?"

*Por Dios, mamá no se detiene, ¿verdad?* El encendido en sus mejillas le dijo que ella ya sabía la respuesta. "¿Qué es peor, mamá? ¿Pensar que estaba durmiendo conmigo o con alguien más mientras salía conmigo? Sí, por supuesto que era yo."

"Y ella también me dijo que no era la primera vez. Que le dio su virginidad a su novio hacía mucho tiempo."

Cerró los ojos. *¿Ella dijo eso? ¿A mamá?* "Si." "¿Por qué?"

Al menos esa pregunta tenía una respuesta simple. "Para que pudiéramos estar lo más cerca posible. Erin y yo sabíamos que éramos el uno para el otro. Ella nunca ha estado con nadie más. Desde que me reuní con ella, tampoco lo he hecho. No creo que sea tan malo, pero ¿estás segura de que necesitas esta información? ¿Cómo te beneficia saberlo?"

"Estoy tratando de entender exactamente qué tipo de chica traes a la familia".

*Ahora eso va demasiado lejos.* Sean la fulminó con la mirada.

"Ellen", dijo Roger bruscamente, "no digas nada más. Sé que estás molesta por la sorpresa, pero ya sabemos qué tipo de persona es Erin. Ella es la mejor persona, la más amorosa y más desinteresada que cualquiera de nosotros haya conocido. Ella dio generosamente a nuestra familia durante años, casi hasta el punto de hacerse daño. Si lo que ella quiere a cambio es un lugar en nuestra mesa, es poco pedir de su parte".

"No pensé que el costo de esa ayuda sería nuestro hijo primogénito", se quejó Ellen.

"No seas melodramática, madre", dijo Sean sarcásticamente. "Apenas me va a alejar de ti."

"Sabes que ella no tiene familia. Si pudieras superar la molestia, verías que Erin te hará de una buena hija. Vas a necesitar una. Sheridan nunca regresará. Ella va a graduarse, y quiere quedarse en la universidad y enseñar, así que si quieres seguir teniendo una hija en tu vida, tendrá que ser Erin. Te sugiero que hagas las paces con eso. Ella quiere ser parte de la familia, por lo que la única persona que puede alejarme eres tu, si te niegas a aceptar a mi esposa".

Ellen se dejó caer sobre el taburete. "Puedo verlo. Déjame procesarlo por un tiempo. Estoy segura de que una vez que la conmoción desaparezca, estará bien".

*Espero que sea verdad*

～

En el momento en que Sean estaba teniendo la conversación estresante con sus padres, Erin llegó a la sala de recitales del departamento de música para el ensayo del grupo de vientos de madera. Entró unos minutos antes. Ni siquiera había abierto su caja de oboe desde el martes, y se sentía un poco oxidada después de tantos días. Cruzando el piso de madera del escenario, se dejó caer en una de las incómodas sillas de plástico naranja, puso su música en el atril y comenzó a juntar las piezas de su instrumento. Miró por encima de las filas de asientos anclados al suelo. *¿A cuántas clases, conciertos y recitales he asistido en este espacio? ¿Cuántas actuaciones he dado? Es tan familiar como mi dormitorio.*

Justo cuando deslizaba su doble caña en la parte superior del oboe, entraron un par de sus amigas. Este grupo de vientos de madera, que se hacía llamar "Los jóvenes bohemios", se había vuelto muy cercano, casi como una familia, y Erin estaba segura de que, sin importar dónde terminaran todos, siempre se mantendrían en contacto.

Tory y Justin llegaron primero, tomados de la mano. Erin sopló deliberadamente con fuerza en su oboe y los saludó con un graznido estridente. Este era un juego que jugaban estos jóvenes músicos. Todos ellos eran demasiado expertos para que sus instrumentos hicieran ruidos tan feos a menos que fuera a propósito, pero todos eran lo suficientemente jóvenes como para recordar cuando este no había sido el caso.

"Hola, Erin", Tory la saludó con un abrazo unilateral alrededor de los hombros.

"Hola chicos. ¿Cómo les va? ¿Tuvieron un buen descanso?"

"Oh, sí", dijo la chica de cabello negro, moviendo las cejas, "llevé a Justin a conocer a mis padres".

"Qué estresante. Justin, ¿sobreviviste intacto? No creo que ayude a tocar el clarinete que falten piezas de tu piel."

"Estuvo bien." Justin, un hombre tranquilo con una nariz casi demasiado grande para su cara delgada y cabello oscuro que sobresalía en todas las direcciones, rara vez decía una palabra. Dejaba que su instrumento se comunicara por él.

Tory se rio. "Sí, excepto cuando casi nos atrapan en la cama juntos".

"¿De Verdad?" Erin se rio. "Entonces estoy doblemente contenta de que sigan vivos".

Justin se sonrojó y se sentó a armar su instrumento. Le dio a la vergonzosa situación la frambuesa a través de su clarinete, haciéndolo chillar horriblemente, justo cuando Ilona, Marisol y Marcus entraron en la habitación.

"Dios mío, Justin", dijo Marcus burlonamente, sus rasgos aristocráticos se arrugaron con disgusto ante el horrible ruido, "si eso es lo mejor que puedes tocar, tendremos que moverte a la percusión". Acercó su estuche de fagot a una silla y lo abrió.

"¿Qué hay de ti, Erin?" Tory preguntó. "¿Qué hiciste? ¿Fuiste a algún lado?"

"Tuve un maravilloso Día de Acción de Gracias", dijo Erin simplemente. *No hay nada mejor que una luna de miel, después de todo.*

"Diría que pasaste un tiempo maravilloso, Erin", dijo Marisol, sacudiendo su cabello teñido de rojo. "¿Qué demonios es eso en tu cuello? No me digas que es de un rizador. Reconozco un chupetón cuando lo veo."

Erin se llevó la mano a la garganta. "Oh Dios, ¿dejó una marca?" Su rostro pálido se sentía enrojecido y sabía que se había vuelto escarlata.

"Mi, mi, mi, Erin, ¿qué hiciste durante el Día de Acción de Gracias?" Ilona arrastró las palabras. "¿Finalmente perdiste tu virginidad?"

"Uh, no." Sus mejillas ardían más que nunca

"Mentirosa", bromeó la pelirroja.

"De verdad. No había nada que perder. ¿Podemos dejarlo pasar, por favor?" Ella barajó su música.

"¿Nada que perder?" Tory preguntó, sorprendida. "Nunca has tenido una cita que yo sepa".

Erin respiró hondo. "En realidad, nunca me conociste cuando era virgen. He tenido novio desde el instituto. Tuve un gran fin de semana, pero bueno, como dije, hemos estado juntos durante años. Ni siquiera estuvo cerca de ser la primera vez".

Todos la miraron.

"Um, si ese es el caso, ¿por qué nunca dijiste nada?" Preguntó Ilona.

"Bueno, eh, yo ... quiero decir ..." tartamudeó Erin, tratando de recordar la historia que habían inventado. "Decidimos tomarlo con calma mientras estaba en la universidad, así tendría tiempo para estudiar, ¿sabes? Pero él vino de visita, y fue ... demasiado. Los dos estábamos a punto de estallar. Entonces, decidimos simplemente ... casarnos ". Levantó la mano izquierda, mostrando el bonito anillo.

Después de un momento de silencio aturdido, todas las chicas comenzaron a gritar, haciendo ruidos que nadie hubiera esperado que hicieran un grupo de músicos serios. Descendieron sobre Erin, abrazándola.

Después de un momento, Tory dijo: "Sabes, mi compañera de cuarto dijo que te vio el martes, en el patio afuera del edificio de inglés, besándose con un chico guapo. Le dije que estaba loca. ¿Eso fue cierto?"

"Si." El calor en las mejillas de Erin se desvaneció en un resplandor feliz.

"¿Entonces ese es tu esposo? ¿Cuál es su nombre?"

"Sean". Erin suspiró el nombre como un cachorro enfermo de amor. "En realidad es el hermano mayor de mi compañera de cuarto. Nos conocemos desde siempre."

"Que agradable. ¿Sean qué?" Tory preguntó.

"Murphy."

"Hmmm. Erin Murphy", Marisol probó.

Erin nunca había escuchado que su nombre se transformara de esta manera, y sonaba tan bien que casi se hizo pedazos y lloró.

En ese momento, el director entró. "Oigan, ¿qué es esto? ¿Por qué sus instrumentos no están juntos? ¿Que esta pasando?"

"Lo siento, Dr. Johnson. Es solo que ... hemos tenido noticias increíbles y hemos perdido la noción del tiempo."

"¿Qué noticias?"

"¡Erin se acaba de casar!"

Las espesas cejas de sal y pimienta del Dr. Johnson se encontraron. Esa no es una mirada prometedora. "Erin, por favor ven conmigo ahora mismo. El resto de ustedes, quiero que esos instrumentos estén ensamblados y calentados en los próximos cinco minutos."

Erin colocó su oboe en el atril y siguió al Dr. Johnson por el pasillo hasta su desordenada oficina cargada de música, con el corazón palpitante. "¿Pasa algo, señor?" preguntó mientras se inclinaba hacia el umbral.

"Bueno, no algo malo exactamente", respondió, pero su voz sonaba no menos severa. "Me preguntaba qué significaría esto para ti profesionalmente. He estado hablando con reclutadores de sinfonías de todos los lugares sobre ti. Quieren escucharte tocar. Hay uno en particular en Omaha que pensé que sería un buen lugar para comenzar."

"Señor, nunca he pedido nada de eso", protestó Erin. "Siempre ha sido mi intención, después de terminar mi carrera, volver a casa".

"¿Por qué? Eres lo suficientemente buena como para tocar en cualquier parte ". Perplejo, pasó los dedos por su nimbo de cabello plateado.

"Gracias, pero hay cosas más importantes que los elogios profesionales".

"¿Como qué?"

"Como ser amada". Era algo personal lo que admitía al profesor, pero el Dr. Johnson había sido su mentor desde el principio y ella le debía la verdad.

"Veo. Bueno, ¿qué planeas hacer entonces?"

"Toca en la sinfonía, y probablemente enseñe algunas lecciones", explicó, mientras el futuro, el hermoso futuro que casi había dejado de soñar, pasaba como una película detrás de sus ojos. "Mi ciudad natal realmente no tiene un especialista dedicado de doble caña. Podría llenar ese lugar. Ayudar a otros niños a lograrlo, ¿sabe?"

""Hmmm. Creo que es una ambición bastante pequeña para alguien de tus talentos."

Las imágenes se hicieron añicos. *¿Usted también, profesor? Dios.* Erin, habiendo escuchado demasiado de este argumento, perdió la calma un poco. "¿Por qué todos se encargan de menospreciar mis sueños? Soy tan capaz como cualquier otra persona de decidir qué quiero hacer con mi vida, y es mi vida, maldita sea".

El Dr. Johnson levantó las manos para disculparse. "Lo siento, tienes razón. No quiero menospreciarte, Erin. Tienes todo el derecho de tomar tus propias decisiones. Solo que es un poco sorprendente. Por lo general, las personas con mucho talento tienen grandes ambiciones profesionales".

"Bueno, yo no. Lo más ambicioso e improbable que he deseado es formar parte de una familia. Nunca nada se ha acercado a eso en mi corazón", espetó ella.

El Dr. Johnson dirigió una mirada comprensiva a Erin, una que hizo que sus mejillas ardieran. *Ups. Puede que me haya exagerado un poco.* Pero él no habló. En cambio, le dio un suave abrazo y la envió de vuelta a la sala de recitales para calentar su oboe.

~

Más tarde esa noche, Erin se tumbó en su cama. Sin Sean, el frío la mordía, al igual que su soledad. *Pasará un mes antes de que mi esposo pueda volver a abrazarme.* No quería molestar a Sheridan, en la cama al otro lado de la habitación, pero no pudo evitar sollozar.

"Erin, ¿estás bien?" Sheridan preguntó.

"Estoy bien", dijo con voz sombría.

Sheridan saltó de la cama, arrodillándose junto a su amiga y dándole un cálido abrazo. El control de Erin se quebró un poco más, pero ella trató de aguantar.

"Pobre Erin. Esto debe ser realmente difícil". Sheridan le alisó su pelo de la frente.

"No tienes idea." Se le escapó una lágrima y ella la corrió.

"¿Por qué no lo llamas, cariño?"

"No puedo hacer eso. Qué tonto."

"No lo es", insistió Sheridan. "Está bien. Estoy segura de que le encantaría escuchar tu voz. Él también te echa de menos, ¿sabes?"

"No quiero molestarlo".

"Erin", dijo Sheridan bruscamente, "¿por qué te humillas de esta manera? No está mal ni es una molestia que llames a tu esposo y hables con él. Nadie diría que es algo malo. Aquí. Toma el teléfono. Hazlo."

Erin agarró el dispositivo. *Realmente no quiero ser molesta, pero la idea de escuchar la voz de Sean es muy atractiva.* Rasgada, miró a su amiga.

"Prometo que se alegrará. Solo marca el número, Erin. Te sentirás mucho mejor si hablas con él.

Erin marcó. Ella contó los rings con un corazón palpitante, conteniendo la respiración.

"¿Hola?"

*Oh, esa voz. Podría envolverme como una manta.* "Hola, Sean".

"Hey. Me preguntaba si llamarías ", respondió, sonando ... feliz.

"¿Es un buen momento?"

"Por supuesto. No tengo nada que hacer. ¿Pasa algo?"

"No. Solo te echaba de menos. Quería hablar contigo un rato." *Maldita sea, voz. No vaciles Suena segura, bebé.*

"Yo también te extraño. Esta es una situación realmente extraña, ¿no?"

"Lo es. Lo bueno es que es temporal. ¿Qué está pasando contigo?"

"Hablé con mis padres hoy".

Ella hizo una mueca. "¿Están enojados?"

"A mamá le duele un poco que no le hayamos dicho antes. A papá le parece genial ".

"Oh Dios." *Gracias al cielo, uno de ellos está de acuerdo.*

"¿Danny está ahí?" Su voz adquirió un tono lascivo.

"Sí."

"Si no estuviera, te haría el amor ahora mismo".

*¿A esta distancia?* "¿Cómo?"

"Oh Erin, hay tanto que tienes que aprender. Se llama sexo telefónico".

Las mejillas de Erin se calentaron. "Suena interesante."

"Hmmm. Al menos déjame abrazarte por un tiempo. Cierra los ojos, bebé, e imagina que estás aquí. ¿Puedes visualizarlo en tu mente?"

La calidez del afecto de Sean parecía envolverla. "Si."

"Bueno. Estás acostada de lado en la cama conmigo. Estoy presionado contra tu espalda, acurrucándote, con mi brazo alrededor de tu cintura. ¿Puedes sentirme allí?"

"Casi."

"Esfuérzate. Casi puedo sentirte también. Ahora, aparto tu cabello del costado de tu cuello y te beso allí."

Erin se rió.

"¿Qué pasa?"

"Dejaste un chupetón en mi cuello. Estaba

tan atrapada con mi conjunto de instrumentos de viento de madera esta noche".

"¿Lo hice? Ni siquiera me di cuenta." Él se rió y el sonido la calentó hasta los dedos de los pies.

"Yo tampoco."

"Bueno, de todos modos, te besaría allí mismo. Y te abrazaría mientras te duermes. Te amo, Erin."

"Yo también te amo."

"Buenas noches, bebé."

"Buenas noches."

"Ya ves", dijo Sheridan suavemente mientras el teléfono sonaba, señalando el final de la llamada, "él te ama y quiere hablar contigo. Solo planea llamarlo todas las noches a la hora de dormir, está bien, y ahórrate la preocupación."

Por el brumoso calor del abrazo imaginario de su esposo, todo parecía posible. "Bueno. Lo haré."

Al día siguiente, cuando Erin estaba en su clase de oboe, Sheridan llamó a su madre.

"Hola mamá."

"Hola cariño. ¿Como estas?" Ellen preguntó.

"Estoy genial. Acabo de terminar de leer una

poesía increíble. ¿Te gustaría escucharla?" ella bromeó.

"Um ..." La Sra. Murphy no era una gran amante de la poesía, como bien sabía Sheridan.

"Solo estoy bromeando, mamá. Escucha, ¿Sean te habló ayer?"

Ellen ni siquiera fingió no saber de qué estaba hablando su hija. "Sí. Simplemente no puedo imaginar lo que les pasó. ¿No podrías haberlos convencido?"

*Uh, oh. Eso no es un buen augurio.* "De hecho, fue mi idea."

"¿Qué?" Ellen sonaba aturdida incluso por teléfono. *"¿Por qué?"*

"Siempre supe que esos dos estaban destinados a estar juntos. Los organicé en la escuela secundaria también. Son una gran pareja".

"Entonces, ¿has sabido de ellos todo el tiempo?" Ellen se quejó, "¿Por qué nadie me dice nada?"

"No era el momento correcto entonces. Tú lo sabes. Nuestra familia, por maravillosa que sea, fue forzada al límite. Quién sabe lo que podría haber pasado si hubiera habido una pelea por una novia. Y a pesar de que Erin solo tenía dieciocho años, siempre ha sido más madura de lo que admite el calendario, y fue perfectamente maravillosa con Sean. Ahora tiene veintidós años, estoy mejor, y es hora de que esos dos salgan de su escondite y sean una pareja. Es el momento perfecto".

"Simplemente no lo entiendo en absoluto", continuó Ellen quejándose. "¿Por qué Erin para Sean?"

"¿Por qué no?" Sheridan respondió, sin dejarse intimidar por la ira de su madre. "Todos sabemos lo maravillosa que es ella. Mamá, la pregunta no es "¿por qué Erin?" La pregunta es ¿Por qué tienes un problema con ella?"

"No estoy realmente segura. Algo se siente mal", se quejó Ellen.

"No está mal que estén juntos. Es ideal ", protestó Sheridan. "Sabes, si estás diciendo, después de todo lo que Erin ha hecho por todos nosotros, que ella no es lo suficientemente buena como para casarse con tu hijo ... bueno, es como si fuera una sirvienta o algo así".

"¿Qué? No aprecio ese comentario en absoluto ".

Sheridan podía visualizar el ceño fruncido de su madre como si la mujer estuviera sentada al otro lado de la habitación, pero ella se negó a retroceder. "No, en serio, piénsalo. Erin es lo suficientemente buena como para preparar nuestra cena de Acción de Gracias, tocar su instrumento para nosotros, cuidarme hasta que por poco se le

pasa su propia vida, pero ¿no es lo suficientemente buena como para ser la esposa de Sean?
¿Aunque se aman como nada que haya visto?
¿Qué sentido tiene? Mamá, debes superar lo que
te molesta y dejarlo ser."

"Eso es lo que todo el mundo me dice". Ellen
suspiró dramáticamente. "No voy a ordenar que
salga de la casa".

"¿Pero le darás la bienvenida?" Sheridan
presionó.

La Sra. Murphy no respondió, y la conversación terminó sin ninguna otra resolución.

# 18

El último viernes por la tarde del semestre, el día antes de que comenzaran las vacaciones de invierno, sonó el teléfono de Sean. El identificador de llamadas reveló el celular de Erin "¿Qué pasa, bebé?" preguntó mientras se desplazaba por sus correos electrónicos. *El sonido más dulce de todos, tu voz. No puedo esperar para abrazarte.*

"¿Recuerdas que te dije que estaría allí por la noche?" Ella sonaba apenas tímida de frenética.

El tono de su voz rompió su distracción divertida. Se sentó más alto en su silla. "Si."

"Bueno, no hay forma. Me retrasé en uno de mis finales y tengo que tomarlo esta noche. Si no lo hago, reprobaré la clase y pondré en riesgo mi beca. No sé cuánto tiempo llevará, pero no estaré allí hasta tarde."

"Está bien", la tranquilizó. *Maldición, tampoco quiero un retraso, pero no es tan malo.* "No te enojes. Está bien. Toma tu examen. Haz tu mejor esfuerzo. Te esperaré."

"No, no esperes, Sean", instó. "Podría ser después de la medianoche antes de que llegue allí. Ve a dormir. Cuando te despiertes por la mañana, estaré allí a tu lado."

"Bueno. Buena suerte. Te amo, Erin."

"Yo también te amo."

Sean intentó esperar a su esposa, pero había estado tan ocupado trabajando en la sorpresa que le iba a dar por Navidad que a las once ya no podía seguir despierto.

Aproximadamente cuatro horas después, Erin entró en el apartamento en silencio. Había sido terrible tratar de conducir tan lejos en la oscuridad, especialmente después de una semana tan difícil, pero ella lo había logrado. Puso su bolso en silencio sobre la cómoda y se acercó a la cama. *Sean, hermoso y sexy Sean, mi esposo.* Se tumbaba de lado, profundamente dormido y relajado, con la manta baja para revelar su poderoso hombro y pecho. Había dejado un pequeño espacio para ella a su lado. *Debo ser la mujer más afortunada de la tierra.* Se deslizó en la cama junto a él y acurrucó su cuerpo contra el suyo, de espaldas a su frente, como siempre hablaban por teléfono.

Él no se despertó, sino que se movió, abrazándose más cerca de ella, su brazo cayendo sobre la suave curva de su cintura. Ella puso las mantas sobre los dos y cerró los ojos. *Es maravilloso estar en casa.*

Sean se despertó a la mañana siguiente sintiéndose cálido y cómodo. Abrió los ojos para encontrar a su esposa cerca de él. Sus brazos se apretaron alrededor de su cintura. *Ella debe haber llegado muy tarde para que ni siquiera me de cuenta. Niña tonta. Espero que haya podido conducir con seguridad.* No queriendo despertarla, besó la parte superior de su cabeza y cuidadosamente levantó su brazo de su cintura antes de levantarse de la cama.

Admiraba su hermoso rostro. *Mujer encantadora. Hoy voy a hacerte cosas tan decadentes.* Sonriendo, Sean entró en la cocina para preparar un café.

Alrededor de las nueve, regresó a la habitación y se arrodilló junto a la cama, acariciando el cabello de Erin e inclinándose para besarla en los labios. Ella se movió e hizo un pequeño zumbido.

"Despierta, bebé", dijo, pasando los dedos por su mejilla, más para hacerle cosquillas que acariciarla.

"Ugh", gruñó Erin. "¿Que hora es?"

"Es hora de levantarse", respondió. Escucha, sé que no has dormido lo suficiente, pero si duermes todo el día, mañana también estarás confundida. ¿Qué tan tarde llegaste?"

"Cerca de las tres."

"Oh guau, eso es muy tarde. Bueno, hay un poco de café para ti si lo deseas, y también necesitas desayunar".

"Estoy seguro de que puedes adivinar. Tengo la intención de ponerte a prueba hoy, pequeña, y no servirá que te me desmayes por falta de alimento."

La sugerencia llevó a Erin el resto del camino, y ella se sentó en la cama, con los brazos alrededor de las rodillas. "Eso suena bastante intenso. No puedo esperar ¿No podemos empezar?"

"Nop. La comida primero."

Erin se estiró. La manta se cayó de su cuerpo. Sean presionó un suave beso en cada uno de sus senos antes de extender una mano y ayudarla a ponerse de pie. Ella se metió en la cuna de sus brazos para darle un abrazo largo y acogedor, y luego se dirigió a la cocina en busca de ese café. Sean la siguió. *Nada puede salir mal ahora que mi Erin finalmente está aquí conmigo.*

Tomó un sorbo de su bebida caliente mientras vertía cereal en un tazón y salpicaba leche, y luego se sentó a la mesa.

Sean se unió a ella. "¿Qué pasó ayer? ¿Por qué tu prueba fue tan tarde?"

"Fue lo más extraño", respondió ella entre bocados. "Se suponía que esa prueba sería el miércoles a primera hora de la mañana. Llegué allí, toda lista para terminar con la ciencia política para siempre, y me senté, pero después de que apenas comencé, me sentí realmente enferma. De hecho, tuve que ir al baño y vomitar. Fue tan embarazoso. Supongo que la comida de la cafetería no era demasiado buena o algo así." Hizo una pausa y tragó saliva, como si el recuerdo de los vómitos la hubiera mareado. "El profesor pudo ver que no estaba dispuesta a trabajar en eso, y dijo que podría tomarla más tarde. Él me enviaría las preguntas por correo electrónico y podría trabajar en ellas a mi propio ritmo, pero que debían presentarse antes de la medianoche del viernes o sería un cero ". Erin se encogió de hombros. "Eso sonaba bien. Pasé el resto de la mañana vomitando, pero estuve bien después de eso". Sean le acarició la mano con simpatía y ella continuó. "Sin embargo, nunca me envió las preguntas. Llamé y dejé mensajes, le envié un correo electrónico y miré a su oficina, pero no pude encontrarlo. Finalmente, el viernes, lo esperé. Pasaron dos horas antes de que apareciera. Lo había olvidado por completo. Entonces, me quedé allí mientras él enviaba el correo electrónico, pero luego tuve que ir a rendir un final en una de mis clases de música. Se suponía que era el último. Terminé alrededor de las seis, cené y luego comencé la prueba. Fue muy difícil, y mi calificación allí no es buena. Si me fue bien en el final, posiblemente podría obtener una A, pero aún así tenía que hacerlo muy bien para una B. No quiero terminar con una C, así que trabajé duro en ello".

"Una C no es el fin del mundo", comentó Sean. *Obtuve más de una y todavía me gradué sin problemas.*

"Lo sé, pero no me gusta. Ni siquiera me gusta obtener una B, y hasta ahora solo he tenido tres: ambos semestres de química y álgebra".

"Eres tan buena estudiante".

Erin sonrió, como siempre hacía cuando alguien la alababa. "Gracias. Me esfuerzo mucho. De todos modos, terminé la prueba alrededor de las diez y pasé otra hora revisándola. Luego la envié electrónicamente, pero no me iba a ir hasta que recibí la confirmación de que la había recibido. No lo hizo hasta la medianoche, y fue entonces cuando finalmente pude irme".

"Probablemente deberías haber esperado y venir por la mañana", le dijo seriamente.

"Sean, no quiero dormir lejos de ti una noche más de lo necesario".

"Eso es dulce, pero por favor no arriesgues tu seguridad. Tenemos toda una vida de noches para pasar juntos".

"No es suficiente."

Sean besó su frente. "Entonces, ¿te sientes bien ahora?" *Por favor, no te enfermes. Tengo planes para ti.*

"Creo que sí. Me siento un poco extraña, pero eso es probablemente solo fatiga".

"Sin duda." Él miró su figura con interés. *Bien.*

"Um, ¿estaría bien que me diera una ducha rápida antes de comenzar? Me siento un poco sucia ".

"Bueno. Sin embargo, no te molestes en vestirte." Él le guiñó un ojo.

Erin se estremeció de alegría y se apresuró a

la ducha. Mientras ella limpiaba, Sean bajó deliberadamente la temperatura en el departamento. Hacía mucho frío afuera, y el pequeño ajuste hizo una gran diferencia. Él sonrió. *Esto va a ser divertido.*

~

Pronto, Erin emergió, goteando. Se secó rápidamente y se pasó un peine por el cabello mojado antes de buscar a su esposo. Lo encontró en el sofá, pasando sin pensar por los canales de televisión, por lo que intencionalmente se interpuso entre él y la pantalla. Levantó los ojos para ver a Erin completamente desnuda. Ella sonrió ante su expresión atónita. Entre su piel húmeda y la frialdad de la habitación, sus pezones sobresalían más duros de lo que alguna vez podía recordar, exactamente al nivel de su rostro. Envolvió ambos brazos alrededor de su cintura y la atrajo más cerca para arrodillarse, a horcajadas sobre su regazo.

"Sean, ¿qué hiciste?" exigió. "Hace mucho frío aquí".

"No te preocupes, bebé, te mantendré caliente", respondió con una sonrisa malvada. "Además, te ves tan sexy así".

"He aumentado de peso". Agitó sus curvas ofensivas.

"Lo sé. En todos los lugares correctos." Él ahuecó un seno en su mano y provocó su pezón con dedos ásperos. Erin tarareó de placer. "Te gusta eso, ¿no?"

"Oh si. Siempre me ha gustado." Su voz ya sonaba arrastrada, y no es de extrañar. *Sean sabe bien cómo tocarme de la manera correcta.* Se inclinó y tomó primero un pico tenso en la boca y luego el otro.

Erin comenzó a retorcerse con la estimulación, apretándose contra Sean, para poder sentir su erección a través de la ropa.

Sean sostuvo a su esposa con su brazo detrás de su espalda mientras la otra mano se deslizaba alrededor de su cuerpo para abrir y acariciar sus pliegues íntimos, extendiendo la copiosa humedad antes de acariciarla suavemente en su lugar más sensible.

Erin estaba tan excitada que solo le tomó un momento construir su placer y explotar. Ella se vino con fuerza, gimiendo profundamente en su garganta. *Es un poco decepcionante que haya sucedido tan rápido*, pensó. Oh, pero Sean no había terminado con ella. Ni siquiera estaba cerca. La tomó en sus brazos y la recostó en el sofá, colocando una de sus piernas en la espalda, bajando la otra al suelo, de modo que estaba completamente abierta para él. Luego se quitó la ropa.

Por alguna razón, Erin nunca había sido modesta en lo que respectaba a Sean, y el hecho de que ella yacía extendida ante él con las piernas abiertas, lejos de avergonzarla, en realidad la excitaba más. Ella lo observó mirarla, sus ojos azules oscuros de deseo. Luego se movió, frotando su sexo húmedo nuevamente antes de deslizar dos dedos dentro de ella. Erin emitió un suave sonido de placer y arqueó las caderas cuando él la penetró, deseándolo más profundo. Él le dio lo que ella quería, enterrando sus dedos hasta la palma dentro de su ajustada feminidad.

"¿Sabes lo que voy a hacerte ahora, bebé?" preguntó, puro fuego goteaba de su voz.

Ella lo miró.

"Voy a caer sobre ti. Esta vez no hay forma de que te puedas venir en silencio. Quiero que grites."

Erin respiró temblorosa. Se miraron a los ojos por un momento sin palabras, y luego Sean se inclinó y cumplió su promesa, lamiéndola, chupando, provocando su clítoris con la punta de su lengua, y todo el tiempo sus dedos flexionados y haciéndole cosquillas en la parte más profunda.

de ella, provocando un lugar que nunca había sabido que existía. Cada vez que el orgasmo de Erin comenzaba a aumentar, él retrocedía, llevándola más alto de lo que ella se daba cuenta de que era capaz de ir, hasta que todo su cuerpo se calentó y hormigueó y su sexo ardió como el fuego. Solo entonces le dio la última lamida crítica que la llevó al límite. Como le había prometido, ella no pudo permanecer en silencio en su clímax. Su exclamación de placer casi fue un grito. Todo su cuerpo se levantó del sofá con la fuerza del espasmo, arqueó la espalda y echó la cabeza hacia atrás. Por fin, el momento final pasó, y Erin yacía, flácida y saciada, bastante segura de que nunca volvería a moverse.

"Pobre Erin", Sean bromeó con ella, deslizando sus dedos mojados.

"¿Por qué?" Ella susurró; sus labios apenas formaron la palabra.

"Te voy a tomar muy duro. Es bueno que estés lista para eso".

"Sé amable", instó.

"No. No esta vez. Puedes soportarlo."

Él levantó sus caderas y alineó la punta de su sexo con su apertura. Sus orgasmos la habían dejado relajada y empapada, lista para su entrada. Empujó con fuerza, conduciendo hasta la empuñadura dentro de ella en una poderosa oleada. Inmediatamente comenzó a golpearla, sin darle tiempo para adaptarse, solo haciéndola tomar todo. Al principio, ella quería protestar porque él era demasiado, demasiado grande. Pero luego se dio cuenta de que tenía razón. *Puedo soportar cada centímetro*. Podía sentir cada cresta y vena frotándose dentro de ella. De repente, la incomodidad se convirtió en placer, del tipo que estaba al borde del dolor; poderoso, innegable y salvaje. Sean empujó con fuerza hasta que sacó un verdadero grito de los pulmones laboriosos de Erin y dejó su suelo con una abrumadora pasión. Ella se quedó sin fuerzas mientras él acababa dentro de ella con un grito.

Un largo momento después, Sean se levantó del sofá, tomó a su esposa en sus brazos y la llevó de regreso a la cama. La metió debajo de las mantas y se deslizó a su lado, tirando de ella contra su cuerpo. A pesar de ser expulsada de ese intenso amor, se sintió apreciada. *Él sabe cuánto amo el sexo y me dio uno para los libros de registro, un hermoso recuerdo para sostenerme durante nuestra próxima separación*. Ella sonrió. "Maldición, eres bueno, cariño".

"Tu no eres mala."

Erin se dio la vuelta y deslizó sus brazos alrededor del cuello de su esposo. "Te amo. Quedémonos juntos en la cama para siempre, ¿de acuerdo?"

Sean sonrió. "Podemos hacerlo por un tiempo, pero nos han invitado a cenar a la casa de mis padres esta noche".

Erin hizo una mueca.

"Pensé que te caían bien mis padres".

Erin se mordió el labio. "Sí. Simplemente no los he visto desde mucho antes de casarrnos, y ahora me siento un poco rara al verlos, sabiendo cómo me he extraviado todos estos años. Probablemente no fue la mejor idea."

"Cierto, pero ya está. ¿Qué podemos hacer al respecto ahora?" preguntó.

"Nada, pero todavía me siento un poco mal".

"Lo sé. Sin embargo, todo estará bien."

*Espero que tenga razón.*

Más tarde esa noche, Sean acompañó a su esposa a la casa de su infancia. Después de pasar una gran parte del día desnuda en la cama, ahora llevaba un par de pantalones negros y un suéter navideño. Tenía su caja de oboe en una mano y una carpeta de música en la otra. Los nervios peores que el día de su boda hicieron que sus rodillas golpearan.

Entraron en la sala formal donde, en el ventanal, un gran árbol real, con luces colgando pero aún no decorado, perfumaba el aire. La chimenea centelleaba con troncos ardiendo, haciendo que la habitación fuera acogedora y alegre.

Roger y Ellen se levantaron para saludar a los recién llegados. Roger se acercó primero y envolvió a Erin en un fuerte abrazo de oso. "Es tan bueno verte", dijo. "Bienvenida a la familia."

Los ojos de Erin picaron. Parecía que al menos de este hombre, todo estaba perdonado. Ella le devolvió el abrazo, incapaz de hablar. *Esto es más de lo que esperaba.* Cuando la soltó, ella le regaló una dulce sonrisa. Él le devolvió la sonrisa antes de girarse para saludar a su hijo.

Erin se enfrentó a su suegra.

"Erin", dijo Ellen con frialdad.

"Hola, señora Murphy. Gracias por invitarme."

Ellen asintió con la cabeza. Erin tragó saliva. *Ella se ve furiosa. Esto va a ser incómodo. No quiero ser la causa de los problemas entre Sean y su increíble familia. De alguna manera, voy a tener que arreglar esto. Es necesario, sobre todo porque mi propia madre es un desastre, y realmente prefiero quedarme con Sean y Danny. Espero que el secreto no haya arruinado esa posibilidad para siempre.* Las dos mujeres se miraron, Erin con anhelo, Ellen con desaprobación apenas reprimida. Entonces Erin dejó su oboe y su pliegue sobre la mesa y extendió la mano con cautela. Ellen la tomó brevemente. Erin recordó cuando Ellen había estado dispuesta a abrazarla y se afligió.

Aparentemente sintiendo la tensión, Roger intervino, ofreciéndole a Erin una copa de vino, que ella tomó y sorbió agradecida. Sean se acercó y deslizó su brazo alrededor de la cintura de su esposa, haciendo una demostración de su afecto. La acompañó a un sofá de dos plazas, donde se sentó a su lado, todavía sosteniéndola. Le dio a su madre una mirada dura. Ella miraba hacia atrás constantemente. El desagradable silencio se prolongó.

"Entonces, Erin", dijo Roger finalmente, "¿cómo va la escuela?"

"Muy bien." Erin sonrió, quizás un poco más ancha de lo necesario, en reacción a la densa tensión en la habitación. "Estoy muy contenta de haber terminado ese semestre. Fue muy difícil".

"El siguiente es el último, ¿verdad?" él continuó.

"Si. No puedo esperar para terminar", respondió ella ansiosamente. *Ir a casa y vivir con*

*Sean. Eso será tan maravilloso, especialmente ahora que ya no tenemos que ocultarlo.*

"¿Has disfrutado estudiar música?" Roger preguntó, un toque de intensidad tocando su voz.

"Ha sido genial. Me encanta. He aprendido mucho". *Erin, estás siendo efusiva como una idiota. Reduce el tono, niña.*

"Veo que has traído tu oboe", comentó Roger.

"Si. Recuerdo que les ha gustado escucharme tocar antes. Pensé que si querían esta vez ... bueno, estoy lista." *¿Y si no quieren? ¿Qué pasa si he estado presumiendo?* Ella no quería presumir, por lo que rápidamente agregó: "Si no, no hay problema".

"Me encantaría volver a escucharte", le aseguró Roger. "¿Después de la cena?"

"Claro, si eso es lo que todos quieren".

Los nervios y la frustración hicieron que el vino se revolviera en el estómago de Erin. Encontró un posavasos y dejó el vaso a un lado. *Hmmm He estado terriblemente insegura en mi estómago durante la última semana más o menos. Interesante.*

"Erin, queda algo por hacer en la cocina antes de que podamos comer. ¿Podrías venir conmigo?" Ellen solicitó.

Erin suspiro. No sabía lo que la señora

Murphy le iba a decir, pero sospechaba que iba a ser difícil.

La mano de Sean se apretó sobre la de su esposa. Ella le devolvió el apretón. *Merezco que me regañen, y no tiene sentido tratar de evitarlo.* Ella trató de enviar el mensaje a través de los dedos que se habían unido, pero no tenía idea de si Sean entendía.

"Seguro. Por supuesto." Pasó el dorso de un dedo con amor por la mejilla de su marido antes de seguir a su anfitriona a la cocina.

Sean se movió como para seguirla.

"Déjalas ir, hijo", le dijo Roger. "Tienen que resolverlo por sí mismas".

Sean sacudió la cabeza, sin negar las palabras de su padre, pero no obstante se preocupó. "Lo sé. Simplemente no quiero que lastime a Erin. Su vida ya ha sido lo suficientemente dolorosa."

"Va a estar bien", aseguró Roger a su hijo. "Deja que tu madre diga su pieza. Estoy seguro de que se sentirá mejor después."

Todos los instintos de Sean le gritaban que fuera, para proteger a Erin, pero escuchó el consejo de su padre ... *consejo, eso me recuerda ...* "¿Papá?"

"¿Si?" Roger dejó de mirar la puerta por donde acababan de salir las mujeres y se volvió para mirar a Sean.

"¿Por qué cambiaste de opinión?"

"¿Acerca de qué?"

Sean explicó. "¿Recuerdas que hace años te pregunté si estaba mal que este con ella? Dijiste que no debería dejar que renuncie a su vida por mí. En cierto sentido, eso es lo que está haciendo, pero ahora parece no importarte. ¿Por qué?"

"Hiciste tu parte, hijo", dijo Roger con una intensidad que no parecía ajustarse a la situación. "Le diste la opción y el tiempo. Cuatro años después, ella todavía está contigo. Ella ha tomado su decisión. Ella te quería más. Me alegra que todavía tenga una salida para su arte. Ahora depende de ti darle la mejor vida posible".

*Eso tiene mucho sentido.* "Correcto. Es lo que pretendo hacer".

En la cocina, Ellen le dio a su nuera la tarea de preparar una ensalada. Aunque Erin carecía de la habilidad y la práctica que tenían los Murphy, podía hacer la tarea. Sabía exactamente cómo le gustaba a Ellen que le hicieran las ensaladas, y reprodujo cuidadosamente todas las instrucciones que le había dado durante esa larga temporada de Acción de Gracias.

"Erin", dijo Ellen mientras batía la harina en una sartén con suculentos trozos de carne asada para hacer salsa.

"¿Sí, señora?" Erin mantuvo sus ojos enfocados en el cuchillo que estaba usando para picar un tomate, pero escuchaba atentamente las palabras de su suegra.

"Tengo que decirte algo. No estoy contenta contigo ni con Sean por la forma en que manejaron esta relación. Estuvo *mal* por parte de ambos mantenerla en secreto durante tanto tiempo." El batidor resonó ruidosamente contra los lados de la asadera, sacudiendo aún más los nervios destrozados de Erin.

"Tiene razón. Lo siento ", respondió Erin suavemente. Ella no hizo ningún intento de defenderse.

"Y estoy especialmente molesta porque ustedes dos realmente se casaron sin contarle a nadie sobre eso. Esa boda en el tribunal no es válida, espero que te des cuenta."

Erin puso el cuchillo en la tabla de cortar y giró la cabeza para ver a Ellen mirándola. "¿Qué quiere decir?"

"Quiero decir, querida", y el sarcasmo en su cariño habitual apuñaló el corazón de Erin como el cuchillo acabara de apuñalar una cabeza de lechuga romana, "que tú y Sean son católicos. Una boda civil no crea un matrimonio espiritual. Ustedes dos deben tener su matrimonio santificado por la iglesia, y hasta que lo hagan, están viviendo en pecado".

*Sean me advirtió sobre esto.* "Entiendo. ¿Cómo sería eso?"

"Tengo el número de un sacerdote al que puedes llamar. Está dispuesto a llevarte a través de una serie de clases de preparación matrimonial después de Navidad. Creo que puedes lograr hacerlas todas antes de volver a la escuela. ¿Está dispuesta?" La implicación de "¡ay de ti si no lo estás!" Se hizo eco en la sala cavernosa.

"Si. Por supuesto. Gracias por investigarlo por nosotros. Lo aprecio."

Las suaves respuestas de Erin estaban desarmando a Ellen. Había estado buscando una pelea, pero Erin no le proporcionó municiones. "Y cuandolo hagas, cuando digas tus votos correctamente, frente al sacerdote, espero que me inviten a presenciarlo", proclamó con justa ira.

"Por supuesto. No lo habría hecho de otra

manera." Erin vertió romana rallada en un tazón y sacó un par de zanahorias.

Ellen siguió adelante, esperando una reacción. "Sin embargo, quiero saber una cosa. ¿Por qué exactamente querías evitar que todos supieran que estabas con Sean?"

"¿No se lo dijo?" La chica volvió los ojos marrones embrujados en dirección a Ellen.

Por un momento, la mujer mayor sintió que su voluntad de discutir se suavizaba ante la angustia de Erin, pero luego lo recordó. *Ella robó a su hijo debajo de su nariz, sin siquiera una palabra de advertencia.* "Él hizo. Sin embargo, quiero escuchar tu lado."

Erin simplemente repitió la misma historia que Sean le había contado. "No hubo tiempo entre que nos reuniéramos y ese horrible ataque a Danny. Todos estaban muy molestos. Sabía que nadie me aprobaría y no quería aumentar el problema. Me doy cuenta de que fue un plan mal pensado, pero no sé cuál hubiera sido un buen momento. Los secretos parece que se perpetuaran. Cuanto más tiempo tienes uno, más difícil será sacarlo a la luz más tarde. La cosa es que necesitaba a Sean. La situación con Danny era tan horrible que no podría soportarlo sin su apoyo".

*Nada nuevo en esa historia. Y todo es demasiado*

*razonable.* Irritada por la continua mansedumbre de Erin, Ellen soltó sin reflexionar: "No estoy segura de por qué es eso. No fuiste atacada. Solo estabas al margen. ¿Para qué demonios necesitabas apoyo?"

~

La pregunta golpeó el corazón de Erin. *Es exactamente lo que siempre temí. Nunca me vieron como parte de la situación o la familia.* Tal como dijo su madre, no la habían necesitado. Ella no respondió de inmediato, mientras luchaba por mantener la compostura. No tuvo éxito. Las palabras poco amables la atraparon en un lugar débil, y su calma se derrumbó. "Porque soy débil. Débil y egoísta." Una lágrima corrió por la mejilla de Erin.

~

Había sido algo malvado decir eso y Ellen lo sabía, pero quería hacerla reaccionar. Ahora se dio cuenta de que había ido demasiado lejos. "¿Egoísta? Nadie dijo que eras egoísta, querida. Fuiste una buena amiga para Sheridan durante ese tiempo oscuro" —dijo ella, tratando de calmar a Erin.

"Lo sé. Hice todo lo que pude. Solo desearía

haber podido quitarle el dolor por completo. Intenté mucho ayudarla." La voz de la niña se rompía en cada palabra. Volvió a dejar el cuchillo y agarró la encimera hasta que sus dedos se pusieron blancos.

"La ayudaste, querida".

Erin respiró entrecortadamente. Parecía que sus propios pensamientos oscuros se habían apoderado y ahora estaban dirigiendo la conversación. "Sí, pero era egoísta. Le di todo lo que tenía a Danny porque es mi amiga y la amo, pero todo el tiempo estaba siendo codiciosa porque estaba muy celosa de esta familia. Quería un pedacito para mí. Quería que usted y Roger fueran mis padres, no mi propia mamá y papá. No me aman como ustedes aman a sus hijos. Desearían que nunca hubiese nacido, pero cuando vine aquí, supe lo que significaba el amor. Podía verlo, como un niño sin hogar mirando un día festivo a través de la ventana. Quería un lugar en esta familia, y quería a Sean, así que lo tomé y me lo quedé. No hace falta que me diga que no soy lo suficientemente buena para ser parte de esta familia. Ya lo sé. No merezco ser una Murphy ". Erin contuvo el aliento ruidoso.

"Erin, cariño, no llores. No lo dije en serio." Ellen intentó retroceder, pero ya era demasiado tarde. Una avalancha de miseria brotó de Erin.

"No, tiene razón. Está absolutamente en lo correcto. Me equivoqué al hacer lo que hice, casarme con Sean. Se merece alguien mucho mejor que yo. Debería haberlo dejado ir. Lo intenté, pero no pude hacerlo. Lo amo demasiado. Lo siento, Ellen. Lamento haberme empujado a donde no me quieren".

Erin huyó de la habitación llorando. Subió corriendo las escaleras hasta el antiguo dormitorio de Sean, donde había vivido sus últimos meses de secundaria y se arrojó sobre la cama. Ellen oyó el golpe en el suelo. *Oh cielos, ¿qué he hecho?*

~

El suave sonido de los sollozos se filtró en la sala de estar. Sean se puso de pie de un salto, subiendo las escaleras detrás de su esposa. La encontró boca abajo en la cama, llorando, y la tomó en su regazo, abrazándola con fuerza y acariciando su cabello. "¿Qué pasa?" *Como si no lo supiera. Maldita sea, mamá.*

"Nada. Estoy bien. Por favor, déjame sola un momento, Sean."

"¿Dejarte sola mientras estás dolorida? No hay chance, bebé." Él la acurrucó contra su pecho, frotándola en círculos suaves mientras ella derramaba toda una vida de miseria reprimida. Murmuraba palabras desesperadas, con el corazón roto en voz baja. "Nunca perteneceré a ningún lado. Es inútil. Debería dejar ir a Sean. Él merece una mejor esposa."

"Erin", dijo Sean con severidad, "No sé lo que te dijo, pero no importa. Te amo. Eres mi esposa. Me alegro de estar casado contigo, y no te dejaré ir. Esto es todo para nosotros, ya sabes. ¿Recuerdas cómo lo prometimos? ¿En los buenos tiempos, en los malos, en la riqueza, en la pobreza, en la enfermedad y en la salud hasta la muerte nos separe? A eso me refería. Nunca te liberaré de esos votos, así que guarda a tus viejos demonios de insuficiencia. No te dicen la verdad, solo te atormentan. No hay nada malo contigo, Erin. Nada."

"No soporto interponerme entre tú y tu familia ..." se atragantó.

"*Eres* mi familia", interrumpió Sean, agarrando su mano y sosteniéndola frente a su cara. "Desde el día que puse este anillo en tu dedo, fuiste mi familia tanto como cualquier otra persona en esta casa. No eres menos importante para mí que mis propios padres, y no lo olvides."

"No lo merezco". Se secó los ojos con la manga y sollozó.

"Por supuesto que sí." Él dejó caer su mano y

levantó su rostro mojado, besándola tiernamente una y otra vez, acariciando sus labios con los suyos para mostrarle que la amaba. Después de un rato, ella comenzó a calmarse. "¿Me crees?" preguntó.

Ella apretó los ojos rojos y llorosos y bajó la cara en asentimiento que él no creyó.

"Ve a lavarte la cara, bebé. Es hora de cenar pronto."

Ella inclinó la barbilla en un débil acuerdo. La levantó sobre sus pies. Inclinándose, murmuró: "Te amo sin importar lo que digan, incluso tú". Sean la rodeó con sus brazos en un fuerte abrazo y luego le dio unas palmaditas en el trasero, enviándola al baño. Luego se dirigió escaleras abajo, directamente a la cocina.

"Madre, ¿qué hiciste?" exigió, con la mandíbula apretada por la ira.

Ellen se volvió para mirarlo, apoyándose en la estufa. Parecía aturdida, no por la pregunta de Sean, sino por la explosión que acababa de causar. Ella no le respondió.

"Vamos, mamá. ¿Por qué estaba llorando Erin? ¿Qué le dijiste?"

Respiró hondo y tragó saliva antes de hablar. "Solo le dije que no me gustaba que ustedes dos guardaran secretos, que no estaba contenta con eso y que una ceremonia civil no servirá".

No lo creyó ni por un segundo, pero en lugar de llamar mentirosa a su madre, continuó. "¿Por qué lo hiciste? Te pedí que no lo hicieras."

"No tenía idea de que ella era tan ... frágil".

Sean puso los ojos en blanco. "Te dije que lo era. Ella ha querido ser parte de esta familia desde el principio y, francamente, madre, se lo ha ganado".

Ellen bajó la mirada al suelo. "Lo sé."

Sin inmutarse por su contrición, Sean dio rienda suelta a su furia. "No puedo creer que mi propia esposa se sintiera mal recibida. Se supone que somos esta gran familia de apoyo que se une en tiempos de problemas. Ya sabes cómo creció Erin. Sabes que sus padres siempre la han hecho sentir como una carga no deseada, y es una mierda, mamá. Ella es alucinante." Él entrecerró los ojos. "Si también la has hecho sentir no deseada, no creo que alguna vez te perdone. Estaba empezando a volverse, a creer que tal vez estaba bien, pero ahora voy a tener que empezar de nuevo a construirla. No está bien."

"Lo siento", gritó Ellen. "No quise lastimarla".

Sean la fulminó con la mirada, inmóvil. "No me digas que lo sientes".

Su madre bajó la cabeza. "Tienes razón. De alguna manera voy a hacer las paces con ella."

"Deberías. Si no se siente cómoda estando

contigo, no visitaremos más." Giró sobre sus talones y se alejó."

≈

Las duras palabras de Sean golpearon a Ellen como un golpe de martillo. *Está perfectamente claro que, independientemente de los problemas que tenga con el comportamiento de Erin, tendré que dejarlos ir o arriesgarme a perder a mi hijo para siempre.* Ella comenzó a hacer una lluvia de ideas sobre cómo reparar el daño.

≈

No es sorprendente que una sensación de tensión e incomodidad los cubriera durante la cena. Erin permaneció en silencio, con los ojos en su plato, empujando su comida sin comerla. Sean se cernía protectoramente cerca de ella, sosteniendo su mano libre y tratando de prestarle consuelo y apoyo. No sirvió de nada. La profunda herida infligida en el alma de Erin desde su primera infancia había sido desgarrada, dejándola sufriendo de una manera que ninguna de esas personas bien adaptadas podía entender. Su miseria pulsaba como un latido en la habitación.

Si Erin hubiera sabido que todos podían ver

lo que estaba sintiendo, habría tratado de reprimirlo, el suyo era un dolor privado, pero no levantó la vista, por lo que no podía ver la preocupación en sus rostros.

Ninguno de los padres Murphy se había dado cuenta de cuán desesperadamente dañada estaba Erin. La habían visto como fuerte, capaz, y ella lo había sido al lidiar con el dolor de otra persona. Su amor por Sheridan le había dado fuerza. Tal vez, si pudiera ayudar a su amiga lo suficiente, finalmente sería digna. Tal vez podía ganarse el derecho de estar con Sean. No es que ella hubiera ayudado exactamente por esa razón. Había ayudado porque no había otra opción. Amaba a su amiga y tenía que estar allí para ella.

Saber que su intento de integrarse a la familia había sido un completo fracaso la hizo sentir aún peor. *Nunca perteneceré a ningún lado. Debería haber ido a Omaha. Al menos allí, mi música habría sido apreciada.*

Cuando se consumió suficiente comida para poder decir legítimamente que la cena había terminado, Erin se levantó sin que se lo pidieran y retiró los platos. Ellen recordó que Sheridan le dijo que ella veía a Erin como una especie de sirvienta. Lo que dijo había sido algo doloroso, pero quizás no del todo impreciso. Ella fue a ayudar, en silencio.

Cuando colocaron los platos en el lavavajillas, Ellen hizo su primer intento de rectificar la situación. "Erin, amor, ¿podrías tocar para nosotros esta noche? Extrañé tu música."

Erin sonrió gravemente y asintió. Ella recuperó el atril que había dejado años atrás en la habitación de Sean, y momentos después, los Murphy se sentaron alrededor de la sala formal; Sean y su padre en el sofá, Ellen en un sillón cerca, mientras Erin preparaba su partitura y armaba su instrumento.

Pronto villancicos llenaron la casa. Erin había elegido cuidadosamente los que sonaban mejor en la melancólica voz del oboe: "O Come, O Come Emmanuel", "What Child is This", "Silent Night" y "The Coventry Carol". Si la atmósfera hubiera sido menos tensa, habría sido una velada agradable. Tal como estaban las cosas, la música ayudó un poco.

Mientras observaba a su esposa tocar, Sean se inclinó hacia su padre y le susurró: "Mírala, papá, solo mírala. ¿Alguna vez has visto algo tan hermoso en tu vida?"

"Es una niña maravillosa, hijo. Me alegro de que la tengas", respondió Roger.

Desde su asiento al otro lado de la habitación, Ellen podía ver la cara de su hijo mientras veía a Erin tocar. Nunca había sido testigo de tal expresión de adoración y orgullo. *Entonces, esto realmente no es un capricho, este romance. Es amor del tipo más profundo y verdadero, basado en una dedicación desinteresada. Nadie podrá interponerse entre ellos.* Era algo que ella necesitaba saber.

Cuando terminó la música, Sean bajó a su esposa para sentarse a su lado en el sofá y la abrazó, declarando su lealtad. Ella se acurrucó contra su costado, apoyando su mejilla en su pecho. Parecía tan pequeña contra su tamaño, delicada y encantadora pero aún frágil. *¿Cómo no vi esa fragilidad todos estos años? ¿Cómo no noté el corazón herido detrás de la cara valiente?* La culpa de Ellen se intensificó.

*Está cansada,* se dio cuenta Ellen, mirando a Erin reprimir un bostezo. Sean pareció darse cuenta, a pesar de que no estaba mirando a su esposa como lo estaba Ellen. "Bueno, mejor nos vamos", dijo a sus padres, levantándose y ayudando a Erin a ponerse de pie.

"¿Vendrás a misa mañana?" Ellen preguntó.

"Por supuesto", dijo Erin suavemente. "Me dará la oportunidad de hablar con ellos sobre ... lo que dijimos".

"¿Qué es eso, bebé?" Sean miró de su esposa a su madre y viceversa.

"Que nuestros votos sean reconocidos por la iglesia. Es algo importante que hacer ", explicó Erin.

Sean asintió con la cabeza. "Oh, por supuesto. Podemos hacerlo."

"¿Podrían ambos venir a vernos por Navidad?" Instó Ellen. "Nos encantaría tenerlos."

Erin trató de sonreír a su suegra. "Si nos quiere aquí, estaremos aquí".

*De acuerdo, Ellen. Haz el esfuerzo.* "Entonces, por favor, te esperamos, Erin."

Mucho se dijo en esas simples palabras, y todos lo entendieron. Haría falta un esfuerzo para que este desastre volviera a ser una familia, pero si todos hicieran su parte, sería posible.

Cuando se iban, Ellen abrazó a Erin. "Lo siento", dijo en voz baja.

Erin asintió con la cabeza. "Está bien. Gracias por invitarme."

Ella se esforzó más. "Necesito que sepas que siempre eres bienvenida aquí".

Esta vez, Erin realmente sonrió. "Gracias."

~

Y luego Sean llevó a su esposa a casa y la llevó a la cama con él. Aunque ya habían hecho el amor ese día, ella necesitaba más y, como siempre, él parecía saberlo sin que ella tuviera que decir una palabra. Desnudó a Erin con ternura, besando su cuerpo mientras lo revelaba, mostrándole cuánto la adoraba. Finalmente, la puso encima de él y se deslizó dentro de ella, para que pudieran ser uno. Erin no podía negar su hermosa expresión de amor. Le calmó el dolor y le recordó que no estaba sola y que no era alguien a quien no se podía amar. *Te amo*, Sean le dijo con sus brazos entrelazados, sus labios apretados, su sexo penetrante. Erin sintió el mensaje innegable y lo entendió. *Incluso si nadie más lo entendiera, será suficiente.*

Roger y Ellen se desnudaron y se metieron en la cama en silencio. Ella alcanzó la lámpara, pero él la tomó de la mano y la contuvo. Ella se volvió hacia él.

"¿Cuál es tu *problema*, Ellen?"

"No lo sé." No sintió sorpresa por su confrontación. "Lamento mucho lo que pasó. No quise molestarla tanto."

"Pero, ¿por qué tienes tantos problemas con ella? Ella es una niña dulce."

*No va a ceder. Conozco demasiado bien esa obstinada protuberancia de la mandíbula.* Ellen luchó por expresar con palabras sus vagos sentimientos de malestar y angustia. "Lo es. Solo que odio los secretos".

"Se acabó." Su voz permaneció plana.

"Lo sé. Lo sé. No pensé ..."

"No, no lo hiciste", interrumpió.

*Gracias a Dios. No tengo idea de lo que estaba tratando de decir.*

Roger continuó en una diatriba en voz baja pero no menos intensa. "No es como si fueras tan insensible. ¿Qué tiene Erin que te hace sentir tan incómoda? Nunca solías ser así con ella."

"Nunca me di cuenta de que amaba a Sean", dijo Ellen, luchando nuevamente por las palabras.

"Lo sé. ¿Pero es realmente tan malo que ella lo haga?" Roger exigió. "Ella va a ser buena con él. Quiero decir, me alegro de que nuestro hijo esté casado con una mujer capaz de ese nivel de amor desinteresado y devoción. No te puedes imaginar lo terrible que fue ese año para ella y, sin embargo, estuvo a la altura de las circunstancias una y otra vez, más allá de lo que cualquiera podría haber pedido o esperado. No es de extrañar que necesitara algo de ayuda."

Su comentario le recordó una pregunta que había querido hacer. "Esa es otra cosa que no entiendo. Todos siguen hablando de lo terrible que fue ese año para Erin, pero fue Sheridan quien fue violada, quien quedó embarazada y quien tuvo que renunciar a su bebé. Ella fue la que tuvo el año terrible". *Todos nosotros lo tuvimos. Qué horrible ver a tu hija sufrir sin cesar y no poder ayudarla.*

"Fue ella, pero sucedían muchas cosas detrás de escena que no sabíamos". Roger hizo una pausa, considerando. "Si comparto esto contigo, debes mantenerlo como una confidencia. No le menciones a Erin que te lo he dicho. La volverás a molestar."

"Lo prometo." *Dios sabe que no voy a empeorar las cosas.*

"¿Recuerdas cuando Erin hizo nuestra cena de Acción de Gracias?"

"Sí ..." Le dio a su marido una mirada inquisitiva.

"Estaba embarazada en ese momento".

Ellen jadeó.

"Sean me dijo, y este fue el otro día, claro, que probablemente dejó a Erin embarazada la noche en que Sheridan fue atacada, justo antes de que lo llamaras del hospital".

Aturdida por la revelación, pasaron largos minutos mientras Ellen luchaba por comprenderlo. "¿Pero qué pasó entonces?" Una terrible sospecha cayó sobre ella. "Espera, estaba alentando a Sheridan a abortar. Ella no lo hizo, ¿verdad?" *Si esa pequeña ...*

"Cálmate Ellen". Roger interrumpió sus pensamientos fugitivos de nuevo. "No, claro que no. Sean me dijo que una vez que superaron el shock, ambos estaban felices. Significaba que se quedarían juntos, se casarían. Él odiaba que ella no pudiera ir a la escuela, pero quería mantener a Erin con él, y esto lo hizo posible".

"Entonces, ¿qué pasó? ¿Dónde está este bebé?"

"Erin tuvo un aborto espontáneo al día siguiente, cuando estábamos de compras. Sean estaba allí, y también Sheridan. Ella perdió a su bebé aquí en el baño de arriba. Sean dijo que fue literalmente el día más horrible de su vida. Aparentemente, el bebé se veía perfectamente bien y normal. Tuvieron que llevarlo al hospital para que lo examinaran. Estaban devastados".

"Oh Dios mío. Que horrible." Ahora Ellen realmente se sentía culpable. Podía imaginarse la escena en su mente. *Esa pobre chica, y aquí estoy, empeorando las cosas.*

"¿Recuerdas cómo es, Ellen, perder un bebé?"

"¿Crees que alguna vez pueda olvidarlo? Recuerdo exactamente cómo es". Su voz vaciló. "Pobre Erin. Eso debe haber sido desgarrador". *Y Erin asumió ese dolor casi sola. Sin madre que la ayude. Solo Sean, afligido a su lado, y Sheridan, ya estresada más allá de su capacidad. Es un milagro que lo haya hecho tan bien como lo hizo, y nadie dijo una palabra.* La reacción defensiva de Ellen comenzó a desmoronarse.

"Lo fue", estuvo de acuerdo Roger, "pero ella lo ocultó. No quería que nadie supiera que estaba sufriendo tanto como Sheridan. Ella necesitaba estar allí para su amiga. Y no olvidemos, mi amor, por qué nos casamos exactamente cuando lo hicimos". Su boca severa se volvió hacia arriba en una esquina..

"Lo sé. Es bueno que Sean nunca haya sumado los números". Incluso todos estos años después, la vergüenza de ser la buena niña católica que quedó embarazada fuera del matrimonio trajo un toque de color a sus mejillas. *No tengo ni una piedra para tirarle a Erin.*

"¿Sería tan malo si lo supiera?" Roger presionó.

"No lo sé. Me avergonzaría si se enterara." Ellen se mordió el labio.

"¿Qué, que una naturaleza apasionada corre en la familia? ¿Por qué crees que los Murphy son tan leales? Es porque amamos profundamente". La besó en la sien y la hizo sonreír.

Sus remolinos de pensamientos se convirtieron en un deseo de acción. *Es hora de dejar de preocuparse por lo que ya está hecho y volver a ocuparse de ser una familia.* "Tienes razón. Escucha, Roger, tengo una idea sobre cómo arreglar esto con Erin."

"Dime."

# 19

Erin y Sean pasaron gran parte del domingo haciendo muy poco. Después de la misa regresaron al departamento y pasaron la tarde solos, hablando, poniéndose al día y haciendo el amor.

Para el lunes, Erin comenzó a sentirse mejor. El dolor de su corazón lacerado se desvaneció tras el tierno cariño de Sean, justo a tiempo para que él volviera al trabajo.

"¿Tienes que ir?" Erin se quejó juguetonamente, aferrándose al cuello de Sean. "¿No son tus vacaciones de Navidad también?"

Se rio entre dientes. "No bebé. No hasta el jueves. La Navidad no es hasta el domingo, y tenemos algunas casas que estamos restaurando en el centro".

"¿Restaurando casas en diciembre?" preguntó ella, levantando una ceja.

"No estamos pintando exteriores, pero no hay ninguna razón por la que no podamos colocar pisos, derribar paredes innecesarias y reemplazar el cableado".

"Parece que el negocio es bueno para Murphy Construcción y Renovación", comentó Erin.

"Está en auge", estuvo de acuerdo. "Todos esos programas de mejoras para el hogar en la televisión le han dado a la gente la necesidad de arreglar espacios anticuados, así que es por eso que tengo que ir. Hay mucho por hacer antes de Navidad." Sean se despidió de su esposa. "Me alegra que estés de mejor humor". Él sonrió. "Te amo, Erin. Te veré esta noche."

"Yo también te amo. Que tengas un buen día."

Dejando sus propios dispositivos, Erin rebuscó en el apartamento, intentando encontrar algo que hacer. Si bien no era una gran fanática de la limpieza, eso haría pasar el tiempo, por lo que lavó los platos, aspiró y sacudió el polvo. Solo tomó alrededor de dos horas. Cuando comenzó a pensar qué hacer a continuación, y si los vecinos se opondrían a los sonidos del oboe que se filtraran por las paredes y el piso, sonó el teléfono.

"¿Hola?" dijo ella, preguntándose quién podría ser.

"Oh, hola, Erin", dijo Ellen. "Me alegro de haberte encontrado".

"¿Qué puedo hacer por usted?" Preguntó Erin, aún sintiéndose un poco cautelosa.

"Quería invitarte hoy. Estoy haciendo adornos navideños, y me preguntaba si estarías interesada en unirte a mí."

*¿Hacer adornos? ¿Cómo demonios se hace? Pensé que venían en paquetes en la tienda.* Aunque no había levantado un árbol en años, ni había intentado celebrar, la idea, sin embargo, le atrajo. *Recuerda lo hogareños que son los Murphy ... y cuánto te gusta.* "Por supuesto. Nunca he hecho adornos antes. ¿Cuando debería ir?"

"Enseguida."

*No me atrevo a rechazarla. Lo bueno es que suena más relajada.* "Llegaré allí en media hora más o menos".

"Perfecto. Hasta entonces."

Esta vez, cuando Ellen encontró a Erin, su comportamiento alterado la confundió aún más. Su suegra la saludó con un cálido abrazo y puso una taza de chocolate en sus manos. Erin lo sorbió, agradecida por el calor en un día tan frío, y lo encontró rico en vainilla y crema. *Delicioso.*

Ellen la acompañó a la cocina, donde la mesa

se había extendido con periódicos. Por un lado, un trozo de algún tipo de masa extraña, de color marrón, descansaba sobre una tabla de cortar. Al otro lado de la mesa, vio una caja de coloridas bolas de cristal, las que se podían comprar a bajo precio en cualquier tienda de descuento. A su lado había un juego de pinturas para carteles y algunos pinceles.

Erin consideró la escena pero no sabía qué hacer con ella. "¿Qué tengo que hacer?"

"¿Por qué no comienzas extendiendo la masa de canela? Luego puedes cortarla con los moldes para galletas y las hornearemos por mucho tiempo hasta que estén duras. Quedan como adornos con olor encantador."

"Oh, por supuesto. Puedo hacerlo." Erin agarró el rodillo. "¿Qué tan grueso?"

"Alrededor de 6 cm."

Se puso a trabajar y pronto tuvo una bandeja para hornear llena de estrellas, campanas y pequeños renos listos para ser horneados. Mientras tanto, Ellen parecía estar pintando diseños en las bolas.

Erin echó un vistazo a lo que estaba haciendo y jadeó. Ellen había elaborado minuciosamente una Madonna tradicional con un tocado azul, sentada en un establo con una vaca a un lado y un burro al otro, mirando con adoración un pesebre de piedra lleno de heno, donde un bebé yacía envuelto en una manta.

"¿Realmente pintó eso? Es asombroso. No tenía idea de que era una artista así."

"No lo soy", respondió Ellen, sus mejillas se pusieron rosadas. "Fui a la escuela de arte por un tiempo, pero me salí".

*¿Salirse? ¿Con un talento así?* "¿Por qué?"

"Bueno", el sonrojo de Ellen se oscureció. "Había estado viendo a Roger por un tiempo y ... quedé embarazada".

Erin levantó las cejas. "¿De Verdad?"

"Si. De Sean. Tenía diecinueve años en ese momento."

Erin miró de reojo a su suegra. "¿Porqué me está diciendo esto?"

Ellen se volvió para mirar a Erin, una sonrisa tímida tirando de sus labios. "Estoy tratando de mejorar las cosas entre nosotras. Dije algunas cosas desagradables y lo lamento. No estoy feliz de que ustedes dos se sintieran obligados a mantener su relación en secreto, pero tampoco soy tan perfecta. Quiero que sepas que te perdono. Además, ni por un momento pensé que eras egoísta. Necesitas saber eso. Estaba agradecida por toda tu ayuda".

"Gracias." Alentada, Erin decidió arriesgarse. "Sabe, quedé embarazada una vez también".

"¿De verdad?" Ellen parpadeó.

"Si. Al mismo tiempo que Danny. Tuve un aborto espontáneo".

Ellen dejó el pincel y apoyó una mano sobre el brazo de Erin. "Lo siento mucho. Tuve un aborto involuntario entre Jason y Sheridan. Duele, ¿no? Pero sabes qué, tener un bebé ayuda mucho. Ahora que tú y Sean están casados ..."

*Si tan solo. Estoy tan lista.* "Es bueno saberlo."

"Esos se ven bien, querida. ¿Por qué no los pones en el horno? Ya está encendido."

Erin se llevó la bandeja para galletas y consideró lo que le habían dicho. *No estoy segura de por qué Ellen está siendo tan amable, pero lo aprecio.* Sin mencionar que compartir esos recuerdos difíciles creó un vínculo de empatía entre las mujeres. *Ahora conocemos el dolor secreto de la otra. Hace la diferencia.*

Mientras los adornos de canela perfumaban la cocina, Erin se sentó junto a Ellen y la miró pintar.

"¿Te gustaría probar con uno, querida?" sugirió la mujer mayor.

*Vaya, estaba mirando sobre su hombro. Eso debe ser molesto.* "No sé cómo. ¿Qué pasa si lo arruino?"

Ellen hizo un gesto a los suministros. "No es un problema si lo haces. La pintura se lava hasta que se seca, e incluso si se echa a perder, ¿y qué? Tanto la pintura como las bolas son baratas. Si tienes que tirarlo, no es una gran pérdida. Dale una oportunidad."

Erin seleccionó cuidadosamente una bola en un cálido tono dorado y tomó un pincel. *¿Qué pintar?* Concentrándose intensamente, comenzó a trabajar en la decoración ... y se equivocó. Rodando los ojos, lavó la pintura e intentó nuevamente, y volvió a equivocarse. "Esto es difícil", se quejó, poniendo la bola sobre la mesa.

"No te rindas, querida", instó Ellen, sintiendo la frustración de Erin, "las cosas nuevas siempre son difíciles". Ella comenzó a cantar suavemente. Erin escuchó la melodía tranquila. *Away in a Manger*. La suave canción de cuna en la delicada voz de su suegra liberó algo de la tensión nerviosa de Erin.

Ella asintió e intentó nuevamente, y gradualmente comenzó a cantar. *No tengo la mejor voz, pero este es un villancico, ¿a quién le importa?* Las dos mujeres cantaron mientras pintaban. Esta vez Erin hizo progresos. Al ser muy cuidadosa, logró pintar la bola sin volver a estropearla. Pintó una versión simplificada pero reconocible de la granja de la familia Murphy, con su patio cubierto de nieve a cada lado y el humo saliendo de la chimenea. Ella usó el extremo del mango del pincel para puntear los copos de nieve en la escena. Debajo, trazó minuciosamente la palabra "hogar". *No se parece en nada a lo que está haciendo Ellen, pero para un primer intento, estoy contenta con el resultado.* Se lo mostró a su suegra.

"Oh, eso es bueno, querida. Cuando se seque, lo agregaré a los adornos que pondremos en el árbol. Nuestra familia tiene la tradición de decorar juntos, como recordarás. Me gustaría hacerlo el miércoles, cuando Sheridan llegue a casa. ¿Podrán venir Sean y tú?"

"Creo que sí, pero tendré que consultar con él".

Ellen sonrió.

*Esta es la mujer que recuerdo. La que siempre deseé que fuera mi madre. Ahora es algo así.*

"Oh Dios. Por cierto, tengo algo que preguntarte. Todos en esta familia tienen un adorno hecho específicamente para ellos. ¿Estarías dispuesta a dejar que te haga uno?"

Erin respiró lentamente. *¡Oh guau!* "¿Por qué no estaría dispuesta?"

"Bueno, normalmente pongo un mechón de

cabello dentro. Es una bola transparente como ves. Para cada uno de mis hijos, tomé un rizo de su primer corte de pelo y lo puse dentro, junto con su nombre, su fecha de nacimiento y algún tipo de decoración. Para hacer uno para ti, necesitaría un pedazo de tu cabello."

"Oh eso está bien." Erin intentó sonar indiferente, incluso cuando sus ojos nadaban. Parpadeó las lágrimas y se concentró en su próximo proyecto, una bola plateada brillante.

Inmediatamente, Ellen salió de la habitación y regresó con un kit de manicura. Sacó un par de minúsculas tijeras, levantó el cabello de Erin y cortó una pequeña sección de debajo. Luego enroscó el cabello en una bola de cristal hueca y lo cubrió con una percha de adorno dorada antes de volver a pintar como si nada hubiera pasado. "Erin", dijo un par de minutos después, "¿cómo está mi hija? Sean dice que está mejor y que suena así por teléfono, pero todavía me preocupa. ¿Realmente está mejorando?"

"Sí", dijo Erin. "Casi de vuelta a la normalidad".

"Oh eso es bueno." Ellen sonrió, luego frunció los labios y agregó: "¿Has conocido al Dr. Burke?"

*Aquí vamos.* Erin resistió el impulso de

poner los ojos en blanco. "Si. Ella le habló de él, ¿verdad?"

"Ella lo menciona a menudo. Sin embargo, no tengo muy claro qué tipo de relación tienen. ¿Es solo un profesor del que está enamorada, o están involucrados?" Ellen miró a Erin, como si el secreto para comprender los sentimientos de Sheridan estuviera en los ojos de su amiga.

Erin golpeó el extremo del pincel en sus dientes frontales. "Honestamente, no lo sé. Creo que es un punto intermedio. Es como si se quisieran, pero ninguno de los dos puede accionar todavía".

"¿Qué clase de hombre es él?" Ellen presionó.

"Difícil de decir." Erin reflexionó sobre sus palabras. "Lo que Sheridan me dice no encaja con mis observaciones durante el poco tiempo que pasé en su clase. Para mí, parecía gruñón y retraído, pero podría ser realmente tímido. Él es dulce con ella, y la forma en que la mira es intensa."

"¿Cuántos años tiene él? Cada vez que le pregunto a Sheridan, ella cambia de tema."

Erin pudo ver visiones de un anciano con la espalda doblada y grandes anteojos flotando frente a los ojos de su suegra y se apresuró a tranquilizarla. "No creo que sea particularmente viejo". Puso su segundo adorno completo sobre la mesa y se debatió si tomar otro. *Esto es interesante, pero no estoy segura de querer comenzar de nuevo.* "Me sorprendería que tenga más de treinta años. Puede ser más joven que eso. Debe ser uno de esos tipos de genios. Quizás por eso a veces parece tan torpe. Pero de seguro que está loco por ella. No sé si algo saldrá de eso. Sin embargo, me alegro de que pueda volver a sentirse atraída por un hombre".

El rostro de Ellen expresó alivio. "Si. Yo también. Por su bien, espero que él venga." Ella dejó a un lado sus suministros y recuperó la taza de agua de pintura. "Muy bien, son suficientes adornos para este año. ¿Quieres almorzar? He estado pensando en sopa y un sándwich ".

*Momento perfecto.* "Gracias. Me gustaría." Siguió a su anfitriona a la parte comercial de la cocina. Ellen arrojó el agua de la pintura mientras Erin recuperaba platos, cuencos y tazas. *Todos estos años después, todavía sé a dónde va todo, y ahora que Ellen se ha establecido, esta cocina se siente tanto mi hogar como cualquier otro lugar en el que haya estado. Gracias a Dios.* "Déjame echarte una mano. ¿Que puedo hacer?"

Ellen la miró atentamente y dijo: "Hay pollo y mayonesa de pesto en el refrigerador. ¿Podrías hacer los emparedados, por favor?"

"Por supuesto." Erin abrió la puerta y encontró los artículos. "¿Vamos a utilizar estos pequeños bollos, o son para otra cosa?"

"Eso estaría bien", estuvo de acuerdo Ellen. "¿Puedes pasarme ese contenedor delante de ti?"

Erin localizó un recipiente de vidrio lleno de líquido rojo con manchas verdes y se lo pasó cuidadosamente a su anfitriona, quien lo metió en el microondas. Erin construyó los emparedados, tomando la iniciativa de agregar una rodaja de lechuga a cada uno. *Espero que esté bien.* Realmente anhelo algo crujiente. Su boca se hizo agua cuando el olor a tomate y albahaca entró por la habitación.

El microondas emitió un pitido, y Ellen sirvió la sopa en los dos tazones y los colocó en el lado de la barra de la isla, agregando vasos de agua helada para contrarrestar la sequedad del calentador. Erin trajo dos platos de sándwiches y ambas tomaron asiento.

"Gracias por invitarme hoy, Sra. Murphy", dijo Erin entre bocados. "Lo he pasado muy bien".

"De nada. Fue agradable tenerte." Ellen sonrió. "Pero no tienes que llamarme señora Murphy. Aunque Ellen está bien, si quisieras, y entiendo que si no lo haces, querida, me alegraría que me llamaras mamá."

Erin parpadeó. Luego se acercó y agarró a la mujer mayor en un fuerte abrazo.

"¡Dios mío!" Exclamó la señora Murphy, sorprendida.

Erin la besó en la mejilla. Luego las dos volvieron a almorzar en agradable silencio.

# 20

La mañana de Navidad amaneció brillante y alegre bajo una capa de nieve recién caída, y los jóvenes Murphy se despertaron temprano, acurrucados en la vieja cama de Sean en la casa de sus padres, donde habían pasado la noche después de asistir a la misa nocturna.

*Quedarse a dormir fue divertido. Especialmente cuando recreamos esa noche especial ... No creo que haya estado tan callada esta vez ... espero que los padres de Sean no lo hayan escuchado.* Erin se puso el pijama y salió de la habitación para encontrar a Sheridan en el pasillo. Su amiga le dirigió una mirada de complicidad, que envió un rayo de calor avergonzado a sus mejillas. *Su-*

*pongo que alguien escuchó. Maldición, ella nos atrapa todo el tiempo.*

"Tanto para una noche silenciosa", bromeó Sheridan, y Erin se rió.

Sean salió de la habitación y deslizó su brazo alrededor de la cintura de Erin, escoltándola por las escaleras. "Silencio, hermana", gritó por encima del hombro. "Eres tan inocente como la nieve recién caída y no escuchaste nada".

"Por supuesto."

Riendo, caminaron por el pasillo hasta la cocina, donde Ellen estaba parada, con los ojos nublados en su bata de baño azul, haciendo guardia sobre la cafetera. El aroma tentador provocó la nariz de Erin. Formaron una línea como los escolares, ansiosos por reclamar una taza de la rica infusión.

El brazo de Sean alrededor de Erin evitó que sintiera el frío con tanta fuerza mientras se arrastraban hacia la sala formal, donde el árbol centelleaba en la ventana salediza. La llevó al sofá de dos plazas, donde se acurrucaron juntos. Roger ya estaba tumbado en el sofá con su taza, con los ojos entreabiertos.

*Entonces, así es como es una Navidad familiar. Lo recuerdo, pero nunca me había sentido tan parte de esto antes.* Erin apoyó la cabeza sobre el hombro de su esposo. *Y qué regalo tengo para Sean. Espero que le guste.*

Ellen y Sheridan entraron juntas, y Ellen se sentó en el sofá junto a su esposo.

"Oigan", protestó Sheridan. "¿Dónde me siento?"

"Tú eres la niña", respondió Sean. "Puedes repartir los regalos. No me digas que eres demasiado buena para eso ahora."

Sheridan puso los ojos en blanco y recuperó una caja estrecha envuelta en papel plateado. Parecía estar reprimiendo risitas cuando se la entregó a su padre.

Rompió el envoltorio en pedazos de inmediato y abrió la caja ... y luego se echó a reír. "Gracias, Danny", se rió, sosteniendo una corbata azul oscuro de Snoopy y Woodstock. "Me aseguraré de usarla para la próxima reunión de clientes". Rápidamente la envolvió alrededor de su cuello, donde creó un extraño efecto contra su pijama verde oscuro. El extraño emparejamiento hizo romper a todos en carcajadas.

"¿Qué sigue, hermana?" Sean exigió, fingiendo estar a cargo.

"Algo para alguien que no sea tú", respondió ella. "Vas al último".

Sean hizo un puchero. A Erin le dolía el estómago por reírse cuando su amiga rebuscó en la pequeña pila y sacó otra caja en el mismo papel. "Aquí, mamá. De mi parte."

Ellen sonrió y extrajo suavemente la cinta de los bordes de la envoltura brillante, revelando una caja en la que descansaba una blusa de seda color lavanda. "Oh, es encantadora, querida. Gracias."

Uno por uno, Sheridan dispersó los regalos, y uno por uno los abrieron.

La esposa de Roger le había regalado dulce casero, lo mismo que todos los años, y se comió un trozo de inmediato. Erin había oído hablar de que era goloso y cuando abrió su regalo para revelar una caja de bombones de licores, sonrió lo suficiente como para atraer una sonrisa tímida de ella. De su hijo, recibió una nueva llave de tubo. "¡Oye, necesitaba esto!" el exclamó. "Gracias a todos. Esta Navidad es perfecta ". Se recostó en el sofá y se comió otro trozo de dulce.

Ellen recibió de su esposo un juego de aretes de perlas. Sean le dio a su madre un collar con una sola perla que colgaba de una delicada cadena de oro. Erin, habiendo visto todas las piezas con anticipación, había contribuido con un blazer con un estampado atrevido que presentaba un púrpura complementario pero más oscuro que la blusa. Cuando Ellen sacó la chaqueta de la caja, un objeto rodó sobre su regazo. Levantó una bola de cristal, como las que ella y Erin habían hecho: blanco perlado y cubierta de puntos de lavanda. Líneas onduladas en púrpura, oro y verde pálido rodeaban la parte superior e inferior. En una escritura cuidadosa, la palabra 'Mamá' se repitió por la mitad. Ellen le dedicó a su nuera una sonrisa llorosa y se levantó para colgar el adorno en el árbol.

"Sheridan", dijo Ellen mientras regresaba a su asiento, "Nuestro regalo no se puede envolver, pero queríamos que supieras que tu padre y yo hemos encontrado un apartamento cerca de la universidad y hemos firmado un contrato de arrendamiento por dos años . No tendrás que preocuparse por la vivienda mientras trabajas en tu maestría".

"¡Oh Dios mío!" Sheridan exclamó. "Es la mejor idea de todas. Gracias mamá. Gracias Papá." Ella sonrió radiante.

"Abre el mío, Danny", instó Sean.

Agarró un objeto de forma familiar, empapelado en verde, y lo sacudió un poco. "Parece un libro", comentó.

"Bueno, duh", respondió. "¿Qué más para el ratón de biblioteca familiar?"

Sheridan puso los ojos en blanco y abrió el papel. "Oooooh", exclamó, sosteniendo el volumen. "¿Cómo sabías que me gustaría un libro de poesía victoriana?" Ella miró a su hermano con curiosidad.

"¿Una nerd como tú? Lo supuse."

"Le dije", agregó Erin. "Dije que realmente te gustó la clase de poesía victoriana que tomaste, pero que los libros de texto no son tan bonitos en tu estantería. Este tiene una bonita portada y algunos de los poemas que dijiste que amabas, así que ... "

"Entonces, buena elección, Sean, dejar que tu esposa elija", bromeó Sheridan.

"Oye, soy un tipo inteligente", respondió, puliéndose las uñas con la camisa.

"Eres lo suficientemente inteligente como para casarte con Erin, eso es todo", respondió Sheridan. "Ahora tú, Erin. ¿Qué tienes?"

Erin rasgó su paquete. "Este es de mamá", dijo, indicando a Ellen. Al quitar la tapa de una caja que alguna vez contuvo tazas de café, vio que contenía tres bolas de cristal, que Erin no había visto hacer. La primera era la suya, con su mechón de cabello oscuro adentro. Su nombre, Erin James Murphy, estaba pintado en ella, junto con su fecha de nacimiento y la fecha de su matrimonio con Sean. Ella sonrió al verlo. La segunda fue aún más conmovedora. Decía Primer Navidad Juntos y tenía círculos en la parte superior e inferior con bandas negras y nudos celtas amarillos que imitaban sus anillos de boda. Un oboe pequeño y estilizado pero reconocible cruzado con un martillo de carpintero formaba una pequeña X en el medio. Su nombre y el de Sean habían sido pintados sobre el diseño. El espacio de abajo quedó en blanco.

"Pondremos la fecha su boda en la iglesia allí", dijo Ellen suavemente.

La tercera bola de cristal era transparente, vacía y en blanco. Erin miró a su suegra inquisitivamente.

"Para después, querida", dijo Ellen, y Erin se atragantó, tragando saliva mientras se levantaba de su asiento para colgar las dos bolas terminadas en el árbol.

Sean cavó en su montón. Primer regalo de Sheridan: una foto enmarcada de la boda de la pareja. Se paraban frente a la chimenea en la oficina de Rick, cogidos de la mano y mirándose con expresiones de profundo amor mientras Sean colocaba el anillo de Erin en su dedo.

"Gracias, Danny". Su voz se volvió áspera cuando pasó la foto.

Cuando Sheridan abrió el paquete de Erin, ella chilló. Arriesgando mucho, Erin había fotografiado a su amiga cuando Sheridan y el Dr. Burke estaban parados juntos. Ella lo miraba con ojos suaves y adoradores. Él le devolvía la mirada, intenso y apasionado, y dado que la toma los mostraba solo desde los hombros hacia arriba, su ropa fea no distrajo la imagen. Erin había impreso la foto y la había enmarcado.

"Oh, Erin", dijo Sheridan, "gracias".

"Sé lo importante que es tener una foto de alguien que te importa", dijo Erin suavemente.

"Ahora tú", insistió Sheridan. "Sean, ¿dónde está tu regalo para Erin?"

"Oh, no necesito nada", respondió ella, apretando su mano. *Estar con él es un regalo suficiente.*

"No seas tonta", dijo, levantando sus dedos a sus labios. "Por supuesto que tengo algo para ti. Solo que es un poco difícil de envolver. Te lo mostraré más tarde."

"Ok, cariño. ¿Qué obtuviste?"

Solo quedaba una tarjeta. Sean la abrió y leyó, y luego se congeló cuando el papel se deslizó de sus dedos. "No tienes que hacer eso".

"Te lo has ganado", dijo Roger con firmeza.

Erin recogió la tarjeta. En el interior, descubrió una nota garabateada brevemente que proclamaba a Sean socio de la compañía de su padre. Ella chilló de alegría y apretó fuertemente a su esposo. "Felicidades", le dijo.

"¿Sabes lo que esto significa para mí?" preguntó con voz ahogada.

"Por supuesto, cariño", respondió Erin.

"Tendría que ser sorda para no saberlo", señaló Sheridan. "Hablas de eso todo el tiempo".

Erin cruzó la habitación hacia Roger y lo
abrazó también, besando su mejilla.

"Eres un padre maravilloso", dijo sinceramente.

"Gracias, Erin", respondió.

"Pero Erin, tampoco le diste nada a Sean".

"Oh, tengo algo para él, pero me llevará un
minuto prepararlo. Si todos me disculpan, por
favor." Luchó por ponerse de pie, deseando
poder permanecer en el abrazo de su marido incluso mientras sonreía de emoción. *Esto va a ser
genial.*

～

"Me pregunto qué hará", reflexionó Sean. "¿Tu
sabes, Danny?"

"No tengo idea."

El se encogió de hombros. "Creo que lo des-
cubriré. De todos modos, gracias a todos. Hicieron un gran trabajo. Y gracias por hacer que
Erin se sienta tan bienvenida, especialmente tú,
mamá. Realmente lo diste vuelta".

"De nada, querido", respondió Ellen, admirando las joyas de perlas que su esposo y su hijo le habían regalado.

"Sean", llamó Erin, "¿podrías venir aquí?"

"Mejor ve a ver, hijo", dijo Roger.

Sean siguió el sonido de la voz de su esposa y la encontró en el baño. "¿Qué pasa, Erin?"

"Tu regalo." Ella le tendió un pequeño objeto.

Lo miró, sin saber qué era ... un pequeño palo de plástico blanco. Lo giró para revelar una pequeña depresión de forma ovalada con un signo más azul. "¿Que es esto?"

"Es una prueba de embarazo, Sean. Vamos a tener un bebé".

Sean respiró hondo. *No es una sorpresa, de verdad. No nos hemos molestado con el control de la natalidad desde que volvimos a estar juntos.* Aunque consciente de lo fértiles que parecían ser juntos, todavía encontraba la realización trascendental; emocionante, aterradora y abrumadora. La sonrisa de Erin iluminó la habitación. *Ella quería tanto esto.*

Él se acercó a ella, tomándola en sus brazos y acercándola. "Te amo, niña", le dijo simplemente.

"Yo también te amo. ¿Vamos a dejar que todos lo sepan?" ella sugirió. "No más secretos, ¿verdad?"

"Correcto." Él deslizó su brazo alrededor de

su cintura y la acompañó de regreso a la sala familiar.

"Um, ¿todos?" Tres cabezas aparecieron. Sean miró a su esposa. Su sonrisa normalmente reservada se volvió más deslumbrante por el momento, hasta rivalizar con la de su hermana por el puro impacto. "Erin está embarazada".

Hubo un momento de atónito silencio.

Sheridan se recuperó primero. Chillando, corrió hacia su amiga y la abrazó. "Felicidades, Erin. Estoy tan feliz por ti. ¿De cuánto estás?"

"De no mucho", respondió Erin. "Probablemente unas seis semanas. Solo lo descubrí hace un par de noches. Por supuesto, podemos suponer cuándo sucedió".

"Sí", dijo Sheridan con firmeza, "en su noche de bodas".

*Es una buena respuesta, y es muy probable que no sea cierta.*

Roger y Ellen se acercaron, abrazaron a Erin y la felicitaron . Sean todavía se sentía bastante aturdido y aceptó los abrazos de sus padres insensiblemente.

"No te preocupes, hijo", le dijo Roger. "Te acostumbrarás."

Sean asintió.

"¿Te sientes bien, querida?" Ellen quiso saber.

"Sí", respondió Erin, "la mayor parte del tiempo. Tuve un mal día durante los finales. Fue entonces cuando me puse a pensar."

"Ya veo."

*Sin duda lo hace, y más de lo que uno puede sentirse cómodo.*

Más tarde, alrededor del mediodía, aburrida del partido de fútbol y agotada por una tarde ocupada y una mañana temprana, Erin se excusó para tomar una siesta. Sheridan vio a su amiga caminar penosamente hacia la cama. Podía recordar la fatiga abrumadora del embarazo temprano. *Es maravilloso que una de nosotras finalmente pueda tener un bebé y sea una alegría y una bendición en lugar de una crisis. Qué dulce regalo de Navidad. Puede que los haya vuelto a juntar, pero Dios los está bendiciendo, incluso si Erin tiene que volver a la escuela. ¡Espera, escuela!* Preocupada por su repentina comprensión, Sheridan comenzó a localizar a su familia.

Encontró a su padre dormido frente al juego. *Bueno, de todos modos no será parte de este proceso, al menos no haciendo nada diferente a ser amable, generoso y acogedor como siempre lo ha sido.* Dejando a Roger con su siesta, Sheridan avanzó por el pasillo hasta la cocina. En el interior, Ellen estaba ocupada preparando un lote de masa para panecillos. Sean miraba en el refrigerador.

"Hola chicos", dijo para captar su atención.

"Oh, ahí estás, querida. Ven y ayúdame, ¿no?" Instó Ellen.

"En un minuto, mamá. ¿Puedo hablar con ustedes dos rápidamente primero?"

Ellen y Sean se miraron. Luego Sean cerró la nevera, Ellen se sacudió el polvo de sus manos harinosas sobre una toalla y siguieron a Sheridan al interior del estudio.

Sheridan respiró hondo, apoyándose contra la pared al lado de la televisión mientras su madre y su hermano reclamaban las tumbonas. "Sean, mamá, escuchen. Estoy muy feliz de que Erin vaya a tener un bebé. Quiere tanto uno, desde que..." Sheridan se apagó, sin saber cuánto revelarle a su madre.

"¿Desde que perdió el último?" Ellen terminó por su hija. Ambos la miraron fijamente. "Erin me lo dijo el otro día".

*Guau, realmente han cambiado las cosas.* "Sí, desde entonces. De todos modos, esto va a ser muy duro para ella. Se enfrenta a una de las partes más difíciles del embarazo, el comienzo, durante su último semestre de la universidad.

Va a ser un desastre. Ella tiene algunas clases de música realmente difíciles, sin mencionar su última clase de inglés y un crédito de filosofía. Ella también tiene que hacer su recital senior, que es básicamente la culminación de todo su curso de estudio. Si no va bien, ella no se graduará".

"Todo irá bien", dijo Sean, descartando la preocupación con un gesto de su mano. "Ella es demasiado buena para que no sea así".

Sheridan puso los ojos en blanco. *Escucha, sabelotodo.* "Lo sé, pero estamos hablando de Erin. ¿Crees que ella va a creer eso? Ella ya está estresada por esto. Y tendrá que hacerlo todo, sola y *embarazada*, sin ti, Sean."

Sean hizo una mueca. Obviamente no había pensado en esa parte.

Sheridan se lo explicó. "Ella se irá a mediados de enero para terminar la escuela y no volverá para quedarse hasta mediados de mayo. Esa es una larga separación durante el embarazo".

"Mierda." Sean frunció el ceño. "Solo estará a un par de meses del parto cuando regrese, ¿no?"

Sheridan contó. "No mucho en absoluto. Probablemente dará a luz a finales de verano."

Ellen sacudió la cabeza. "No es el mejor momento, pero en realidad no hay nada que hacer al respecto. ¿Qué estás tratando de decir, Sheridan?"

"Sólo esto. Cuando estaba pasando por un embarazo de crisis, todos cerraron filas a mi alrededor y me colmaron de amor, afecto y apoyo, Erin sobre todo. Aprecio lo que todos hicieron por mí, pero Erin fue quien fue a la escuela conmigo, me defendió de los otros estudiantes y los hizo dejarme en paz. Ella fue quien fue a la universidad conmigo cuando el dolor me devastaba y se aseguró de que no renunciara a la vida. Le debo más de lo que puedo pagar".

"Danny, no es una deuda. Erin quería ayudarte porque ella te ama ", le recordó Sean a su hermana.

"Lo sé. Yo también la amo y quiero ayudarla. La mayor parte de la carga para ayudarla a pasar este semestre caerá sobre mí, ya que yo soy quien vive con ella, y eso está bien. Estoy lista para eso. Pero creo que es hora de que el clan Murphy vuelva a cerrar filas en torno a uno de los suyos. Erin dio y dio a esta familia hasta que casi la rompió. Es hora de que todos devolvamos algo. Sean, es una segunda naturaleza para ti estar allí para Erin, pero creo que necesitas hacer más. Ella no es alguien que pida nada, por lo que es posible que desees presionarla un poco, dar más de lo que cree que necesita. Los grandes gestos seguramente serán apreciados ".

"Por supuesto. ¿Crees que podrías estar dispuestä a … darme una pista de vez en cuando? Realmente no soy tan intuitivo, especialmente a grandes distancias ", solicitó.

"Por supuesto. Y tu mamá –"

"He estado intentando", protestó Ellen.

"Has sido genial", Sheridan se apresuró a tranquilizarla. "No puedo creer el cambio. Bien hecho. Pero recuerda siempre lo frágil que es. La franqueza de los Murphy no va bien".

"Me doy cuenta de eso ahora". Ellen miró a sus hijos tímidamente. "No te preocupes. Erin es uno de nosotros y tengo la intención de ser una madre para ella tanto como lo soy para ustedes."

Sheridan le regaló a su madre una de sus impresionantes sonrisas y la conferencia terminó, las mujeres regresaron a la cocina para continuar preparando la cena.

Esa tarde, Erin se despertó de su siesta alrededor de las tres. Bajó las escaleras para descubrir a su esposo sentado en el sofá de la sala, mordisqueando una galleta.

"Hola, bebé", llamó. "Agarra tu abrigo".

"¿Vamos a alguna parte?" preguntó ella, frotándose los ojos.

"Un pequeño viaje", respondió, y luego guiñó un ojo con ostentación.

Erin se rió, aunque no tenía idea de lo que estaba haciendo. Aun así, ella sacó su abrigo y botas de nieve del vestíbulo de entrada y siguió a su esposo afuera. El sol se reflejaba en la nieve, haciéndola brillar. Cuando se acercaron al auto, notaron, en las ramas de un pino muy espolvoreado, un pequeño cardenal rojo que chirriaba gratamente.

"¿A dónde vamos?" Erin preguntó suavemente, reacia a romper el silencio de la nieve amortiguadora.

"Es una sorpresa."

Sean condujo a su esposa por la ciudad a un bonito vecindario cerca del hospital, uno lleno de casas antiguas y muy bien mantenidas en grandes lotes. Se detuvo frente a una que no coincidía con la de sus vecinos en absoluto. *Qué monstruosidad*, pensó Erin, frunciendo el ceño ante la pintura descascarada, los pilares medio podridos del porche delantero, los escalones muy deteriorados. Lo único bueno de la apariencia de la casa era el enorme árbol de arce, desnudo y dormido ahora, pero esperando la primavera sin aliento. *Cuando aparezcan las hojas, será glorioso.*

Erin miró a Sean inquisitivamente. Él no dijo una palabra, solo la ayudó a salir del auto y la acompañó hasta la puerta principal, mostrándole el camino más seguro por las escaleras derrumbadas y cruzando el porche hundido. Sacó una llave que los dejó entrar en una casa que parecía estar en las últimas etapas de descomposición. El polvo salía de una alfombra industrial gris arrugada y manchada. Papel atrapamoscas, ya completamente cubierto de insectos muertos, colgaba del techo hundido y manchado de agua. Las paredes lucían harapos de papel pintado descascarado en varios patrones diferentes. Erin miró la devastación y finalmente dijo: "Sean, ¿qué es este lugar?"

"Este, Erin, es nuestro hogar", anunció con orgullo.

"¿Es una broma?" ella exigió, cerrando los ojos para bloquear la vista. Cuando los abrió, y la fealdad no había desaparecido, frunció el ceño.

"No bebé. Es nuestro. Ya lo he comprado y lo estoy restaurando". Sé que ahora está un poco en mal estado, pero para cuando termines con la escuela, estará listo.

"¿Lo estás reparando?" Ella escaneó los restos, frunciendo el ceño. "¿Puedes arreglar algo que es un desastre?"

Él rió. "Por supuesto. Es lo que hago. He trabajado en lugares peores que este. La mayor parte de lo que ves es en realidad cosmético. Este lugar tiene huesos excelentes, y debajo de toda la suciedad, algunos detalles geniales también. Solo espera y verás cómo vuelve a la vida".

"Confío en ti, Sean", dijo ella, dando un paso hacia su esposo. El polvo salió de la fea alfombra y la hizo toser. Agitó su mano frente a su cara, "pero es un poco difícil de imaginar".

"No es más difícil de lo que es para mí mirar una partitura y entender cómo sonará el instrumento", señaló, extendiéndose para ayudarla a salir de la alfombra polvorienta y a un parche de linóleo roto en el pasillo.

"Buena analogía". Ella sonrió. "Eso lo entiendo".

"Está bien, déjame mostrarte las partes que ya he terminado". Indicó un pasillo lleno de puertas abiertas.

"Muéstrame todo", instó. "Quiero entender."

Sean le dedicó a su esposa una deslumbrante sonrisa Murphy, demostrando que todo el encanto familiar no había ido a su hermana, y la acompañó al resto de la casa.

# 21

La joven pareja disfrutó el resto de sus vacaciones juntos. La semana después de Navidad comenzaron a reunirse con el sacerdote dos veces por semana para que su matrimonio fuera santificado por la Iglesia. Esto complació a la madre de Sean. Erin todavía no quería molestarse con una gran boda, especialmente porque había estado casada por más de un mes y ya estaba embarazada. Eligieron una fecha, aproximadamente una semana antes de que ella tuviera que irse para regresar a la escuela, para decir sus votos ante el sacerdote y los miembros de la familia que querían asistir.

Erin envió una tarjeta a Motley, invitando a

su madre, pero no recibió respuesta de ningún tipo. No quería llamar, porque su madre podía ser tan cáustica, y no tenía ganas de escuchar ningún comentario feo. Su padre parecía marginalmente mejor. Aunque todavía egoísta y obsesivamente absorto en su trabajo, no había sido particularmente malo.

Ella lo llamó. "¿Papi? Es Erin ¿Cómo estás?"

"Hola, calabaza", respondió él, aunque ella se dio cuenta de que no tenía toda su atención. "No he sabido nada de ti en mucho tiempo. Estoy genial. Acabo de conseguir un trabajo de inversión en las ciudades que traerá algunas cifras realmente buenas".

*Siempre es trabajo. Me pregunto si realmente le importa algo o alguien más.* "Eso es genial, papá. Buen trabajo. Um, quería preguntarte algo.
"

"¿Qué pasa?" preguntó en un tono tibio y distraído, y ella sospechaba por el sonido de fondo que estaba escribiendo un correo electrónico mientras le hablaba.

"Me voy a casar", dijo simplemente. *Él odia las largas conversaciones cuando está en el trabajo, y explicar que ya estoy casada y volveré a casarme le tomaría demasiado tiempo de su día.*

"¿De Verdad?" Eso le llamó la atención, y

Erin no pudo evitar sonreír. "Felicidades. ¿Con quién?"

"¿Conoces Murphy Construcción y Renovación?"

"Claro, he hecho inversiones para ellos. Roger Murphy es un buen tipo".

"Lo es", estuvo de acuerdo Erin. La idea de su suegro la hizo sonreír. "¿Conoces a su hijo, Sean? Bueno, es con quien me caso."

"¿Sean Murphy?" Sonaba impresionado. "Bien hecho, calabaza. También he trabajado con él. El esta cargado. Realmente podrá cuidarte bien."

"¿Sean está cargado?" *Sé que Roger gana buenos ingresos, pero ¿Sean también es rico?*

"Oh, claro", respondió, y ella lo creyó. *Si hay algo que Daniel James entiende, es finanzas.* "He invertido una tonelada para los dos. Sean está en muy buena forma. También es un buen niño. Lo hiciste bien."

*El dinero de Sean no es lo que amo. Lo amaría si viviéramos en su pequeño departamento para siempre.* "Gracias. Él es agradable. De todos modos, nos casaremos el próximo sábado a las siete de la noche, en St. Michael's. Va a ser realmente pequeño, solo nosotros, el sacerdote y la familia de Sean, pero me gustaría mucho que vinieras tú también. ¿Puedes hacerlo, papi?"

"¿El próximo sábado? Hmmm." Un crujido de páginas sugirió que estaba hojeando un planificador. "Creo que tengo una reunión con algunos representantes de una empresa de bienes raíces en Japón. No estoy seguro de poder escapar, pero lo veré."

Erin trató de no sentirse decepcionada. *Es un rechazo tan claro como el que recibo siempre de mi padre. No esperaba que se hiciera tiempo para mí.* Realmente no importaba, pero todavía se atrevía a esperar, de vez en cuando, que uno de sus padres realmente se preocupara lo suficiente como para apoyarla.

No lloró, pero seguía mirando sombríamente el teléfono cuando Sean llegó a casa del trabajo unos minutos más tarde.

Echó un vistazo al rostro sombrío de su esposa y la tomó en sus brazos para darle un beso largo y completo, con manos errantes, que la animaron considerablemente.

"Entonces, ¿supongo que no vendrá?" Sean preguntó.

"Nop. Realmente no pensé que lo haría ". Su despreocupación no engañó a su esposo.

Él respondió en su forma habitual y reconfortante. "¿Sabes algo, Erin? Pareces una chica a la que hay que hacerle el amor."

"Oh, sí, por favor", respondió Erin con entusiasmo. "Solo déjame sacar la cacerola del horno antes de que se queme".

La cacerola no se quemó. Sin embargo, los Murphy se quemaron un poco de la mejor manera posible.

~

"¿Papá?" Sean dijo mientras entraba al pequeño espacio de oficinas que albergaba la sede de la compañía MC&R.

Roger se levantó de un archivador donde se agachaba, hojeando las carpetas de Manila.

"Erin llamó a su papá ayer". Sacudió la cabeza.

"No se negó a venir", exigió Roger, atónito.

"Lo hizo." Sean suspiró. "¿Qué clase de padre se niega a asistir a la boda de su propia hija?

"Uno pésimo", respondió Roger rápidamente. "Te sugiero que no dejes pasar esto".

"¿Debería interferir?" Sean levantó las cejas. "¿No sería entrometerse?"

Roger se encogió de hombros. "A tu esposa le gustaría que su padre este en tu boda. Por todos los derechos, él debería estar allí. Eres un socio en esta empresa. Toma una decisión ejecutiva."

Sean reflexionó ... reflexionó ... y sonrió. Luego llamó a Daniel James al trabajo.

"Hola, soy Sean Murphy", le dijo a su suegro.

"Sean, ¿cómo estás?" Daniel respondió con la cordial y jovial voz que utilizaba con los clientes.

"Estoy genial. ¿Supongo que ayer te enteraste que tu hija y yo nos vamos a casar?

"Si. Felicidades." El tono boyante se volvió plano.

*Extraña reacción. Me pregunto qué significa.* "Gracias. ¿No crees que sería bueno para ti estar allí? Solo tienes una hija, y una boda es algo importante".

"Lo es, y lo siento mucho, pero no puedo salir del trabajo. Sin embargo, estará bien. Ella comprende." Ahora Daniel sonaba distraído, como si hubiera dejado de prestar atención a la conversación y se hubiera pasado a cosas más importantes.

*Nada es más importante que la familia.* "Oh, ella entiende bien", respondió Sean. "Ella entiende que tu trabajo es más importante para ti que ella, y eso no está bien en absoluto".

"No creo que sea justo lo que dices", protestó Daniel, volviendo a centrarse en las palabras de Sean. Te entiendo, amigo. "Me importa Erin".

"¿De verdad?" Sean preguntó, la ira y el sarcasmo sangrando en su tono, gota a gota mordaz. "¿Cuándo lo has mostrado? ¿Cuándo asististe a sus conciertos, su graduación de la escuela secundaria o algo así? ¿Vas a ir a su recital de último año o a su graduación universitaria en la primavera? Sean hizo una pausa para dejar que sus palabras se hundieran antes de ir a matar. "¿En base a qué evidencia se supone que Erin sabe que ella te importa? Ella no tiene idea. De hecho, al observarte, ella piensa que es una carga y una molestia. ¿Realmente es así como la ves?"

"Por supuesto que no", respondió Daniel, sonando enojado.

Sean intentó un enfoque conciliador. "Ella es muy parecida a ti, ya sabes, impulsada, triunfadora e inteligente".

"Lo sé. Ojalá hubiera invertido su energía en algo que valga la pena."

*¿Qué? ¿Está loco?* "Lo hizo. Su música es increíble".

Daniel continuó como si no hubiera escuchado. "Creo que si ella tiene quien la apoye, puede tocar con ese oboe y no preocuparse por tener una carrera real".

*No hay nada que decir a* ese *comentario insensible.* Sean volvió al tema en cuestión. "De todos modos, quiero que vengas a la boda. Significaría mucho para Erin. Ella necesita a su padre allí."

"Lo siento. Simplemente no hay manera".

Sean cerró los ojos con frustración. *Esperaba no llegar a esto*. Cuando volvió a hablar, su voz se volvió dura y fría. "Te sugiero que encuentres la manera. No eres el único inversor en la ciudad sabes".

"¿Qué significa eso?" Exigió Daniel, ahora sonando alarmado.

"Significa", dijo Sean sin rodeos, "que la familia es importante para los Murphy, y si muestras tanta falta de respeto hacia los tuyos, Murphy Construcción y Renovación nunca volverá a trabajar contigo".

Silencio. La empresa constructora había trabajado mucho con la empresa de inversión de Daniel, para que pudieran proporcionar beneficios de jubilación y fondos mutuos para sus empleados. Si MC&R fuera a uno de sus competidores, Daniel perdería una comisión sustancial para él y una inversión masiva para su empresa. "¿Tu padre sabe de esto?" preguntó por fin.

"Lo sabe", respondió Sean. "Ah, y para que lo sepas, ahora soy socio en esta empresa. La manera en que la gente trata a mi esposa realmente me importa. Tenlo en cuenta, Daniel. Te dejaré a ti decidir qué quieres hacer, pero en caso de que lo hayas olvidado, la boda es el sábado a las siete en St. Michael's. Sugiero que estés allí, pero de cualquier manera, esta conversación nunca debe ser mencionada a Erin. Deja que piense que la amas lo suficiente como para apoyarla, solo por esta vez."

Él cortó.

"¿Él vendrá?" Roger preguntó, levantando la vista de su escritorio.

"Creo que sí. Odié hacer eso. Que estúpido." Sean se pasó la mano por la frente.

"Odio decir esto, pero ambos James son bastante estúpidos", respondió Roger, estampando una factura en tinta azul brillante y dejándola a un lado para que se seque.

"Erin tuvo la suerte de haber obtenido las mejores partes de sus personalidades sin todo el egoísmo y la codicia". Mientras Sean hablaba, las imágenes de su bella novia de ojos oscuros bailaban en su mente. *Erin merece ser feliz, y la intimidación a su padre para que asista a su boda bien vale la pena ver la alegría en sus ojos. Espero que funcione.*

"Tienes razón", estuvo de acuerdo Roger.

El sábado, Erin llevó su vestido plateado nuevamente y ella y Sean condujeron a la Iglesia Católica de St. Michael's para que se santificara su
matrimonio. Todos los Murphy se unieron a
ellos, excepto Jason, que estaba en un estado de
rebelión contra el matrimonio y la iglesia. A Erin
no le importó. Ella siempre había tenido un poco
de miedo de Jason de todos modos. A pesar de
que él estaba más cerca de su edad, era el más
amable y amigable Sean de quien ella se había
enamorado. *Y ahora me casaba con él ... otra vez.
Encantador.*

Se reunieron en la parte delantera de la ca-
pilla y comenzó la larga misa de boda. Erin trató
de escuchar las palabras que convertirían su matrimonio de legal a espiritual, pero le resultó imposible concentrarse. A pesar de sus años de
cercanía e intimidad, Sean todavía capturaba su
atención como nadie más. Justo antes de que
pronunciaran sus votos, la puerta al fondo de la
habitación se abrió y cerró en silencio. Erin, mirando hacia adelante, no se dio la vuelta. Su
atención permaneció enfocada en su esposo, a
quien ella prometió, nuevamente, amar, honrar y
apreciar hasta que la muerte los separe. Esta vez
estaban prometiendo a Dios, no solo a las leyes
de la tierra, y eso lo hizo aún más serio, solemne
y hermoso. La sonrisa tímida de Erin se volvió

impresionante cuando Sean, con voz confiada, prometió amar a su esposa por el resto de su vida.

Sean besó suavemente a su novia en los labios y la giró para enfrentar a su pequeño séquito. Cuando el sacerdote los presentó, Erin observó los rostros radiantes ante ella. Ellen, Roger y Sheridan la miraron con aprobación. Un poco aparte de ellos, un hombre alto y de cabello oscuro estaba sentado en un banco, asintiendo. Los labios de Erin se separaron con la sorpresa.

Terminada la boda, el sacerdote despidió a la pareja y Erin corrió directamente hacia su padre.

"Oh, papi, viniste. ¡Gracias!" Abrazó a Daniel con fuerza mientras las lágrimas de felicidad nublaban su visión.

"Felicidades, calabaza", le dijo suavemente. La soltó con un beso en la frente y se volvió para estrechar la mano de Sean.

Sean miró a su suegro con aprobación mientras recuperaba a su esposa con un brazo alrededor de su cintura. *Aunque requirió chantaje para traer a Daniel aquí, algo sobre su expresión y comportamiento dice que finalmente comprende algunas cosas sobre su hija y sus propias respon-*

*sabilidades. El pasado no se puede cambiar, pero quizás el futuro sí.*

"Bueno, Daniel", dijo Roger, estrechando la mano del hombre. "No te he visto en mucho tiempo. Me alegro de que pudieras venir. Regresamos a la casa por un poco de vino y postre. ¿Te gustaría unirte a nosotros?"

Daniel se encontró con sus ojos, y luego con los de Sean. "Sí", dijo. "Gracias. Eso estaría bien."

"Erin", dijo Sheridan severamente, "No vas a tomar vino, ¿verdad?"

"Por supuesto que no", respondió ella, sonrojándose. Su padre volvió su mirada hacia ella, una ceja levantada en una pregunta.

"En realidad llevamos casados un tiempo", le dijo Sean. "Esta es solo la ceremonia de la iglesia".

"Ah, está bien", dijo, y luego ladeó la cabeza hacia un lado. "¿Espera, qué? No importa. Puedes explicármelo en la casa. Por cierto, calabaza, estás brillando como un ángel. Me alegro de verte tan feliz."

"Sí", dijo Erin. "Tengo mucho por lo que estar agradecida."

"No más que yo, bebé", dijo Sean mientras caminaban hacia la puerta de la iglesia y recogían sus abrigos. Mientras que el amor en la habitación era suficiente para calentar los corazones más fríos, afuera, una tormenta de nieve de Minnesota convirtió el paisaje en un páramo helado.

∾

Con muchos besos y algunas lágrimas, Erin regresó a la universidad con Sheridan para completar su último semestre de estudios universitarios. Como Sheridan había predicho, fue un desastre. Erin había comenzado los preparativos para su recital senior a principios de año, pero quedaba tanto por hacer que rápidamente se sintió completamente abrumada. Y eso tampoco era todo en lo que estaba trabajando. Los estudiantes de música tienen tantas clases adicionales que ella también tenía un horario completo de cursos y estudios.

Con todo lo que estaba sucediendo, Erin tuvo que pasar largas horas en el edificio de música a altas horas de la noche, practicando. Sheridan se alarmó cada vez más por lo poco que dormía Erin, pero simplemente no había suficientes horas en el día para hacer todo. Hubiera sido una tensión para cualquiera, pero el embarazo de Erin lo empeoró.

Un par de semanas después, Sheridan regresó a su dormitorio para encontrar a Erin acostada de lado en la cama, con lágrimas en la mejilla y la mano en el vientre.

"¿Qué pasa?" preguntó ella, alarmada.

"Estoy con calambres". Erin se atragantó y luego tragó saliva.

"¿Estás sangrando?"

"No, eso no."

"Has estado vomitando?"

"Si." La futura madre le lanzó a su amiga una mirada histérica.

"Oh Señor. ¿Llamaste a tu partera?"

Erin sacudió la cabeza. Claramente había estado demasiado asustada incluso para pensarlo, recordando el trauma de su aborto espontáneo anterior, por lo que Sheridan tomó la tarjeta de presentación del tablón de anuncios al lado del escritorio de la computadora y marcó. Habló con la partera durante unos minutos y luego entró en el baño, recogiendo un gran vaso de plástico del escritorio mientras pasaba. Ella emergió con la taza llena con agua.

"La partera dijo que probablemente estés exhausta y deshidratada. Ella dijo que deberías beber un montón de agua y luego acostarte y descansar. Si los calambres no disminuyen después de un par de horas, ir a la clínica".

Erin se sentó, tomó la taza y tomó un sorbo. Una vez que se bebió toda el agua, volvió a su lado e intentó descansar. Sheridan acercó una silla a su lado y la distrajo de obsesionarse con su condición contando una larga historia sobre el Dr. Burke. Aproximadamente una hora después, los calambres se detuvieron y las náuseas disminuyeron. Erin suspiró aliviada.

"Ahora escuche, Sra. Murphy", dijo Sheridan severamente, "necesita cuidarse mejor. No más de esto permanecer despierta la mitad de la noche practicando, y te asegurarás de tener agua contigo todo el tiempo".

"Sí, señora", respondió Erin débilmente. "Algún día serás una gran profesora".

Sheridan ignoró la broma. "Y es mejor que planees quedarte en la cama unos días y recuperar fuerzas".

"No puedo. Tengo mucho que hacer", se lamentó Erin.

"Erin, cariño, tu bebé es más importante. Te ayudaré, pero por favor, tienes que descansar."

Claramente, permiso para descansar era lo que Erin había estado buscando. Ella se sometió al instante. "Bueno."

Como Erin había hecho por ella en la escuela secundaria, Sheridan fue a ver a los profesores de su amiga y les explicó la situación, recolectando tareas para poder mantenerse al día con sus estudios.

El descanzo le hizo a Erin un mundo de bien. La semana siguiente pudo, con cautela, reanudar su horario.

~

A medida que el invierno pasó a la primavera, todas las piezas de la vida de Erin comenzaron a unirse. Ella finalizó sus planes para su recital senior, hizo y confirmó todos los arreglos, eligió las piezas y aprobó su jurado preliminar. En su clase superior de teoría musical, dio los últimos toques a un arreglo especial que usaría para terminar el concierto. Todo lo que quedaba era seguir el curso y practicar como un demonio. Eso, y hablar con Sean. A medida que se acercaba el gran evento, ella le expresaba cada vez más lo aterrador que era.

"Simplemente no sé cómo voy a superarlo. La música es muy difícil. Me voy a equivocar y no voy a graduarme. ¿Por qué tuve que presionar tanto?"

"Porque eres Erin", respondió. "No serías mi bebé si te permitieras conformarte. ¿Recuerdas cómo fue en la escuela secundaria? No estuviste satisfecha hasta que fuiste el primer oboe en todos los estados, aceptada en todas las universidades a las que querías ir y saliendo con un hombre mayor. Siempre has ido por lo que querías y lo has conseguido. Lo que quieres ahora es un recital senior espectacular, y lo vas a hacer. ¿Quieres que vaya?"

*Es curioso cómo le da un giro tan positivo a todo. Ese año fue un desastre. ¿Cómo sacó tanto bueno de él?* "Oh, está bien, Sean", respondió ella. "Realmente es principalmente música técnica, y no es especialmente bonita. Dudo que lo disfrutes. Es una especie de concierto para profesores de música, ¿sabes?"

"¿Estás segura?" preguntó, incrédulo.

"Por supuesto. Te veré la próxima semana en las vacaciones de primavera y te diré exactamente cómo me fue, ¿de acuerdo?"

"Bueno. Oye, ¿está ahí mi hermana? ¿Puedo hablar con ella?"

Erin le entregó el teléfono a Sheridan y entró en el baño. Necesitaba orinar, como siempre, y se sentía realmente cansada. *Cuando termine la conversación, me iré a la cama, así que bien podría cepillarme los dientes.*

"Danny", dijo Sean, "algo se siente extraño. Erin me dice que no es necesario que vaya a su recital, pero eso no puede ser correcto. ¿Debo planear estar allí de todos modos?"

"Sean, ¡absolutamente *tienes que* venir a esto!" Sheridan exclamó, bajando la voz suavemente, pero sin perder ni un ápice de intensidad. "Es la culminación de ... bueno, de toda su vida, de verdad. Tu conoces a Erin. Ella nunca pide nada, especialmente si le parece una molestia a alguien. Este es uno de esos grandes gestos de los que estaba hablando en Navidad. Ella necesita que estés allí, incluso si realmente no disfrutas de la música, y para ser honesta, algo de eso es bastante bueno. El punto es que necesitas estar allí para ella ".

"Es lo que pensaba. ¿Y si les pido a mamá y papá que vayan también?" Sean sugirió.

*Ahora estás pensando, amigo.* "Excelente. Y fíjate si puedes intimidar al padre de Erin para que venga."

"Buena idea. Veré lo que puedo hacer."

Sheridan miró hacia la puerta del baño. Podía escuchar agua corriendo por dentro. "Hay algo más".

"¿Qué?"

"Erin necesita ropa nueva. Ya no se ajusta bien a sus cosas habituales, y está realmente incómoda. Además, su vestido de concierto es tan ajustado, que si intenta abrocharse, le arrancará todas las costuras", explicó Sheridan.

"¿Ya está realmente tan grande? Solo han pasado unas pocas semanas desde que tuvo esa cita, y parecía bastante cómoda en ese momento".

"Lo sé, pero unas pocas semanas de embarazo hacen una gran diferencia. Ella está a mitad de camino ahora. Y no está enorme, pero está mostrando. Tiene una barriguita y sus jeans ya no se abrochan, pero no tiene dinero".

"Puedo pagar ropa nueva para mi esposa", protestó Sean.

"Lo sé", respondió Sheridan, "pero ella? Sé que ustedes dos han hablado de sus sentimientos, pero ¿alguna vez han hablado de sus finanzas?"

"En realidad, no", admitió, "pero escucha, me ocuparé de esto. Puedo obtener otra tarjeta de crédito en mi cuenta a su nombre y enviársela. No puedo creer que no lo haya pensado antes. Debo tener muerte cerebral. ¿Puedes llevarla de compras? ¿Hacerla comprar lo que necesita?"

"Puedo probar. No obstante, envíame la tarjeta o podría devolverla ", sugirió Sheridan. "Estamos hablando de Erin, después de todo".

"Bien pensado."

~

Erin salió del baño con sus pantalones de chándal de Tweety Bird y una camiseta de gran tamaño con un oboe. Sheridan le entregó el teléfono. "Hola de nuevo, amor", dijo.

"Hola, bebé sexy", dijo Sean, y ella podía imaginar sus cejas moviéndose. "¿Qué llevas puesto?"

Erin miró su pijama descuidado y se echó a reír. "Nada especial."

"Bueno. Guarda esas cosas calientes para cuando estemos juntos."

"No podré usarlas. Estoy demasiado gorda." Puso una mano sobre su bajo vientre, disfrutando de la curva. *Te llevaré sobre bragas sexys cualquier día, pequeño bebé.*

"No estás gorda, estás embarazada. Sin embargo, todavía eres caliente."

"Gracias, Sean". Ella sonrió. *Tengo el esposo más dulce de todos.*

"Hey, escucha, he estado pensando. Necesitarás ropa de maternidad, ¿verdad?"

"No", dijo ella automáticamente.

"Sí, las necesitarás. No seas tonta. Voy a enviarle una tarjeta de crédito y quiero que te compres algunas cosas cómodas y las uses. No más apretarte a los jeans normales, ¿de acuerdo?"

*¿Cómo puede haberlo sabido?* "No necesitas hacer eso".

"Sí. Eres mi esposa. Te amo. También llevas a mi bebé. Lo menos que puedo hacer es asegurarme de que tienes algo para ponerte."

"Bueno, eso es muy generoso. Intentaré no gastar demasiado", prometió.

"Gasta tanto como quieras, bebé. Puedo pagarlo", dijo.

"Famosas últimas palabras."

"Lo dudo. Buenas noches Erin. Te amo."

"Te amo. Hablamos mañana. Adiós."

## 2 2

Tres días después, la tarjeta de crédito prometida llegó por correo, dirigida a Sheridan, quien hizo que su amiga guardara su oboe y se fuera al centro comercial. El sábado por la tarde significó que una cantidad incómoda de mujeres embarazadas y sus acompañantes abarrotaran la tienda de ropa de maternidad cuando llegaron las niñas, por lo que buscaron por un momento.

"¿Que necesitas? Sheridan preguntó. "Y asegúrate de no recanear, o haré que mi hermano venga y te compre".

"Eso es trampa", se rió Erin.

"¡Mira esto! ¿No es agradable?" Sheridan levantó un hermoso suéter largo de color frambuesa.

"Eso es terriblemente bonito", acordó Erin, "pero mayormente estaré embarazada en el verano". ¿Realmente necesito algo tan abrigado?"

"Si. No estará más cálido hasta mayo", le recordó su amiga. "Eso es mucho tiempo para tener frío. Además, está de oferta. Al menos pruébalo."

Al final, Sheridan intimidó a su amiga para que se probara una gran cantidad de ropa, incluidos jeans y suéteres para uso diario, vestidos de domingo, pantalones cortos (el verano pasado está en liquidación), camisetas y camisetas sin mangas, y algunos pantalones negros que fluyen y que pueden ir con cualquier cosa, pero particularmente con un top de encaje negro fruncido y elástico. Erin se dio cuenta de que *esas dos piezas funcionarían bien para el concierto.*

La primera vez que se puso un par de jeans anchos con una suave cintura elástica azul, suspiró aliviada. Se sintieron muy bien. Sin presión sobre su panza. Se puso el suéter sobre la cabeza y miró su reflejo en el espejo. *Es curioso cómo la ropa de maternidad hace que una persona se vea y se sienta más embarazada.*

Sheridan se acercó a su lado. "¿No es mejor eso?"

"Si. Es mejor. Creo que me llevaré ambas piezas."

"Creo que te llevarás el lote", respondió Sheridan.

"Eso es demasiado dinero", protestó Erin.

"No te preocupes, Erin. Sean puede pagarlo. Quiere que te sientas lo más cómoda posible." Recogió la ropa y la dejó sobre el mostrador.

"Señora", le dijo el empleada a Erin, "me pregunto si estaría interesada en esto". Ella le entregó un par de sostenes.

Erin los miró; uno era azul brillante, el otro parecía un clavo oxidado. "¿Qué son?"

"Sujetadores de lactancia". La mujer colocó un mechón de cabello largo y canoso detrás de la oreja. "¿Estás planeando amamantar a tu bebé?"

*No hay duda de eso.* "Por supuesto."

"Los sostenes de lactancia pueden ser caros, y sé que está tratando de mantener el costo bajo. Estos están en liquidación porque a nadie le gustaron los colores, pero el diseño es realmente bueno. Son piezas de calidad."

*Tiene sentido, pero el gasto se está volviendo ridículo. Por otro lado, son prácticos.* La empleada llamó a la venta mientras Erin se movía de un lado a otro.

"Serán cuatrocientos noventa y siete dólares y cincuenta centavos, por favor".

Erin jadeó. "Oh, no puedo gastar tanto.

Tengo que devolver algo ". Ella comenzó a cavar a través de la pila.

"Erin, no. No devuelvas nada ", insistió Sheridan. "No hay nada extravagante aquí. Has sido conservadora. Con estas piezas, estarás lista para el resto de tu embarazo. Venga."

"Es demasiado, Danny", protestó Erin.

"No lo es", insistió su amiga.

Erin frunció el ceño tercamente.

"Ya sé." Sheridan sacó su teléfono celular.

"Murphy Construcción y Renovación". Erin podía escuchar la voz de Sean a través del teléfono. *Ella hizo trampa después de todo.*

"Sean, es Sheridan. Estoy en la tienda con tu esposa. Ella se resiste a pagar por esta ropa. Habla con ella."

Le entregó a Erin el teléfono.

"¿Que ocurre bebé?" preguntó.

"Tengo demasiado", se quejó.

La risa de Sean hizo que su corazón se derritiera. "Lo dudo."

"No hay forma de que pueda gastar tanto de tu dinero", explicó.

"¿Cuánto?" preguntó.

"Casi quinientos dólares".

"¿Eso es todo?" Él rió. "Pensé que llevarías cosas para todo el embarazo, no solo para el resto del invierno".

*Qu...?* "Lo hice."

"Parece que lo hiciste bien".

"Sean ..." se quejó.

"Erin, paga la cuenta. Simplemente entrega la tarjeta de crédito al buen cajero."

Ella obedeció con el ceño fruncido.

"Ahora escucha. No estoy en quiebra. Si necesitas algo, solo llévalo, ¿de acuerdo? Prometeme."

Sean, *nunca dejas de sorprenderme.* Por fin, ella comenzó a relajarse y comprender que él realmente quería que fuera generosa consigo misma. *Qué concepto tan novedoso.* "Lo intentaré."

"Bueno. Me tengo que ir. Te amo."

"También te amo."

Recogió sus maletas y las chicas se dirigieron al patio de comidas para almorzar.

# 23

Como siempre es el caso cuando a uno realmente le gustaría reducir la velocidad y hacer algo bien, el tiempo antes del recital de Erin pasó volando. No podía aguantar los minutos, y su música progresaba dolorosamente lenta. Dudaba que todo estuviera listo a tiempo.

Y entonces, de repente, llegó la tarde del recital. Todos los artistas esperaban detrás de la gran cortina negra para que comenzara el espectáculo. Erin ya había calentado su oboe. Descansaba en un puesto en el escenario de la sala de recitales. Ahora caminaba nerviosamente de un lado del área del backstage al otro, corriendo a través de un desordenado revoltijo de pensamientos. *Tory me acompañará cuando necesite un piano. La amo por eso. Ojalá necesitara un clavicordio, es tan buena en eso. ¿El clavicordio y el oboe no harían una pareja quejumbrosa? Como un par de niños que se pelean. Me recuerda al bebé.* Apoyó la mano sobre su vientre y sintió un cosquilleo en respuesta, como si su pequeño quisiera decir: "Estoy bien, mamá". Ella sonrió y luego volvió a sus reflexiones. *Cuando Tory tocó su recital en el otoño, cambió del piano al clavicordio e incluso hizo una pieza en un órgano eléctrico. Me pregunto si debería haber hecho un fagot o un cuerno inglés. No lo pensé hasta este momento.* Los nervios se pusieron de nuevo, borrando el pensamiento. Luego respiró hondo y se recordó a sí misma que *Justin solo tocaba su fagot. Marisol cambiaba, pero parece que no es necesario. El Dr. Johnson me habría dicho si la programación estaba mal hace mucho tiempo. Dios, estoy nerviosa. Me está haciendo estúpida. Por supuesto, todos se ponen nerviosos. La actuación de Ilona es el próximo fin de semana, y se enferma preocupándose por cómo sonará su flauta. Me pregunto si están nerviosos hoy. Probablemente no, ya que este no es su recital senior.*

*Son tan buenos amigos,* pensó Erin mientras examinaba una cara familiar tras otra. *Estoy agradecida de haberlos conocido. Después de este se-*

mestre nos dispersaremos. *Al menos ahora sé a dónde iré.*

Se frotó nerviosamente la barriga otra vez. *La próxima semana, durante las vacaciones de primavera, me realizaré un ultrasonido. No puedo esperar para ver a mi pequeño finalmente. Pero primero tengo que pasar hoy.* Sus dedos comenzaron a temblar, y pensó que podría vomitar.

Unos cálidos brazos la envolvieron por detrás y la empujaron contra un poderoso pecho. Ella saltó. Una voz familiar murmuró en su oído: "Hola, bebé".

"Sean!" ella gritó su nombre un poco más fuerte de lo que era realmente apropiado para el backstage justo antes de una actuación. Se dio la vuelta, abrazándolo con fuerza y apoyando la mejilla contra su pecho. "¡Estás aquí! ¿Por qué estás aquí?" El calor de su abrazo parecía perseguir las sombras de la inadecuación fuera de ella.

"Es tu gran día. ¿Dónde más podría estar?" Sean respiró. "Por supuesto, estaría aquí para apoyar a mi esposa". Se inclinó y la besó tiernamente en la boca.

"Erin", susurró Tory, "¿este es tu marido?"

"Sí", susurró sobre su hombro. "Él es Sean Murphy. Sean, este es mi grupo de viento de madera. Ellos son Tory, Ilona, Marisol, Justin y

Marcus. Son mis amigos más cercanos en el departamento de música".

"Encantado de conocerlos, muchachos", dijo, todavía sosteniendo a Erin cerca, su gran mano girando suavemente sobre su espalda.

Devolvieron el saludo suavemente y volvieron a sus propios rincones.

"¿Qué es esto?" Sean le susurró al oído, ahuecando la curva de su vientre.

"Tu bebé, tonto".

"Nuestro bebé, Erin. El bebé que hicimos juntos", le recordó.

Ella sonrió radiante. "Si."

Un pequeño movimiento revoloteó bajo su mano y Sean respiró sobresaltado. "¿Acabo de sentir eso?"

Se escapó una risita suave. "Si. No son mariposas."

"Guau."

"Erin, es hora", le dijo el Dr. Johnson desde la puerta.

Erin asintió con la cabeza. "Ve a buscar un asiento, cariño."

"Estarás grandiosa". La besó una vez más y se escondió detrás de la cortina.

Muy fortalecida por el apoyo de su esposo, Erin respiró hondo y salió al escenario. Las luces la cegaron. No podía ver a la audiencia en absoluto, solo su atril, el oboe y el piano, todos sentados en un pálido piso de pino. Un semicírculo de sillas de plástico y otros atriles rodeaban el fondo del escenario. Por ahora, ella estaba sola.

"Buenas tardes. Me llamo Erin James Murphy. Quiero agradecerles a todos por venir a mi recital. Espero que disfruten la música que he preparado. Mi primera pieza es la Sonata para Solo Oboe de Carl Phillip Emmanuel Bach.

Levantó el oboe en sus manos, humedeció la caña y comenzó a tocar. Como siempre, una vez que Erin comenzó a trabajar con su instrumento, todos sus nervios se derritieron y se retiró profundamente dentro de sí misma al lugar donde habitaba la música pura. Todas las horas de preparación significaron que ella tocara en gran medida de memoria, confiando en su familiaridad con las notas para mantener sus dedos en movimiento mientras la emoción apasionada se expresaba en el tempo y el volumen.

Desde su asiento, entre sus padres, Sean miraba con asombro. Había escuchado a su esposa tocar muchas veces, pero nunca había escuchado algo así. *Es la perfección técnica.* Sus dedos volaban sobre las teclas plateadas sin esfuerzo, acariciando el instrumento y haciéndolo llorar. La pieza sonaba triste y afligida, pero pequeñas cintas de esperanza la atravesaron. *Esta música es asombrosa. Extensa también*, se dio cuenta mientras continuaba y seguía. Durante diez minutos, ella y su instrumento trabajaron juntos para hacer los sonidos más bellos y conmovedores que había escuchado. Por fin, bajó el oboe de su boca y respiró hondo. El público aplaudió con entusiasmo.

"Para mi próxima pieza", dijo cuando las palmas desaparecieron, "me gustaría tocar el Concierto para oboe de Ralph Vaughn Williams. Mi acompañante para esta pieza es Victoria Alonzo. Este arreglo para oboe y piano fue preparado por el Dr. Keith Johnson."

Esta pieza evocaba un estado de ánimo bastante diferente al anterior. Mucho más moderna, tenía intervalos extraños y realmente no tenía mucho sentido para Sean, pero eso no importaba. Tocaba perfectamente, sus dedos tocaban cada nota exactamente, sin dudarlo. *Sonaba un poco ... fría sin embargo. Supongo que este es uno de los trabajos técnicos no tan bonitos para que los profesores de música lo aprecien. Supongo que, porque es difícil, tuvo que incluirla para demostrar lo que puede hacer.*

El público aplaudió nuevamente, pero con menos intensidad.

Durante la breve pausa, varios otros músicos salieron de detrás de la cortina y se acomodaron en las sillas.

"Mi próxima pieza es el Concierto para dos oboes en fa mayor, de Tomaso Albinoni. Me acompañará el conjunto de instrumentos de viento de madera, "Los jóvenes bohemios" ". El público se rio entre dientes. "El segundo oboe en solitario será interpretado por Marcus Davies".

Sean miró al joven huesudo y de aspecto aristocrático que sostenía un tubo delgado de madera. Él asintió, reconociendo su comentario.

Ellos comenzaron a tocar. *Ahora, esta es la música que puedo entender.* Bonita, rica y profunda, fluyó sobre el público, haciéndolos sonreír.

El concierto continuó y continuó, durante los siguientes cuarenta minutos, algunas piezas técnicas y extrañas, otras encantadoras e inquietantes, algunas con acompañamiento, otras sin él. *Una gama tan amplia. Sabía que era buena, pero nunca soñé que tuviera tanto talento.* Sintió otra oleada de culpa por la vida estrecha que compartirían después de que ella se graduara. *Es lo que quiere, pero ¿es realmente mejor cuando tiene todo esto dentro de ella?*

Pero esa música no era todo lo que Erin tenía dentro de ella. Mientras se preparaba para su último número, colocando una nueva caña en su instrumento, él la vio frotar el costado de su vientre discretamente con su mano libre. *Me pregunto si el bebé le está haciendo cosquillas.* Ella sonrió, una sonrisa privada, y él entendió al fin lo que había tratado de decirle todo el tiempo; que mientras ella era una música superior, también era una mujer, una amiga, una esposa y que pronto sería madre. *Ella tiene que ser todas para estar completa, y nunca estaría satisfecha con la vida egocéntrica de un artista dedicado.*

Erin regresó al centro del escenario y se dirigió a la audiencia por última vez. "Permítanme agradecerles nuevamente por asistir a mi recital. Espero que hayan disfrutado la música. Mi última pieza está basada en la canción pop "I Swear", de Gary Baker y Frank G. Miles, interpretada por el grupo All-4-One. Fue arreglado por mí para oboe y piano en honor a mi maravilloso esposo, Sean Murphy".

Se llevó el instrumento a los labios. Esto no se parecía a nada que ella hubiera tocado antes. Ejecutó la melodía simple con una habilidad más allá del tecnicismo. Cada nota recordaba la pasión y el amor de su relación. *Es la canción,* él se dio cuenta, *que estaba sonando la primera vez* que bailamos en el baile de Bienvenida; la noche que nos besamos en el estacionamiento, y luego fuimos a su casa e hicimos el amor por primera vez. Habían pasado muchos años desde esa noche, pero por un momento, se encontró allí de nuevo, sosteniendo a una joven Erin en sus brazos, besando sus suaves labios y sabiendo que su vida nunca sería la misma. Estoy muy agradecido de estar aquí por ello. No puedo creer que ella pensara que no me gustaría. Mientras escuchaba, algunas de las letras del coro revolotearon en su memoria, invocando una promesa que ella le había hecho esa noche. Entonces lo sentí pero perdí el rumbo por un tiempo. Ahora ella me lo recuerda. No, es más que eso. Ella está haciendo que todos no solo entiendan cuánto me ama, sino que sienta ese amor junto con ella. Fue, sin duda, el regalo más significativo que alguien le haya dado.

Las últimas notas lastimeras se extinguieron. Erin bajó su oboe. El público permaneció en silencio aturdido durante varios momentos, con incredulidad ante la belleza de lo que acababan de escuchar. Sean miró a su esposa, parada en ese escenario, y estaba seguro de que iba a estallar de orgullo por sus logros. Juntó las manos, rompió el hielo, y la sala estalló en atronadores aplausos. Erin se inclinó, indicó a su pianista, que se puso de pie y se inclinó, y luego hizo un gesto a su grupo de viento de madera para que subiera al escenario para ser honrado. Después de varios momentos de gran aprecio, incluida una merecida ovación de pie, las luces de la casa se encendieron.

~

Por fin, Erin pudo ver a la audiencia. Entre el elogio esperado de maestros de música, estudiantes de especialidades musicales y estudiantes de las clases de apreciación musical que intentan obtener sus créditos de asistencia a conciertos, un grupo de personas inesperadas se hizo a un lado. Sus ojos se dirigieron allí directamente, por supuesto, porque la figura alta de Sean atrajo su mirada como un imán. De pie cerca de él, Sheridan iluminó la habitación con su sonrisa de alto voltaje. Pero esos dos no estaban solos.

Roger y Ellen Murphy, con expresiones de sorpresa, se pararon con sus hijos. Cuando Erin miró, su boca se abrió en estado de shock. Daniel James, su padre descuidado y desinteresado, había dejado el trabajo un sábado por la tarde, no para jugar al golf con sus amigos, no para hacer ejercicio en el gimnasio, sino para conducir tres horas para poder escuchar a su hija tocar un recital. Se acercó a ella, llevando un gran ramo de rosas rojas, que extendió hasta ella.

"Bien hecho, calabaza", dijo, y sus ojos parecían bastante brillantes. "No tenía idea de que eras tan buena".

"Gracias, papi", respondió Erin suavemente, tomando el ramo y oliéndolo. Puso su oboe en su soporte y las flores en el banco del piano y luego bajó los escalones al costado del escenario donde esperaba su padre. Él la envolvió en sus brazos y la abrazó con fuerza.

"Estoy tan orgulloso de ti, Erin". Esas palabras simples, desesperadamente anheladas significaban más para ella que los aplausos, más que la ovación. Erin sollozó, y las lágrimas comenzaron a correr por sus mejillas. Las emociones abrumadas del concierto, combinadas con las hormonas salvajes de su embarazo, rompieron su compostura y lloró ruidosamente en el abrazo de su padre.

"¿Erin?" Tory le dio unas palmaditas en el brazo a su amiga. "Eso fue increíble. ¿Estás bien?"

"Ella esta bien." Marisol se unió a ellos. "Me sentí igual después de mi recital. Es la adrenalina. ¿Es este tu padre, Erin?"

Erin respiró hondo. "Sí, este es mi papá, Daniel James". Ella lo apretó una vez más y luego se alejó. "Papá, habrá una recepción ahora en el salón de la banda. Tengo que empacar mi instrumento y luego estaré allí".

"Está bien, calabaza. Te veré allá." Le dio unas palmaditas en la espalda y siguió a la multitud fuera de la sala de recitales.

Erin se secó los ojos y se sentó para desmantelar su instrumento, colocando las piezas nuevamente en el estuche. Luego, recogiendo sus rosas, se dirigió por el pasillo hasta la oficina del Dr. Johnson. La puerta estaba entreabierta, pero el profesor no parecía estar dentro. Metió el oboe dentro, como se le indicó, y cerró la puerta, cerrando el instrumento dentro.

*Uf. Me encargué de eso. Ahora a la fiesta.* Caminó unos pocos pasos por el patio hasta el salón de la banda donde una ruidosa multitud masticaba galletas y sorbía ponche y café. Ella caminó directamente hacia su esposo.

Él no dijo una palabra acerca de su forma de tocar, pero su mirada ardía intensamente. *Él entendió mi mensaje. Estoy tan feliz.* Sean deslizó su brazo alrededor de la cintura de Erin y la abrazó mientras la gente se acercaba, elogiando su actuación.

Todos sus amigos del conjunto de instrumentos de viento de madera la abrazaron, y varios miembros de la facultad de música también lo hicieron. El último fue el Dr. Johnson. De hecho, la apartó de Sean y la apretó.

Luego retrocedió, tomándole los brazos por el codo y exclamó: "Bravo, Erin, superaste mis expectativas más salvajes. Será mejor que me envíes montones y montones de estudiantes de doble caña desde tu ciudad natal."

"Lo voy a hacer", le dijo ella seriamente, visiones de sus futuros alumnos cruzando por su mente.

Se giró hacia Sean. "Hola, soy el Dr. Johnson. Enseño oboe aquí. Debes ser el marido de Erin."

"Lo soy." Él estrechó la mano del hombre. "Sean Murphy".

"Debes estar muy orgulloso."

"No te lo puedes imaginar". La voz de Sean se volvió áspera con amor y pasión mientras miraba a su esposa, una expresión intensa en sus brillantes ojos azules.

Después de la recepción, mientras la audiencia se alejaba, las familias James y Murphy caminaron hacia el patio. El aire los refrescó después de la cercanía cargada del abarrotado salón de bandas. Los Murphy se habían detenido durante la recepción, queriendo que Erin recibiera todos los elogios profesionales que se merecía, pero ahora les tocaba su turno. Roger le dio uno de sus abrazos de oso característicos antes de entregarla a su esposa, quien le besó la mejilla.

"Eso fue increíble, Erin, querida. Eres una música tan consumada", le dijo Ellen con su habitual voz tranquila y digna.

"Gracias. Estoy abrumada de que ambos hayan podido venir."

"No nos lo habríamos perdido por nada", insistió Roger.

"¿Cómo sabían de estar aquí?"

"Les dije, por supuesto", dijo Sheridan, "Sé que odias ser una molestia para alguien, pero realmente, Erin, todos querían venir a verte. Y de seguro que no decepcionaste. ¡Guauu! Realmente me gustó la última. ¿Dijiste que la arreglaste tú misma?"

La fuerza de la sonrisa de Erin mantenida mucho tiempo hacía que le dolieran las mejillas, pero ella sonrió aún más. "Si."

"¿Cómo la elegiste?"

"Fue la canción", le dijo Sean, "que sonaba la primera vez que bailamos juntos, en el baile de bienvenida".

"¡Lo recordaste!" Erin exclamó, y las lágrimas

amenazaron con abrumarla nuevamente cuando su esposo la sorprendió con su dulzura.

"Por supuesto. Ese fue un momento que nos cambió la vida a los dos", respondió.

Erin asintió con la cabeza. "Lo fue, de la mejor manera posible".

"Bueno", dijo Daniel, "me alegro de haber estado aquí para esto, Erin. Asegúrate y avisarme cuándo es tu graduación, pero tengo una reunión esta noche con algunos clientes que desean un consejo de inversión, y es un largo viaje a casa".

"Claro, papi. Muchas gracias por venir." Ella lo abrazó una vez más y él se fue.

"Está bien, mamá, papá, ¿qué tal un recorrido por la universidad? Me encantaría mostrarles el campus". Sheridan recogió a sus padres, le guiñó un ojo a su amiga y se fue.

Erin tomó la mano de Sean y lo llevó de regreso a su dormitorio en silencio. Una vez allí, Sean desnudó tiernamente a su esposa, notando los cambios en su cuerpo; los senos hinchados y el vientre redondo. Ella sintió que todo su ser debía brillar de alegría. *Esto es lo más cercano a un momento perfecto que la realidad permite.* Sean la presionó contra él para un beso largo y apasionado antes de levantarla sobre la cama para una celebración privada que dejó sin aliento a Erin.

# 24

El segundo sábado de mayo, Erin se sentó en el gimnasio, vestida de negro y con un sombrero cuadrado, para recibir su diploma. *Extraños a mi alrededor. Desearía que Sheridan estuviera aquí, justo a mi lado. Con el mismo apellido, deberíamos estar juntas. Ella miró el escenario. Aún así, el 4.0 de Danny merece ser celebrado. Graduada superior. Presentamos a la oradora principal. Ella está completamente en su elemento. Desearía estar sentada con la orquesta.*

Los músicos en la parte delantera del gimnasio, en frente del escenario, tomaron "La pompa y las circunstancias" de Elgar con más entusiasmo que habilidad. *Desearía estar tocando con ellos. Se ven como si les vendría bien la ayuda. Cualquier otra cosa que no sea sentarse en esta silla plegable de metal con veinte personas a cada lado de mí. He desaparecido por completo. Magna cum laude, y soy invisible. El pensamiento trajo una sonrisa a sus labios. Bien, entonces obtuve la B en PoliSci. Creo que odiaba demasiado la clase para mejorar esa nota. Aún así, altos honores. Eso es un logro. Y mi licenciatura en música. Eso es aun mejor. Supongo que la universidad fue un éxito después de todo.* El bebé le hizo cosquillas y se retorció dentro de ella y apoyó una mano sobre el bulto que se movía. *Gracias a Dios por la ropa de maternidad. Nunca hubiera entrado en otra cosa.*

"¿Estás bien?" la mujer a su lado susurró.

Erin asintió con la cabeza. "Hace cosquillas. Nada de qué preocuparse."

Su vecina negó con la cabeza y murmuró: "Nunca voy a tener hijos".

Erin contuvo el impulso de reírse. *A cada uno lo suyo. Estoy contenta con cómo resultó todo, especialmente tú. El médico dice que eres un niño sano y por lo fuerte que pateas, lo creo.* Se giró hacia un lado, buscando y encontrando a su familia justo donde dijeron que estarían. Los Murphy, sus padres del corazón, su amado esposo y su padre, todo en una fila, con cámaras preparadas. Le lanzó un beso a Sean, sin saber si él la vería.

Él inmediatamente le devolvió el gesto, y su corazón se aceleró. *Todavía me hace sentir como una adolescente enamorada. Dios, amo a mi esposo. No puedo esperar para dejar la universidad para siempre y comenzar mi vida como la Sra. Erin Murphy, oboe y profesora de música.*

Su mente vagó cuando Sheridan se levantó y pronunció un breve discurso. *Serie de música de verano con la orquesta.* Estoy ansiosa por ello. Sheridan se sentó, y un alumno de mediana edad se levantó y tomó el micrófono. De su discurso, que hizo que la gente llorara a su alrededor, Erin no escuchó nada.

Prometía ser una ceremonia larga, con cientos de graduados honrados, pero finalmente, la fila de Erin se puso de pie y procesó hasta el final de las escaleras que conducían al escenario.

"Erin James Murphy, magna cum laude", anunció la mujer. Erin subió los escalones temblorosos con cuidado, sus dedos se arrastraron sobre el áspero ladrillo pintado de la pared. El escenario rebotó bajo sus pies, pero se dirigió al presidente de la universidad, un hombre de cabello blanco y cejas negras. Él sonrió, le estrechó la mano y le entregó un tubo de papel. Giró la cabeza para mirar a la cámara y estallaron vítores en su séquito, mezclándose con el cortés aplauso de extraños y calentando su corazón.

Muchos graduados aún esperaban después de la sección 'M', y Erin pasó el tiempo soñando con su futuro mientras procesaban. Parecía que los años pasaban, pero finalmente, la graduación terminó.

Los graduados se levantaron cuando sus familias inundaron el piso, ansiosas por abrazarlos.

"¡Erin! ¡Erin!" Sheridan, con la cara casi perdida en una sonrisa que brillaba más que el flash de una cámara, corrió hacia ella y la abrazó. Erin trató de girarse para abrazar a su amiga y hermana, pero su barriga se interpuso, golpeando la cadera de Sheridan. Ella palmeó el bulto hinchado. "Y hola a ti también, pequeño", agregó. Erin se mordió el labio

"Por aquí, chicas", la voz de Roger cortó el rugido y las chicas se giraron, abrazándose la cintura, mejilla a mejilla mientras tomaba una foto tras otra. Luego, los Murphy y Daniel se apiñaron, abrazando a las chicas.

"Um, ¿podemos salir de aquí?" Erin instó al fin. "El ruido hace que mi cabeza gire".

"¡Por supuesto!" Ellen estuvo de acuerdo. "No puedo soportar las multitudes. ¿Están listas para regresar a su habitación y empacar?"

"Ya hemos empacado," dijo Sheridan, "pero sí."

Se abrieron paso entre el molino de cuerpos y caminaron a través del cuello de botella en la puerta, suspirando con alivio cuando el cálido aire primaveral reemplazó el aire acondicionado frío en el gimnasio.

"No puedo quedarme mucho tiempo", advirtió Daniel. "Tengo una reunión temprano mañana y necesito llegar a casa". Entonces su rostro se contorsionó. "Espero que eso no te moleste, Erin. Este es tu gran momento."

"Está bien, papi", respondió ella, y lo decía en serio. *No le voy a regatear sus largas horas, ahora que está dispuesto a dedicarme un poco de tiempo. Le hace feliz trabajar, entonces ¿por qué luchar contra eso?*

Él sonrió y la apretó alrededor de los hombros. "¿Qué sigue para ustedes dos?"

"Bueno, voy a tocar la serie de música de verano con la sinfonía ... o al menos parte de ella. Quiero decir, este pequeño vendrá en julio o agosto ", se palmeó la barriga," y eso tendrá prioridad, pero me dejarán tener un solo en el primer concierto".

"Dejar". Sean resopló. "Prácticamente te rogaron, señorita Modestia".

Erin sonrió.

Daniel se volvió hacia Sheridan. "Iré a casa para el verano", explicó, "pero después de eso, volveré para la escuela de posgrado. Creo que la universidad debe ser mi hábitat natural. "

"Obviamente eres buena en eso", respondió Daniel, ganándose una de sus radiantes sonrisas. "Está bien, aquí es donde estacioné. Erin, no seas una extraña, ¿de acuerdo?"

Erin abrazó a su padre. "Por supuesto que no. Conduce con cuidado, papi."

La abrazó y se despidió, saludando con la mano mientras se dirigía a su Lexus, estacionado bajo un roble extendido.

"Desearía que no tuvieras que irte", le dijo Erin a su amiga. "Te extrañaré mucho".

"Lo sé", estuvo de acuerdo Sheridan. "Es difícil dejar que la vida suceda, pero tenemos que hacerlo. Y, después de todo, no está tan lejos, y sé el camino. Seguiremos siendo las mejores amigas y hermanas para siempre".

"Y ustedes dos tienen el resto del verano para pasar el rato juntas", agregó Sean. "Recuerda, dejé que el contrato de arrendamiento caduque en el apartamento para ahorrar para la renovación, por lo que nos quedaremos con mis padres durante al menos un mes mientras concluyo las cosas. No quiero que respires todos esos productos químicos."

"Realmente aprecio que nos dejen quedarnos con ustedes", dijo Erin a Roger y Ellen.

"No pienses en eso", respondió Ellen. "No podría ser de otra manera". Roger asintió de acuerdo.

"Está bien", dijo Sheridan, "vamos a poner este espectáculo en el camino". Abrió la puerta de entrada de la residencia y entraron.

Efectivamente, cajas y bolsas cubrían la habitación del dormitorio, listas para ser trasladadas a los vehículos que esperaban. Erin recogió su amado estuche de oboe y una cartera de partituras. Roger y Sean sopesaron cajas. Ellen agarró un saco lleno de ropa de cama. Sheridan se arrodilló y revolvió debajo de la cama, asegurándose de que no se hubiera quedado nada. "¡Ay!" Ella exclamo.

"¿Que pasó?" Roger preguntó, preocupado.

"Erin, lo juro, si me pego con un pedazo más de caña ... ¿no puedes tirarlos a la basura?" Se arrancó la astilla de su dedo y la arrojó a la esquina.

"¿Caña?" preguntó Sean.

"Acostúmbrate, hermano querido. Los oboe están obsesionados con sus cañas. Los hacen ellos mismos y, en el proceso, dejan astillas por todas partes".

"Lo intento, pero a veces se escapan de mí. Lo siento, Danny" —dijo Erin.

Sheridan puso los ojos en blanco ante la excusa ... y el apodo no deseado. A pesar de los dedos atascados, solo tomó un poco de tiempo empacar todo y cargarlo en los vehículos para el viaje de tres horas a casa. Sheridan tomó el auto de Erin, que su amiga le iba a dar para que se lo quedara. Erin iba con su esposo, por supuesto. Su larga separación había terminado. Su nueva vida juntos estaba comenzando.

Un día a principios de junio, Sean llevó a Erin a la tienda de comestibles. Con solo dos meses restantes en su embarazo, comenzaba a sentirse incómodamente pesada. Afortunadamente, el calor del verano aún no había llegado.

Sean se fue a usar el baño, mientras que Erin hojeaba las frutas y verduras, su boca se hacía agua por el olor a fresas frescas. *Todo lo que tengo que hacer es mirarlas y mi esposo me comprará una caja y me las dará de comer, besándome después de cada bocado. Hmmm Tal vez debería sorprenderlo y solo pedirlas.*

"¿Erin?"

Se giró hacia la voz femenina, y la vista de la

cara de Valerie James provocó un grito de sorpresa. Erin miró a su madre con cautela. No se habían separado en los mejores términos hacía cinco años, y no habían vuelto a hablar ni a verse desde entonces.

"Madre", respondió Erin con frialdad.

"Ha pasado tanto tiempo. Dios mío, has engordado. Casi pareces embarazada,"soltó Valerie en su generalmente desaprobador gemido.

Erin frunció el ceño ante el insulto descuidado. "Estoy embarazada."

Los dedos de manicura volaron para cubrir la boca de un labial rojo. "Oh, Erin, ¿no te advertí siempre que tuvieras cuidado? Estás demasiado lejos para hacer algo al respecto ahora.

Las manos de Erin se movieron protectoramente hacia su vientre. "¿Hacer algo? ¿Por qué haría algo? Estoy feliz de estar embarazada. No fue exactamente un accidente."

"¿Qué, quieres decir que te hiciste esto a propósito?" Valerie miró a su hija con una expresión que generalmente se reservaba para cosas incontables que se dejaban en la acera.

"Más o menos. No está mal, mamá." Erin mantuvo su tono neutral, aunque al ver la reacción negativa de su madre a lo que fue uno de los eventos más alegres de su vida le dolió.

"Lo está. Una vez que tienes un bebé, la vida nunca vuelve a ser la misma".

*Duh.* "Estoy de acuerdo con eso. También lo está Sean".

"¿Quién es Sean?" Los ojos de Valerie se entrecerraron.

"Mi esposo." *Por Dios, mujer. ¿No le prestas atención a nada más que a ti misma?*

"¿Marido? ¿Estás casada?"

"Te envié una invitación, mamá", le recordó Erin a su madre, obligándose a ser amable, "He estado casada hace un tiempo".

"Nunca recibí ninguna invitación. No finjas que enviaste una." La acusación en la voz de Valerie hizo que Erin quisiera rechinar los dientes.

"Lo hice", protestó ella. "Quizás se perdió en alguna parte. Si es así, lo siento. Pero no es una sorpresa, ¿verdad? que estamos casados. Quiero decir que hemos estado juntos desde que estaba en la secundaria. Solía hablar con él por teléfono todo el tiempo. Es el hermano de Sheridan Murphy."

Valerie se encogió de hombros. Claramente, no tenía idea de qué estaba hablando su hija.

Sean regresó del baño y deslizó su mano en el giro de su esposa para mirar a Valerie.

Ella lo miró detenidamente, su mirada se detuvo en sus anchos hombros, bíceps voluminosos y cintura estrecha. "Bien", dijo finalmente. "Desearía haber sido informada sobre la boda".

"Enviamos una invitación", dijo Sean. "¿No la recibiste?"

"No, nunca lo hice". Su tono áspero se suavizó y se volvió tímido al ver al apuesto esposo de Erin. "¿Dónde la enviaron?"

*Santo Dios, madre. Tiene la mitad de tu edad. Tranquilízate.*

"A Motley. Lo último que supe es que estabas viviendo con Bill" —dijo Erin.

"¿Con Bill?" Valerie resopló. "Solo viví con Bill durante cuatro meses. Me mudé a la ciudad a mediados de marzo hace cuatro años".

Erin frunció el ceño hacia su madre. "¿De verdad? ¿Dejaste a tu marido, abandonaste a tu hija, todo por un affair que solo duró medio año?"

"No te atrevas a llevar esa voz de desaprobación conmigo, señorita", dijo su madre, la dureza regresó con fuerza. Agitó un dedo en dirección a Erin. "Estabas contenta de verme partir. No podías esperar para mudarte con tu pequeño amiga. Ahora veo por qué."

La implicación, aunque solo parcialmente incorrecta, hizo arder la cara de Erin. "Estás equivocada", protestó ella. "Sean no vivía con sus padres. Tenía su propio lugar."

"Me sorprende que no te mudaras con él".

Erin ignoró el comentario.

"De todos modos," continuó Valerie, "obtuviste lo que querías. Siempre fuiste la niña más malvada. Fue un alivio alejarse de ti y tus comentarios críticos y tus ojos duros".

Erin se tensó. *Lo sabía, entonces, ¿por qué escucharlo en voz alta duele tanto?*

"Perdón, señora", intervino Sean, "pero eso no es cierto. Erin no es mala en absoluto. Es la mujer más dulce que he conocido."

*Deja que Sean sepa lo que hay que decir.* Aplastada por el apoyo de su marido, Erin apretó los dedos. *Haces que mi vida valga la pena, mi amor.*

"Debes tener estándares bajos", se burló Valerie.

La boca de Sean se cerró en estado de shock.

Valerie siguió corriendo. "No puedes imaginar lo que me dijo antes de irse a vivir con tus padres. Ella me dijo que era egoísta. Erin es la egoísta, siempre lo ha sido. Lo único que le importa es tocar ese estúpido oboe, y es ruidoso y molesto. Lo odio."

"Erin no es egoísta en absoluto. Nada mas lejos de la verdad." Él deslizó sus brazos alrededor de ella y acunó su creciente vientre con ambas manos. Ella se recostó contra él. *Esto es lo que realmente significa la familia. Amor, no sangre.* "Y en cuanto a su forma de tocar, no puedo imaginar qué te pasa. Es asombrosa."

"Está bien, Sean". La voz de Erin permaneció tranquila y suave, aunque quería enfurecerse. "No tienes que defenderme. No importa." *Tengo a mi esposo, nuestro bebé, su familia, mi padre y mi mejor amiga, y eso es mucho más importante que ganar la aprobación de esta perra egocéntrica,* se recordó a sí misma.

"Sí importa," él insistió.

Erin le sonrió por encima del hombro, una sonrisa tensa y poco convincente, pero lo mejor que pudo manejar bajo las circunstancias. "No. Sé que nunca le gusté. Está bien."

"Ya ves", insistió Valerie, "ella sabe que se lo merece. Ella solo es mala por naturaleza."

*¿Yo? ¿Malvada?* La injusticia del comentario finalmente rompió la frágil cinta de control que contuvo las emociones de Erin. En un tono de indignación helada, ella enunció: "Si soy mala, madre, es porque he aprendido de la mejor. Pero no soy mala. Si lo fuera, te diría lo que realmente pienso de ti. Te diría que eres una vagabunda que abandona un matrimonio de veinte años en favor de una aventura de seis meses. Te diría que siempre fuiste una madre horrible. Diría todas esas cosas si fuera mala, pero no lo soy. De hecho,

mamá, no hay nada malo conmigo. Nunca lo ha habido. Estoy perfectamente bien. Vamos, cariño, salgamos de aquí."

Se volvieron a la vez y salieron de la tienda, dejando a Valerie boquiabierta tras ellos. Erin finalmente había sido provocada más allá de la preocupación, y la respuesta había sido rápida, cruel y honesta.

La pareja condujo a casa en silencio. Los labios de Sean se arquearon con el indicio de una sonrisa, como impresionado por lo fuerte que había sido su esposa. Erin, cuando su ira se desvaneció, comenzó a sentir una punzada de arrepentimiento. *Quizás pude haber ido un poco demasiado lejos.*

De vuelta en la casa, Erin encontró a la Sra. Murphy mirando la Food Network en la sala familiar. Parecía que el pastel del pastor estaría en el menú pronto, ya que estaba garabateando frenéticamente ingredientes e instrucciones. Erin esperó el anuncio antes de arrodillarse junto a la silla y darle un fuerte abrazo a su suegra. *Todo comenzó con esta mujer, que crió a un hijo y una hija tan increíbles que pudieron ver más allá de mi timidez y amarme de todos modos. Qué mujer tan maravillosa es Ellen, para posponer su propia indignación justa ante Sean y mis elecciones, que realmente se manejaron mal, y darme la bienvenida a la familia.*

"Te amo, mamá", dijo Erin suavemente, besando a Ellen en la mejilla. Luego salió de la habitación por las escaleras.

~

"¿Qué demonios fue eso?" Ellen le preguntó a su hijo.

"Nos topamos con Valerie James en la tienda".

Ellen hizo una mueca. "Oh siento escuchar eso. ¿Erin está bien?"

"Si. Finalmente se enfrentó a su madre." Sean no pudo evitar sonreír ante el recuerdo. *Ha pasado mucho tiempo, bebé.*

"Bien. Mejor ve y asegúrate de que ella lo esté manejando bien."

"Correcto." Sean subió las escaleras a su habitación para ver a su esposa. Encontró a Erin acostada de lado en la cama. Ella no estaba llorando, ni parecía molesta. Ella simplemente miró a lo lejos como si estuviera sumida en sus pensamientos. Él se deslizó sobre la cama a su lado y envolvió su brazo alrededor de su cintura, colocando la mano sobre su vientre para poder sentir a su hijo moverse. El niño presionó con fuerza contra el toque de su padre. Sean sonrió.

"Te amo", le dijo Erin suavemente.

"Yo también te amo. ¿Sabes por qué, no? Dilo, Erin, y créelo", instó.

Erin miró por encima del hombro a su esposo, su voz tranquila y segura cuando le dijo: "Me amas porque soy una buena chica y me lo merezco".

"Así es. Lo eres." Él le pasó los dedos por la mejilla.

Erin respiró hondo y lo soltó. "Creo que debería disculparme con ella".

"¿Por qué? Dijiste la verdad. Es una madre horrible y no hay nada malo contigo."

"Lo sé", respondió Erin. "Pero no debería haberla llamado vagabunda. Eso no era necesario."

"Envíale una tarjeta", sugirió Sean. "No llames. No quiero que hables más con ella. Nada bueno puede venir de eso."

"Tienes razón. Sin embargo, volveré a verificar la dirección esta vez." Sus labios se doblaron en una sonrisa sin humor.

La besó en la sien. "Entonces, ¿estás bien?"

"Si. Estoy bien."

"Te ves un poco triste".

"¿Me veo como una chica a la que hay que hacerle el amor?" La curva de la boca de Erin aumentó hasta que su parodia de una sonrisa se hizo real.

Sean sonrió ante el viejo comentario, a menudo repetido. "Si, así te ves. Date la vuelta, bebé, y déjame ayudarte con eso."

Sus palabras revivieron a Erin por completo. Ella rodó hacia el abrazo de Sean, un poco incómoda con su gran barriga desequilibrada, y envolvió sus brazos alrededor de su cuello, tirando de él para besarla. Él no se resistió. Erin todavía, siempre, tenía la boca más dulce y besable, y Sean no era más inmune a lo que había sido la noche del baile de bienvenida. Él abrió su boca sobre la de ella y ella respondió amablemente, dejando que su lengua se hundiera entre sus labios. Ella tarareó cuando él la saqueó profundamente, amando el calor que aumentaba entre ellos.

Sean levantó su camisa sobre su cabeza, desabrochando su sostén para revelar sus senos. Habían crecido mucho, más de lo que jamás hubiera esperado, y él levantó uno en la mano, probando su peso antes de bajar la boca al pico sensible. Erin presionó la cabeza de su marido más cerca de ella, instándolo a que le diera al pezón tenso una atención completa, y Sean obedeció, tirando, chupando y pellizcando suavemente, hasta que Erin hizo suaves ruidos de placer con cada respiración. Luego lo soltó y fue directamente al otro para comenzar de nuevo.

Cuando Erin yacía jadeante de deseo, se echó hacia atrás y comenzó a quitarse la ropa. Ella se quitó torpemente los pantalones y la ropa interior, desnudándose para otra consumación de su amor.

"Acuéstate, Sean", le dijo, su voz sensual y lenta. Él lo hizo, y ella se arrastró hacia él, tomando su sexo en sus manos y acariciándolo. Él emitió un suave sonido de aprobación mientras ella trabajaba en el gran eje. "No puedo esperar a sentir esto dentro de mí", dijo, "pero primero ..." Bajó la cara y se frotó la mejilla contra la sensible cabeza antes de presionar los labios a la punta. Su diestra lengua pequeña se deslizó y ella lo lamió. Sean gimió. Erin se tomó su tiempo, jugueteando con él, mordisqueando con sus labios, antes de volver a la punta y abrir la boca, llevándolo profundamente dentro.

"Oh, Erin", se quejó Sean, "eso es increíble". *Me encanta cuando ella hace esto. Ella es muy buena en eso. Todos esos años tocando el oboe le han dado excelentes habilidades orales, y ella ni siquiera es tímida al respecto.*

Erin complació a su esposo con la boca y las manos durante largos momentos. Su lengua y sus labios provocaron los tejidos sensibles, alter-

427

nando con succión húmeda y caliente, hasta que la terminación se vio amenazada. *Por tentador que sea, no quiero dejarlo ir a su boca, esta vez no. No cuando Erin aún no ha tenido su placer.* "Detente ahora, bebé", le dijo suavemente, "es hora de que esté dentro de ti".

~

*Oh sí,* pensó Erin, su interior se cerró con anticipación.

Erin le dio a su esposo una última lamida completa antes de liberar su sexo. En el pasado, era costumbre de él estar en la cima, pero durante el embarazo tardío, el peso del bebé se había vuelto incómodo en esa posición, por lo que Erin simplemente se quedó donde estaba, arrodillada, y Sean se movió detrás de ella. Él separó los pétalos de su sexo y la acarició para asegurarse de que estaba lista para él. Mojada, relajada y ansiosa, meneó las caderas. Sean tomó su invitación, presionándola suavemente, gimiendo cuando su estrecho pasaje se abrió lentamente a su alrededor.

Erin quería chillar de placer cuando el gran pene de Sean se deslizó a su casa dentro de ella, pero temía que Ellen pudiera oír desde abajo, así que lo contuvo

Él comenzó a moverse, relajándose en ella, retrocediendo y volviendo, haciendo que su cuerpo se tensara con el placer de su toma. *Es tan bueno.* Erin gimió mientras Sean la amaba, lento y profundo. Otro sonido suave escapó cuando su pico se acercaba rápidamente.

Sean podía sentir a Erin apretarse cuando su orgasmo se acercaba. *No quiero que se venga demasiado rápido. Ella debería disfrutar cada segundo.* Sus chillidos y gemidos amortiguados, y la forma inquieta en que mecía sus caderas, demostraban un profundo placer que quería continuar, por lo que deliberadamente él desaceleró aún más su ritmo, pero ya era demasiado tarde. Erin estaba tan excitada, tan cerca, que incluso esta estimulación menor resultó abrumadora. Un empuje delicado presionó demasiado profundo, profundizándose completamente en ella y se incendió, presionando su cara contra la almohada para ocultar sus sollozos de éxtasis mientras se retorcía y espasmoteaba.

Sean no pudo resistir la hermosa y sexy visión del orgasmo de su esposa. Empujó profundamente una vez, dos veces, y la soltó, dándole su propio pico glorioso. Después de unos momentos, él se deslizó suavemente y la bajó al colchón de su lado, uniéndose a ella, cara a cara, y acercándola lo más cerca que su vientre lo permitía.

"Gracias, Sean", dijo dulcemente. "Eso era justo lo que necesitaba. Qué maravilloso esposo eres".

"Es un placer, bebé, créeme. Te amo mucho, Erin."

"Te amo también."

Se besaron tiernamente.

*Entonces, el mundo no es perfecto, pensó Erin. Está lleno de malas madres y situaciones trágicas. Saber que soy completamente amada por este hombre increíble y sexy, que he sido amada por él durante tantos años, significa mucho. Si puedo conseguirlo y quedármelo, debo ser una buena chica después de todo.* Erin sonrió. *La vida es bastante buena cuando eres una Murphy.*

# EPÍLOGO

Agosto 2006

Sean Murphy se arrodilló en sus bañadores en una piscina para niños llena con agua tibia en el piso recientemente renovado de su sala de estar. *Espero que la lona que coloqué atrape las salpicaduras.*

Ya no es un área de desastre sucio, la habitación ahora brillaba con vida y encanto, todos los pisos de roble pulido, ventanas con marcos de madera y molduras de techo. Las paredes habían sido pintadas de un blanco suave. Él y Erin habían elegido un sofá y un sofá biplaza en brocado verde bosque, que habían dispuesto en ángulo recto frente a la chimenea de ladrillo rojo.

*Erin.* Apartó el cabello sudoroso del rostro de su esposa y besó su sien. Ella pareció no darse cuenta.

Mientras transcurrían los largos minutos, se preguntó cómo demonios había terminado en tal situación. Se había imaginado a su esposa dando a luz en un hospital, con analgésicos. *Debí haber adivinado que ella no aceptaría nada menos que un parto a domicilio, especialmente porque no experimentó complicaciones.* En realidad, el trabajo de parto había estado bien, aunque lento, comenzando temprano en la mañana con algunas punzadas y progresando durante todo el día. Las contracciones se habían intensificado, pero nunca habían empeorado tanto para no poder manejarlas; es decir, hasta hace unos diez minutos. La comadrona, una dulce mujer llamada Sara, con décadas de experiencia, había decidido que, en lugar de esperar otras tres horas para que Erin dilatara el último centímetro, rompería el agua. Entonces todo el infierno se había desatado. El dolor se había intensificado repentinamente, por lo que Sara y su asistente Abby habían ayudado a Erin a meterse en la bañera para que el agua pudiera ayudarla a sobrellevarlo. Ahora Abby arrojaba agua sobre la espalda de Erin cuando la contracción surgía, y Sean la sostenía, sus manos en su cintura, las suyas alrededor de su cuello, su frente en su hombro mientras ella gemía y se retorcía, tratando de encontrar una posición menos intensa.

*Odio esto. Ella tiene mucho dolor.* "¿No podemos hacer nada?" le preguntó a la partera.

"No. Esto es solo parte de eso. Nadie puede manejar bien las contracciones de nueve centímetros. Solo tenemos que ayudarla a aguantar. No tardará mucho."

La contracción se desvaneció y Erin comenzó a sollozar. "No puedo hacerlo", lloró.

"Lo estás haciendo", dijo Abby con firmeza. "Lo estás haciendo genial. Solo unos minutos más, Erin, y podrás comenzar a pujar. Tu bebé estará aquí antes de que te des cuenta."

"Respira, Erin", le dijo Sean, acariciándole la espalda suavemente. "Recuerda respirar."

Erin tomó varias respiraciones lentas y profundas, tratando de calmarse y relajar los músculos antes de que pudiera comenzar la próxima contracción. No había tiempo. Su vientre se apretó dolorosamente otra vez, y ella gimió. En medio de la contracción, el sonido que Erin estaba haciendo cambió de un gemido a un gruñido. Sean podía sentir sus brazos tensarse

"¿Estás pujando, Erin?" Sara preguntó bruscamente.

"Tengo que hacerlo", jadeó Erin.

"Abby, rápido, revísala. No queremos que puje a menos que esté completamente dilatada."

Cuando la contracción se desvaneció, Abby revisó suavemente a Erin para ver si estaba dilatada. Aunque la asistente se movió suavemente, Erin aún chillaba de dolor. Sean le apretó las caderas, tratando de consolarla.

"Está completa, Sara, y el bebé ya está descendiendo".

"Bueno. Eso debería hacerla sentir un poco mejor".

"¿Qué esta pasando?" Sean quería saber, confundido por la rápida conversación de ida y vuelta de las dos profesionales.

"Estamos comenzando la fase de puja", respondió Sarah, su atención en Erin. "Esto suele ser más fácil para la madre, porque le da algo que hacer. ¿Puedes seguir abrazándola?"

"Puedo abrazarla para siempre", dijo Sean.

"Bueno. Sin embargo, vamos a darla vuelta, para que esté frente a mí. Puedes sostenerla por detrás ahora. Solo engancha tus brazos debajo de los de ella."

Sean asintió y ayudó a su esposa a cambiar de

posición justo a tiempo para otra contracción. Esta vez, ella parecía tener más control mientras se esforzaba, tratando de traer a su hijo al mundo.

"Bien, Erin. Puja. Lo estás haciendo muy bien. Él realmente está bajando ".

"Quema", siseó Erin con los dientes apretados.

"Sé que lo hace. Ese es tu bebé saliendo. Puja en la quemadura, Erin. No luches contra ella."

Erin pujó y luego exhaló ruidosamente, su cabeza cayó hacia atrás sobre el hombro de Sean. "Duele", se lamentó.

"Sé que duele", murmuró. "No te detengas". Otra contracción, otro empujón. Sean sostuvo a su esposa en el agua, agradecido por los músculos que había desarrollado en la construcción durante tantos años. Esto es duro. Otro empujón, otro. "¿Está pasando algo?"

"Sí, Sean" Sara lo tranquilizó. "No tardará mucho. El bebé está mucho más bajo ahora. La cabeza está coronando. Erin, ¿quieres sentir?"

Erin se estremeció. "No. No quiero sentir eso".

"Bueno. ¿Sean?"

¿Cuando está a punto de volverse loca? "No, gracias. Terminemos con esto, ¿de acuerdo?"

"Bueno. Puja. Una más debería sacar la cabeza."

El empuje de Erin se convirtió en un suave grito cuando la cabeza emergió. Ella jadeó.

"Maravilloso, Erin. La cabeza está afuera. Solo dame un pequeño empujón, cariño, y conocerás a tu hijo."

Erin pujó por última vez y el bebé se deslizó en las manos de la partera.

"Quiero sentarme", le dijo Erin a Sean. La bajó al agua, para que ella pudiera posicionarse más cómodamente. Sean se sentó detrás de ella y tiró de ella contra su pecho. Él la abrazó. Ella apoyó la cabeza sobre su hombro.

Sara sacó al bebé del agua y le succionó la nariz y la boca. Soltó un chillido y luego comenzó a aullar.

"Sean, Erin, conozcan a su hijo", dijo, colocando al bebé en los brazos de Erin. Erin miró a la cara del bebé. Dejó de llorar y le devolvió la mirada a su madre, con los ojos entrecerrados a la luz, su pequeño labio sobresaliendo. Sean se inclinó sobre el hombro de su esposa.

"Oh, Sean", suspiró Erin, "solo míralo. ¿Alguna vez has visto algo tan hermoso en tu vida?"

"Solo una cosa", respondió, asombrado.

"¿Qué cosa?"

"Tú." La besó en la sien. Ella sonrió. Hubo un

destello cuando Sara tomó una foto de la familia.

"Esa fue buena", le dijo a Abby cuando la asistente comenzó a configurar el equipo para pesar y limpiar al bebé. Sara le entregó a Sean unas tijeras. Ella sujetó el cordón y lo sostuvo en alto, así que él lo cortó. Luego tomó el niño de Erin y se lo entregó a su padre, para que pudiera ayudar a Erin a salir del agua para un examen posterior al parto.

Sean salió de la bañera, acunó a su hijo en sus brazos y cruzó la lona hasta el sofá de dos plazas donde Abby esperaba para examinar al niño.

"Felicitaciones, papá", le dijo a Sean. "¿Cual es su nombre?"

"Jordan. Jordan Matthew Murphy."

"Es precioso".

"Sí, lo es". Le entregó el bebé a la asistente de la partera y se volvió hacia su esposa. Erin yacía en el sofá, envuelta en una toalla, mientras Sara sacaba la placenta. Sean recordó la última vez, el aborto involuntario. *Qué tragedia fue eso, y casi lo agravamos al perdernos poco después. Pero ahora, todo es perfecto. Erin es mi esposa, y nuestro hijo nació vivo y sano.*

Abby frotó vigorosamente al bebé con un paño suave y comenzó a gemir de nuevo. La asistente envolvió a Jordan en una manta y se lo entregó a Sean, quien lo llevó a Erin. Ella se deslizó en el sofá y extendió sus brazos ansiosamente, acunando a su hijo y mirándolo a la cara con adoración. Sean sonrió, colocando su mano sobre el hombro de su esposa. El círculo estaba completo. Una nueva rama de la familia Murphy había comenzado, transmitiendo el legado de amor a la próxima generación.

Querido lector,

Gracias por el tiempo que pasaste con Sean y Erin. Espero que hayas disfrutado la lectura tanto como yo disfruté la escritura. Trabajar con la pareja fue divertido. Odié que la historia y la música acabaran.

Pero los libros no pueden continuar para siempre. La buena noticia es que el Libro 2 de Las crónicas de los corazones en invierno: *Cuando las palabras son dichas*, que es la historia de Sheridan, también se ha publicado, junto con una tercera entrega, Cuando el corazón sana, y una cuarta, la Elección de Caroline. Desplázate hacia abajo para ver extractos y enlaces.

Pero mientras tanto, te agradecería mucho que te tomaras un momento y dejaras un comentario de *Cuando acabe la música*. Gracias de nuevo.

Sinceramente,
Simone Beaudelaire

Querido lector,

Esperamos que hayas disfrutado leyendo Cuando acabe la música. Tómate un momento para dejar un comentario, incluso si es breve. Tu opinión es importante para nosotros.

Descubre más libros de Simone Beaudelaire en https://www.nextchapter.pub/authors/simone-beaudelaire-romance-author.

Atentamente,

Simone Beaudelaire y el equipo de Next Chapter

Lightning Source UK Ltd.
Milton Keynes UK
UKHW011848070121
376641UK00001B/74